KB074566

93프로젝트

9³ 프로젝트

초판 1쇄 인쇄 2017년 9월 20일
초판 1쇄 발행 2017년 9월 25일

지은이 이태상 김미래 外 39인
펴낸이 전승선
펴낸곳 자연과인문
북디자인 신은경
인쇄 대산문화인쇄

출판등록 제300-2007-172호
주소 서울시 종로구 삼일대로 445
전화 02)735-0407
팩스 02)744-0407
홈페이지 http://www.jibook.net
이메일 jibooks@naver.com

ISBN 979-11-86162-26-2 03810
값 13,000원

세상을 바꿀 39인의 코스미안 이야기

3 9 프로젝트

이태상 김미래 外

자연과
인문

CONTENTS

여는 글 LEE TAE SANG

"내가 하고 싶은 얘기를 하기 위해 난 하나의 언어를 찾아야 한다. 이 언어란 영어다, 힌디다, 어두다, 말레이얄람을 뜻하는 게 아니고 다른 걸 의미한다. 분열될 대로 분열돼 쪼개진 세상을 하나로 통합하 는 방법 말이다. I'll have to find a language to tell the story I want to tell. By language I don't mean English, Hindi, Urdu, Malayalam, of course. I mean something else. A way of binding together worlds that have been ripped apart."

인류의 양심과 지성으로, 행동하는 인도의 여성작가인 '아룬다티 로이'가 최근 출간한 〈지복至福의 방편〉에서 한 말입니다. 그녀는 첫 소설작품 〈작은 것들의 신〉으로 1997년 영국의 권위 있는 문학상인 부커상을 수상했습니다.

아, 참으로 우리가 사는 세상은 동과 서, 남과 북, 흑과 백, 남과
여, 노와 소, 빈과 부, 강과 약, 갑과 을 등 너와 나로 갈라져 있습니
다. 잘 좀 생각해보면 네가 나고 내가 너로, 너 없이 나 없고 나 없이
너 없으며 모두 다 '나'임을 깨닫게 될 텐데 말입니다. 그러니 로이가
찾는다는 언어로 통합의 방법이나 아직 읽어보진 않았지만 그녀의
신간 제목 '지복의 방편'도 다름 아닌 '사랑'이 아닐까요.

우리 더 좀 생각해보면 티끌모아 태산이라고 적소성대積小成大란
사자성어도 있듯이, 큰 것들의 축소판이 작은 것들이라 할 수 있을
테고 따라서 작은 것들 하나하나가 다 신적神的인 존재라고 할 수 있
지 않겠습니까. 그렇다면 사랑의 이슬방울로 무지개 타고 이 세상에
태어난 우리 모두 하나같이 코스모스바다에서 반짝이는 작은 별들로
한없이 신비롭고 경이로우며 아름다운 존재들이 아닙니까.

이 엄청난 수수께끼를 우리 같이 좀 풀어보고 싶어 하늘의 별처럼
수많은 별님들 가운데서 39분의 대표적인 소우주인 '코스미안'을 김
미래 님께서 선별해 모시게 되었습니다. 세잔느Ce'zanne가 했다는 말이
떠오릅니다.

"내가 뭘 바라보고 있는지는 알지만 난 무얼 보고 있는 걸까? I know
what I am looking at, but what am I seeing?"

일본어로 39의 발음이 'さん(3,산)', 'きゅ(9,큐)'이기 때문에

'Thank You'라는 뜻으로도 쓰인다는데, 경애하는 김미래 님과 이 '39 프로젝트'에 동참해주신 여러분께 진심으로 깊이 감사합니다.

작가

이태상

여는 글 KIM MI RAE

하나의 빛줄기보다 여러 빛줄기가 만나 섞이기도 밀어내기도 하며 펼쳐내는 향연은 정말 아름답지 않던가요. 빛들의 향연은 하늘 위 오로라가 되어 지상의 또 다른 빛들을 더 풍요로이 휘감습니다.

보통의 책들은 한 작가가 지닌 한 빛줄기만을 비춥니다. 하지만 우리 책 '39프로젝트'는 39명이 각자가 지닌 39색 빛줄기가 모여 아름다운 오로라를 이룹니다.

사람의 눈으로 인지 가능한 빛인 가시광선의 파장은 약 300nm에서 800nm 사이에 속합니다. 저의 경우는 계란노른자의 노란색 빛을 지니고 있어 가시광선 스펙트럼에서도 주황에서 노랑으로 넘어가는 파장에 속하지요. 39프로젝트의 39인의 코스미안(Cosmian; 자신 안의 소우주, Cosmos의 창조주이자 주인)님들 또한 자신만의 소우주 빛을 지닙니다. 전 각자의 빛이 무슨 색인지 여쭈었습니다. 빨강, 라임색, 개나리색, 바다색, 연보라색, 빛바랜 검정색 등, 39명의 Cosmian의 Cosmos는 제각각 다른 색의 빛을 품고 있었습니다.

그 중, 초록색은 가장 넓은 파장범위(500~570nm)를 지니기 때문에 지구상 식물체들은 자연스레 진화되어 초록빛을 띠게 되었습니다. 그래서일까요, 가시광선 중 가장 빛을 많이 흡수하는 색이기 때문에 사람의 눈마저 가장 편안하게 하는 색입니다. 세계적인 색상회사 'PANTONE'사가 지정한 올해, 2017년의 컬러는 'Greenery'라고 하지요. 한국뿐만 아니라 세계적으로 시끄러운 사건 사고가 많았던 2016년이 지나고 2017년 또한 북적한 혼잡함이 잔재됨에 Greenery를 올해의 색으로 지정함으로써 현대인들에게 뻑뻑하고 건조한 눈에서 조금은 편안함을 되찾기를 바라는 소망을 담은 것은 아닐까요. 39인 중 6인의 빛은 초록빛 파장에 속했습니다. 연두색, 올리브색, 진녹색 등 모두 다른 초록빛으로요. 이들의 이야기는 초록빛이 주는 편안함처럼 편안합니다.

묵직함과 동시, 절제와 신비감을 담는 '검정'은 모든 가시광선을 흡수하는 색입니다. 누군가의 죽음을 애도할 때 입는 색이기도, 어두컴컴한 동굴 속 같은 두려움을 상징하기도 하나 보이지 않는 깜깜한 그 공간에는 무엇이 있을지는 전혀 알 수 없듯 미지의 신비감을 품습

011

니다. 39프로젝트의 39인 중 9인의 색은 검정색에 속했습니다. 진회색, 빛바랜 검정, 깜장색 등, 그냥 검정이 아닌 손때가 묻은 듯이 자신만의 검은 빛을 지니고 계셨습니다. 참 신기하게도 검정색이 내포하는 의미를 인지하고 그들의 글을 읽다보면 퍼즐이 맞춰지는 듯 마치 빛이 글을 품는 듯한 기분이 듭니다.

39인의 빛은 그들을 대변합니다. 그렇기에 책의 목차는 이름 순도, 이야기의 주제를 카테고리화한 것도 아닌 무지개색, 즉 빛의 스펙트럼 순으로 정렬하였습니다. 빨주노초파남보, 그리고 이를 모두 흡수하는 검정을 마지막으로요. '39프로젝트'는 독자에게 무지개를 타고 내려오시는 것과 다를 바 없는 경험을 선사합니다.

012

39색의 빛이 만난 아름다운 오로라, 39프로젝트를 펼칠 수 있는 하늘을 그려주신 이태상 선생님의 호號는 바다의 마음, '해심海心'이십니다. 끝이 어딘지 알 수 없는 바다의 수평선을 바라보고 있으면 바다가 하늘인지, 하늘이 바다인지 눈앞의 장면을 뒤집어도 무색할 만치 둘 모두 드넓지 않던가요. 게다가 노을이 질 때의 바다는 어둑해지는 하늘 빛 한 가운데 서서히 하강하는 불그스름한 해를 품으며, 붉은지 주황인지 노랑인지 알 수 없이 오묘하게 그러데이션 되는 노을빛까지도 모두 고스란히 스미고 있지 않던가요.

바다의 마음을 지닌 이태상 선생님의 바다는 하늘을 품습니다. 하늘을 품는 바다의 마음에 39가지 빛줄기가 그 위를 수놓습니다. 빛으

로써 안겨질 수 있는 바다를 선사해주신 이태상 선생님께 바다 같은
끝없는 감사를 드립니다.

p.s. '이건 비밀인데요, 39번째 작가는 지금 이 글을 읽고 계시는 바로 당신, 독자님이랍니다. 39번째 빛가지는 독자님 내면의 소우주의 빛입니다. 함께 오로라를 이루어 세상을 아름답게 감싸보아요.'

에그코어 대표
김미래

참여 또는 격려 글 LEE BONG SU

젊은 시절, 여름이 한창 무르익을 때 나는 친구와 함께 엉뚱한 계획을 세웠습니다. 뗏목을 만들어 타고 태평양으로 떠내려가자고 모의했습니다. 둘은 남해안 바닷가에서 비지땀을 흘리며 뗏목을 만드는데 1주일 정도를 소비했습니다. 그리고 생존에 필요한 준비물을 체크했습니다. 쌀과 라면, 미숫가루, 큰 물통과 물, 호각, 손거울, 랜턴, 라디오, 버너, 코펠, 석유, 낚시도구, 모자, 우의, 실과 바늘, 옷가지, 상비약 등을 차곡차곡 준비했습니다.

별이 수없이 쏟아지던 날 밤 우리는 뗏목을 타고 태평양으로 야반도주를 했습니다. 그 때의 그 홀가분함과 쾌감을 뭐라고 해야 할까요? 한마디로 대자유였습니다. 지금 생각해 보니 기존 질서에 대한 도전이고 반항이었습니다. 가랑잎과 같은 뗏목 위에서 친구와 나는 망망대해를 건너 호노룰루^{Honolulu}와 파고파고^{PagoPago}를 지나 남태평양의 사모아까지 떠내려가자고 약속했죠. 작열하는 태양과 서늘한 별빛을 번갈아 보며 3일 동안 표류했더니 라디오에서 한국말은 희미해지고 일본말이 선명하게 잡히기 시작했습니다.

올해 서울의 여름은 정말 덥고 힘듭니다. 젊은 연인들이 스타벅스 창가에 앉아 노트북을 두들기며 더위를 피하고 있습니다. 시대가 바뀌어 뗏목을 타고 태평양으로 가는 무모한 청춘들은 이제 없습니다. 대신 비행기를 타고 푸켓이나 홋카이도 등지로 여행을 떠납니다. 무전여행 같은 것은 꿈도 못 꾸는 요즘 젊은이들이 너무 나약해 보입니다.

그런데 아니었습니다. 나보다 더한 괴짜들이 지금도 많다는 것을 최근에 알았습니다. 고정관념을 깨고 시대를 앞서가는 진정한 '덕후' 들을 만났습니다. 재미 작가 이태상 선생과 서울대학교 학생인 김미래 님을 비롯한 39명의 진정한 괴짜 '덕후'들이 나의 선입견을 깨트려 놓고 말았습니다.

무지개를 탄 우주적 인간 '어레인보우'라는 신조어를 만들어낸 이태상 선생은 서울대학교 종교학과를 나온 언론인입니다. 우주의 본질은 사랑이라면서, 멋진 인생을 가슴 뛰는 대로 살자고 노래합니다. 젊은 시절에 술과 친구를 좋아하여 서울 종로에 '해심'이라는 술집을 열어 마음 통하는 친구들과 문학과 철학과 인생을 노래했던 분입니다.

김미래 님은 서울대에서 의상디자인을 전공하면서 개인사업까지 하는 촉망 받는 괴짜 '덕후'입니다. 졸업해서 걱정 없는 대기업에 들어가 평범한 삶을 살라는 부모님 말씀보다 가슴 뛰는 삶을 살고자 무소의 뿔처럼 제 갈 길로 가는 야생 청춘입니다. 태상과 미래! 80세와 24세의 대학 선후배인 이 두 사람은 1년 넘게 이메일로 문학, 철학, 종교, 사랑과 우주의 본질에 대해 사상로멘스를 나누었습니다. 나이를 뛰어 넘어 퇴계와 기대승이 주고받았던 담론이 시공을 초월하여 이 시대에 재현된 것 같습니다.

우리가 어찌 구경만 하고 있겠습니까. 코스모스가 필 무렵 태상과 미래를 좋아하는 39명의 '덕후'들이 모여 '39프로젝트'라는 책을 내고 북 콘서트를 열기로 했습니다. 서울대, 고대, 연대, 카이스트, 이화여대, 숙명여대 등 많은 대학의 재학생 또는 졸업생들과 다양한 사람들이 모여 1박2일 동안 북 콘서트를 겸한 불꽃축제를 개최한다고 합니다. 이태상 선생도 미국에서 나오셔서 함께 토론하며 밤새 놀기로 했습니다. 시인, 화가, 디자이너, 연극배우, 국악인 등 다양한 면면의 이들에게 한 가지 공통점이 있다면 모두가 실험정신으로 가득한 순수한 영혼들입니다. 먹고 사는 일도 걱정하지만, 인생과 우주의 본질에 대해 고민하는 진정한 변태들입니다. 한 발 앞서가는 젊은 지성들과 함께 영혼의 불꽃축제에 동참하게 되어 기쁩니다.

태평양으로 떠내려가던 나는 어떻게 되었을까요. 기대하십시오!
불꽃축제 때 한 잔 하면서 이야기보따리를 풀어 놓을 것입니다.

이순신전략연구소장 / 수필가

이봉수

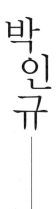

박인규

하고 싶은 거 많은
아저씨진행형

끄적

1.

한 해씩 나이를 더해갈수록 좋은 점이 있다면 전에는 미처 몰랐던 오래된 노래의 진솔함을 느끼게 된다는 것이다. 최근 내 플레이리스트에서 가장 많이 재생되는 노래는 조용필의 〈이젠 그랬으면 좋겠네〉라는 곡이다. 워낙 유명한 곡이라 제목과 후렴구 정도는 알고 있었는데, 친구와 소주 한 잔 하며 어떻게 살아왔고 어떻게 살아야 하는지 토론이라 하기도 우스운 얘기를 주고받다가 대폿집 가게에서 흘러나오던 이 노래를 들었고, 들으면 들을수록 울림은 더해져만 갔다. 울림이 깊어질수록 내겐 어떻게 살아왔는지, 어떻게 살고 있는지, 어떻게 살아가야 할지에 대한 질문은 점점 쌓여만 간다.

사람을 대하는 것이 어렵고 어색해지고,
시도조차 하기 싫었던 때가 있었다.

내 직업의 특성상 새로운 아이템을 만들어 관련된 기관에 제안을 하거나, 공동 관심사를 바탕으로 협업을 하는 경우가 많이 있다. 이런 업무의 특징은 대개가 사람으로 시작해서 사람으로 끝나게 되어 있다는 것이다. 기획과 회의, 미팅을 대비해서 온갖 경우의 수를 준비하고 만나서 대화를 나누고 의견을 교환하고 간극을 좁히고 합의점을 도출하기 위한 숱한 미팅과 식사, 혹은 술자리는 나로 하여금 사회생활의 달인, 언변의 달인이 이런 모습이 아닐까 하는 착각에 빠지게도 하였다.

하지만 아이러니 하게도 업무가 끝나고 본연의 나로 돌아올 즈음엔 업무적으로 만났던 사람들이 상상할 수도 없는 모습의 나로 돌아온다. 조용함과 평화로움, 혼자의 여유로움, 적막함을 찾아 깊숙이 들어간다. 한때는 이런 내 모습이 문제가 있는 것이 아닐까 라고 느낄 정도로 일이 끝나는 시점이 되면 지독하리만큼 적막함을 찾아가곤 했다.

혼자 밥을 먹고, 혼자 술을 마시고, 혼자서 영화관을 찾는 일들과 같이 내 생활의 폭을 좁혀가며 그렇게 나에게 휴식을 주고 있었다.

본질의 차이와 경계에 대한 궁금증이 더해갔다. 사적인 나의 모습과 지극히 상반된 공적인 나의 모습 사이에서 헤매고 있었던 게 아닐까. 일을 열심히 하고 또 잘하게 될수록, 정작 나에게 혹은 나의 사람들에게 말을 아끼게 되었던 것이다. 더 깊이 들어가고 내 사람들에게 무언가 말을 하기 보다는 내 목소리를 감추고 그들의 소리를 듣는 체 하는 시간이 많아졌다. 함께 있으면서도 더 혼자였던 것이다.

하지만 시간이 지날수록 공적인 나의 모습이 내 사람들에게도 나타나고 있었다. 분석하고 설득하며 공격적인 나의 모습에 내 사람들은 당황스러워 했고, 나 또한 스스로 내 본래 모습을 잊어버린 것 같은 기분에 빠지곤 했다. 더 큰 문제는 이러한 나의 모습이 모두에게 나타나는 것이 아니라 내 사람들 중에서도 나와 방식과 속도가 다른, 혹은 여유로운, 속내를 드러내지 않는 이들에게 나 혼자 답답함을 느끼며 조급해 하고 있었다는 것이다. 그들의 목표와 그들이 걷는 속도를 무시한 채, 그저 그들을 위해서 하는 말이라는 말 같지 않은 말로 그들을, 내 사람들을 재촉하고 있었다. 더 빨리 걷고 더 명확하게 분석하고 판단하라고.

'내가 그런 말을 할 자격이 있을까?'

자문을 한건 그로부터도 한참이 지나고 나서였다. 부끄러움이 수그러들지 않았다. 내가 그들에게 무슨 말을, 어떤 행동을 해온 것인지에 대해 한참을 생각했다. 난 그저 내 사람이라는 이유로 그들에게 나의 방식을 강요하고 이해해달라고 칭얼거린 어린애였던 것이다. 머릿속에 블랙홀이 생긴 것처럼 나의 기준과 방식들이 빨려 들어가 소멸되는 느낌과 나름의 방식으로 정립해왔던 나의 기준들이 무너져 버린 기분이었다.

사과의 말은 좀처럼 쉽게 나오지 않았다. 비겁하게도 몇 달의 시간이 지나서야 술자리의 기운을 빌어 어렵사리 말을 꺼냈다.

"내 생각을 강요하고 내 방식만을 원했었다……. 미안하고 부끄럽다."

내 사과에 대한 대답을 들을 용기도 없었다.

"그런 생각 하지마라. 저마다 방식이 다를 뿐이지 같은 방향을 보고 있는 건 마찬가지다. 어떤 방식으로 어떻게, 얼마나 빨리 거기에 다다를지 서로 다른 방식으로 고민하는 것뿐이다. 그건 곁에 있는 사람을 생각하는 마음이 없다면 불가능하단다. 나의 방식과 옆에 있는 사람의 방식이 다르다고 하고 그게 틀린 건 아니란다."

마흔을 앞둔 아들에게,
칠순을 훌쩍 넘기신 아버지께서,

몇 십 년을 아끼고 아껴두신 듯한 깊은 한마디 한마디로 조언을 해 주시던 날 처음으로 아버지와의 술자리가 좀 더 이어졌으면 좋겠다는 생각을 했다.

2.

대학을 졸업하고, 사회생활을 시작하고 한해 두해 경력을 더해가고, 통장의 잔고가 조금씩 늘어갈 때쯤 생기는 것이 인생의 자신감이 아닐까. 이러한 자신감의 본질은 나다움의 확고함이 자리 잡고 있음이 아닐까.

'나답다' 라는 것은 어찌 보면 '나는 이렇다'는 고집이 아닐까. 이런 고집이 내 사람들에 대한 잔소리와 간섭으로 이어지는 건 아닐까. 나의 방식을 그들에게 강요하고 있는 것이 아닐까. 나는 맞고 그들이 틀린 걸까, 혹은 그들이 맞고 내가 어리석은 걸까.

영화를 보면, 주인공이 위험을 무릎 쓰고 지구를 구하지만 건물을 파괴했다는 등의 피해를 끼쳤으니 책임을 져야한다는 사람들이 있다. 내 사람들을 위해 궂은일도 마다하지 않고 하지 않아도 될 노력까지 더해 결과물을 냈음에도 정작 내 사람들은 '왜 이렇게 했느냐' 혹은 '조금 더 신경을 써줬으면 좋았을 텐데' 라는 반응을 보이기도 한다. 이는 입장의 차이 혹은 관점의 차이, 마음의 차이, 상황을 대하는 입장의 차이가 아닐까. 서운하기도 속상하기도 화가 나기도 하지만 그건 어디까지나 내 사람의 범주에 있는 나와 그들이 서로에게 익숙해져서 그런 것일지도.

좋아하는 책, 싫어하는 사람, 좋아하는 음식, 싫어하는 행동, 추구하는 사상, 경계하는 관습, 습관 혹은 버릇. 저마다의 기준 혹은 가치관 안에서 살아가는 우리는 무엇이 옳고 무엇이 그른지에 대한 정의를 확고히 내릴 수 있을까.

우리가 가져야 하는 것은 우리의 확고한 기준에 내 사람들의 관점과 타인들의 사고의 차이를 배척하지 않고 이해할 수 있는 풍족한 마음이 아닐까.

소중한 사람
소중한 마음
소중한 가치란
옆에 있는 모든 것들
다르지만 소중한 기준들과 그 사람들

우린 어쩌면 소중한 걸 모두 잊고 산 건 아니었는지 자문하게 된다. 익숙함에 무뎌진 감정들을 들춰내고 '소중한 건 옆에 있다'고 먼

길 떠나려는 나와 내 사람들에게 말하고 싶다.

"옆에 있어줘서 고맙습니다."

장준호

오늘을 노래하는 싱어송라이터,
저는 '오늘의 라디오'입니다

순간의 꿈

'당신의 꿈은 무엇입니까?'

글을 시작하기 전에 앞서 미리 말씀드리고 싶은 게 있는데요. 저는 '꿈이 있는 삶을 살아야 한다.'고 이야기 하려는 게 절대 아닙니다. 보통의 어른들은 '꿈꾸는 삶이 바람직한 삶이고, 꿈꾸지 않는 사람은 발전이 없는 삶이다'며 철부지 취급을 합니다만, 전혀 동의하지 않습니다. 바람직한 삶, 발전이 있는 삶 이런 것들엔 기준이 없으니까요.

자, 그럼 다시 한 번 질문.

'당신의 꿈은 무엇입니까?'

꿈. 꿈에는 몇 가지 뜻이 있지만, 여기서의 꿈은 '실현하고 싶은 희망이나 이상'을 뜻하는 꿈을 말합니다. 그렇다면 질문을 이렇게 다시 바꿔볼 수 있겠네요.

'당신이 실현하고 싶은 희망이나 이상은 무엇입니까?'

아, 그래서 제 꿈이 무엇이냐고요? 대부분의 사람들이 저와 같은 생각을 하고 있을지 모르겠습니다만, 저는 '행복하게 사는 것'이 꿈입니다. 그렇다면 행복하게 산다는 것. '행복하다'는 것은 정확히 어떤 감정일까? 국어사전을 찾아보았습니다.

'행복 : 생활에서 충분한 만족과 기쁨을 느끼어 흐뭇함. 또는 그러한 상태'

우선 우리가 어떠한 생활을 하는지 알아볼 필요가 있겠네요. 우리는 어떠한 생활을 하면서 인생을 보낼까요? '취미'생활도 그 중 하나일 테고, 사랑하는 사람과의 '연애'생활 또한 많은 부분을 차지할 수 있겠네요. 그리고 자본주의 사회에서 돈을 벌기 위한, 소위 '직장'생활도 있겠습니다.

그 중 제일 많은 부분을 차지하는 것이 바로 '직업'과 관련한 활동일 것 같은데요, 오늘은 저의 '직업'과 관련한 이야기를 해볼까 합니다. 제가 직업을 선택하는 과정 속에서 느꼈던 나의 행복과, 선택한 일을 하다 발견하게 되었던 내 행복의 모순점들……. 그러면서 다시 진짜 '행복'을 찾아가는 과정. 그 여정의 기록을 지금 여러분께 보여 드리려고 합니다.

저는 음악을 합니다. '오늘의라디오' 라는 이름으로 활동하며 곡도 쓰고 노래도 부르는, 소위 '싱어 송 라이터' 입니다. 꼭 무슨 라디오 프로그램 이름 같지요? 제 본명은 장준호라고 하는데요, 유희열 씨가 'Toy' 라는 이름으로 활동하는 것과 같은 개념이라고 보시면 되겠습니다.

제가 처음부터 음악가의 꿈을 가지고 있던 건 아니었습니다. 어릴 적에는 축구선수도 되고 싶었다가, 가수도 되고 싶기도 했고, 선생님도 되고 싶었다가 장래희망 자주 바뀌는 뭐 그런 아이였습니다.

머리가 조금 커지고 나서, 음악을 해야겠다고 결심하기 전까진 한의사가 되는 것이 꿈이었습니다. 당시 어머니께서 한문교실을 하셨고, 당연히(?) 저 또한 한문공부를 꾸준히 했었는데, 자연스레 이 장점을 잘 활용할 수 있는 직업이 어떤 것들이 있는지 알아보곤 했었지요. 그 중 수입이 괜찮은 직업이 한의사였고, 그렇게 장래희망은 한의사가 되어버렸습니다. 한의사가 되고 싶다는 생각이 강렬하게 들지도 않았고, 다른 직업을 갖게 돼도 상관없는 딱 그 정도랄까요.

그러던 중 고등학교에 입학을 했고, 밴드 동아리에 들어가게 되었습니다. 그리고 첫 합주를 하고 첫 공연을 하는데, 이게 기분이 보통 즐거운 게 아니더라고요. (얼마나 즐거웠는지 말하고 싶은 마음은 굴뚝같지만 생략하겠습니다) 그 때 처음으로 이런 생각을 했습니다.

'이렇게 하고 싶은 것을 매일매일 하면서 살면 삶이 얼마나 행복할까?'

그렇게 저의 장래희망은 음악 쪽으로 기울기 시작했고, 곧 완전히 바뀌게 되었습니다. 하고 싶은 것을 한다는 건 '생각'이 아니라 '본능'에 가까운 것 같아요. 행복하고자 하는 '본능' 부모님께서 잠시 반대하셨지만, 본능을 알아채신 부모님은 꽤나 금방 허락해주셨고, 다음 해가 되어 본격적으로 음악을 시작하게 되었습니다. 그 이후 제 행복의 기준은 '하고 싶은 것을 하는 것'이 되었습니다.

그런데 음악을 업으로 삼고 살아가면서 참 아이러니한 상황이 벌어졌습니다. 하고 싶은 것들을 하면서 살려고 음악을 선택했는데, 하기 싫은 일들이 점점 많아졌습니다. 재미난 곡들을 연주하고, 멋진 곡을 써서 사람들에게 좋은 공연을 보여주기 위해서는 끊임없이 계속 연습하고, 썼던 곡들을 몇 번이나 수정하는 작업을 거쳐야 되는데요. 재미난 연주와 공연은 몇 번을 해도 참 즐겁고 행복한데, 연습과 곡 작업은 주로 하기 싫을 때가 많습니다. 멋진 공연은 하고 싶은데, 연습과 작업은 하기 싫은 것이죠.

어쨌거나 '하고 싶은'걸 하려면 '하기 싫은'걸 해야 하나 봅니다. 그리고 이 둘은 떼려야 뗄 수 없는 것처럼 보이기만 했습니다. 그런데 여기서 궁금한 점이 생겼습니다. 과연 나는 하기 싫은 것을 한 적이 있을까?

예를 들어, 제가 연습을 했습니다. 만약 제가 연습이 하기 싫었다면 하지 않았겠지만 그래도 그 하기 싫은 연습을 했습니다. 그러니까 그 싫은 연습을 '하고 싶었기' 때문에 연습을 한 것이겠지요. 반대로 제가 연습을 하지 않았습니다. 연습을 하지 않았다는 건, 연습을 안 '하고 싶었기' 때문 아닐까요?

저는 늘 하고 싶은걸 하며 살고 있었습니다. 그런데 참 재밌네요. 나는 분명 매일매일 하고 싶은걸 하며 살고 있는데, 그렇게 살면 행복해야 하는데, 분명 불행하다고 느끼는 날들도 많았거든요. 그리고 그것이 내 꿈이었다면, 나는 이미 꿈을 이룬 채 살고 있다는 것이잖아요? 그런데 나는 항상 행복하지는 않단 말입니다.

나의 꿈이, 내가 추구했던 행복이 내 모순에 와르르 무너지는 순간입니다. '하고 싶은 걸 하면서 살면 행복하다'는 말은 애초에 잘못된 명제였습니다. '하고 싶은 걸 하면서 산다고 항상 행복한 건 아니다'가 맞겠네요. 그런데 저는 한동안 이 잘못된 명제가 '내가 행복으로 가는 최고의 길' 일거라 생각하며 살아왔던 것입니다.

그래서 저는 '행복'이라는 것에 대해 다른 관점으로 생각해 볼 필요가 있었습니다. 행복이란 무엇일까? 다시 한 번 사전을 펼쳐보았습니다.

'행복 : 생활에서 충분한 만족과 기쁨을 느끼어 흐뭇함. 또는 그러한 상태'

행복. 행복하게 사는 것. 행복한 삶을 산다는 것……. 행복한 삶을 산다는 건 충분한 만족과 기쁨을 느끼며 살아간다는 것인데, 그렇다면 우리의 삶은 어떻게 이루어져 있는 걸까요?

우리는 늘 '오늘'을 살아갑니다. 지나온 내 인생은 모두 하루하루 차곡차곡 쌓여 만들어진 오늘이었고, 나의 미래도 결국 오늘 이 하루가 만들겠지요. 그리고 오늘 이 하루는 한 시간 한 시간이 차곡차곡 쌓여서 만들어지고, 그 한 시간은 1분 1초가, 그 1분은 지금 이 순간들이 만들어가고 있다는 것. 누구나 알고 있는 사실이지요.

답답했던 마음이 이제야 좀 풀리는 것 같습니다. 그러니까, 행복한 삶이란 '오늘 하루, 1분 1초 매 순간 충분한 만족과 기쁨을 느끼며 보내는 삶' 이라는 뜻이고, 바꿔 말해서

'지금 이 순간 내가 충분히 만족하고 기쁘다고 느낄 때'

그 때 우리는 행복한 인생을 살고 있다는 말이 되겠네요. 수없이

많은 사람들이 이야기를 했고, 수많은 책들이 이 같은 메시지를 담아 전달하고자 했지만, 마음으로 이해가 되는 것은 역시 직접 느껴지는 경험인가 봅니다.

행복을 찾는 제 여정은 이렇게 마무리 되는 것 같습니다. 이제 저는 행복하게 사는 법을 알았고, 제 꿈은 '행복하게 사는 것'입니다. 물론 마음으로는 이해가 되지만 까먹기 일쑤라, 대부분의 삶을 불만족스럽고 기쁘지 않게 보내고 있는 중입니다. 저는 불만도 많고, 나와 남을 비교하는 것도 참 잘하는, 짜증이 꽤나 많은 성격이거든요. 까먹는 것도 하도 잘 까먹어서 배가 부를 지경이구요.

그래서 제게 제일 중요한 건 행복하게 사는 법을 '잊지 않기'입니다. 앞으로 '매순간 충분히 만족하며 기쁘게 살기' 이런 글귀 적어서 벽 이곳저곳에 쪽지라도 붙여놓아야겠어요. 까먹을 만하면 보이고, 까먹을 만하면 보일 수 있도록. 그러다 보면 앞으로 내 삶에서 행복할 순간들이 점점 잦아질 테고, 꿈을 이룰 순간들도 조금씩 많아지지 않을까요?

주다은

온몸으로 글을 쓰고
그림을 그리는 주다은입니다.

아주 다분히 개인적인

삶은 나에게로 향하는 오랜 여정이다. '나는 누구인가?'라는 질문을 던지며 끊임없이 홀로 걸어가는 것이다. 이 고독한 길 위에서 과거에 경험했던 기억과 현재진행형으로 이루어지는 사건들, 그리고 미래에 일어날 일들을 마주한다. 그러다 보면 한 가지 공통점을 발견하게 된다. 바로 변함없는 시간의 흐름 위에 삶이 놓여있다는 것이다. 탄생의 순간부터 죽음에 이르기까지 삶은 보편적인 시간 개념 아래 존재하는 한 개인의 시간이다. 그렇게 삶이라는 아주 다분히 개인적인 시간에 대해 생각하다 보면, 나의 삶을 돌아보는 시간을 갖게 된다.

먼저 보물찾기 놀이에 대해 잠깐 이야기를 해보려 한다. 별모양의 스티커 혹은 황금색으로 반짝이는 표시를 찾아 우리는 어릴 적부터

미지의 곳으로 달려간다. 물론, 어린이만의 이야기는 아니다. 캘리포니아의 금광을 찾아 미대륙의 서부로 끊임없이 달려갔던 이들도 무엇인가 반짝이는 것을 향해 전진했다. 출발선의 총소리가 울리면, 아니 사실 울리기도 전에, 인간은 보물을 향여 누군가에게 뺏길까 쉼없이 돌진한다. 첫 번째, 두 번째, 세 번째……. 그렇게 무한한 N 번째 보물을 향해 달려가다가 문득, 인간은 자각한다. N 번째 보물과 N+1 보물 사이에는 전혀 달라진 것이 없다는 것을 말이다. 끊임없는 욕망과 야망의 달리기는 모두 보물찾기라는 닫힌 세계를 지속시키기 위한 장치들 중 하나에 불과하다는 것을 말이다.

내가 세상을 구성하는 수많은 보물찾기 놀이와 그 보물찾기 놀이의 허무함을 비로소 발견한 것은 아마도 열아홉 무렵일 것이다. 어릴 적, 내성적이었던 나는 모든 보이지 않는 존재가 무서웠다. 텅 빈 집에 저녁이 찾아올 무렵 낮게 깔려오는 노을과 이내 밤이 되어 밀려오는 어둠을 견딜 수가 없었다. 그래서 홀로 남겨진 시간이 찾아오면, 보이지 않는 것에 대한 상상을 지워버리기 위해 미친 듯이 반복적인 일을 했다. 끝없이 계산문제를 풀고 이런저런 숙제를 하던 그 식탁이 떠오른다. 그렇게 나는 공부를 잘할 수밖에 없었고, 내부와 외부의 열망에 항상 '~사'라는 접미사로 끝나는 직업을 꿈꿨다. 그러던 어느 날, 보물찾기에 실패하고 고개를 들어보니 그때까지의 거짓된 보물들이 쓰레기 더미처럼 쌓여 나를 마주하고 있었다. 보물찾기의 세계를 지각해버린 이상, 세계 내부의 것들은 더 이상 나를 자극하지 못했고, 나는 세계를 이탈할 수밖에 없는 지경이었다. 나는 발걸음을 돌려 하나의 닫힌 세계에서 빠져 나왔다.

그렇게 지난 7년이 시작되었다. 스무 살이 채 안되었던 나는 어느 새 스물여섯 해를 채워가는 중이다. 그때 세계 밖에 홀로 남은 아이가 여기에 똑같이, 동시에 너무나 다르게, 그대로 남아 있다. 해가 지날수록 1년이라는 시간이 짧게 느껴지는 것은, 1/N의 N이라는 나이의 숫자는 계속해서 늘어나는데 1이라는 그 숫자는 변함없이 버티고 서 있기 때문일까. 지난 7년 동안 휘몰아친 일들이 너무나 버거워 이제 사건들을 더 이상 시간 순서로 정리하기 힘들다는 푸념은 이제 막 이십 대 중반을 넘어선 젊은이가 하기엔 너무나 낡아빠진 한탄일까.

038

스무 살 무렵의 나는 대학이 왜 존재하는지 모르는 채 입학을 했다. 살기 위해 다양한 활동을 했으나 그 어떤 것도 삶에 대한 회의를 충족시켜주지 못했다. 어릴 적 한두 번 겪었던 한두 해의 타지 생활 덕분에 사교적이면서도 활발했지만, 본래의 내성적인 성격은 사라지지 않는다고, 나는 대학에 들어와 수업 외의 많은 시간을 홀로 보냈다. 첫 해의 대부분은 도서관에서 책을 읽는데 할애했고, 그 이듬해에는 매일같이 영화만 보았다. 전공 공부에 도통 재미를 못 붙인 것이 가장 큰 이유일 것이다. 하지만 그렇기에 다양한 분야의 수업과 학문을 접했고, 그 중 하나로 대학 입학과 함께 시작한 스페인어에 재미를 붙여, 그 세계에 푹 빠져 살았다. 그리고 그때부터 한 가지 계속했던 것은 끊임없이 삶과 사유를 기록하여 모아두는 것이었다.

스물한 살이 되어서는, 나를 얽매이는 것들로부터 자유롭고 싶었다. 그래서 모든 것을 내려놓고 배낭 하나와 함께 홀로 떠났다. 이제는 너무나 많이 알려져 관광의 냄새가 배어버린 산티아고 순례길 Camino de Santiago로. 그 시절 나는 가장 사람이 적게 다니는 길, 특히 내가 떠나 온 한국의 사람이 없는 길을 걷고 싶었다. 그렇게 북쪽 길 Camino del Norte을 택해 스페인 북부 대서양을 따라 총 31일간 817㎞를 걸었다. 자유로운 걷기 여행이라는 포장 아래 한없이 동경하고 부러워할 수도 있겠지만,

　첫 보름은 양쪽 발의 발톱이 번갈아 가며 성하지 않아 병원까지 가야 했고, 그 다음 보름은 양쪽 발의 뒤꿈치가 번갈아 가며 물집이 잡히고 피고름이 고여 지독한 냄새가 났다. 아침이 오면 차갑게 굳은 신발에 양말로 감싼 발을 가까스로 넣고 온기가 올 때까지 고통을 참아야 했지만, 그때는 그 삶에 취해 끊임없이 걸었다. 매일매일 다채로운 풍경과 사람을 마주하며, 삶의 방식은 너무나 다양하고 세상은 너무나 넓어 할 수 있는 것이 수 없이 많다는 것을 깨달았으며, 길 위에서 사람을 만나 사랑을 할 수 있다는 것도 알게 되었고, 또한 현실과 이상 사이에는 너무나 큰 괴리가 존재하여 삶이 괴로우리라는 것도 서서히 깨닫기 시작했다. 하지만, 완벽한 삶이 어디에 있겠으며, 그때의 걸음이 남긴 세계는 시간이 지날수록 더 깊고 짙은 향기를 내뿜으며 나의 삶을 아우르고 있다.

　스물두 살 무렵에는, 또 한 번의 걸음을 했다. 무식하면 용감하다

아주 다분히 개인적인

고, 네팔의 히말라야 트레킹을 아무런 생각 없이 떠났다. 내가 걸은 길은 해발고도 5416m에 이르는 구간을 포함하여, 총 보름 정도에 걸쳐 이루어지는 여정인 안나푸르나 서킷 트랙Annapurna Circuit Trek이었다. 보통은 길을 안내해줄 가이드나 짐을 나눠 들어줄 포터를 고용하지만, 금전적인 문제도 있었고, 당시에 위험성을 크게 자각하지 못 한 탓에 나는 가이드도 포터도 없이 걸었다. 태고의 자연을 마주하며, 한 번은 4000m가 넘는 고도에서 두 뼘이 채 안될 것만 같은 좁은 길을 걸어야 했다. 왼쪽으로는 언제 떨어질지 모르는 돌들로 끝없이 높게 경사진 산이 있었고, 오른쪽으로는 떨어지는 순간 이 세상과 이별할 것 같은 아득한 계곡이 있었다.

걸음을 내딛을 때마다 두 개의 대나무 지팡이와 두 다리에 의존해야 했고, 그러한 와중에 왼쪽으로는 언제 떨어질지 모르는 돌들을 피하기 위해, 오른쪽으로는 다리를 헛디뎌 미끄러지지 않도록 집중해야 했다. 그때 느꼈던 생존의 절박함은 몸이 기억한다. 삶의 의미를 물으며 죽음에 대해 많이 생각하였지만, 당시 육체적 죽음의 순간을 마주하였을 때 나는 극도의 생존 욕구를 느꼈다. 그리고 그때부터 몸은 살아야 하는 특별한 이유를 더 이상 묻지 않았다. 나는 살아있으니까, 나는 숨 쉬니까 산다. 산다는 것, 규정할 수 없는 그것은 곧 내 몸 그 자체가 되었다.

아주 다분히 개인적인 두 번의 걸음을 통해 나는 길에서 삶을 배웠다. 그리고 세상을 보았다. 서울과 같은 도심 그리고 네팔의 산골과 같은 낙후된 지역의 간극은 영원히 불합리할 세상의 한 단면을 보여주었다. 그리고 이 두 극단을 이어줄 연결고리를 찾는 것은 결코 쉽지 않을 것이라는 점을 온몸으로 느낄 수 있었다. 이어 스물세 살 무렵에는, 또 다른 타지 생활에서 이런저런 인간관계와 고통스러웠던 사건들을 마주하며, 이 세상이 얼마나 아름다우면서도 얼마나 아름답지 않은지를, 또한 세상은 보이는 것보다 보이지 않는 것으로 더 많이 이루어져 있다는 것을, 그렇게 세상을 온전히 이해한다는 것은 애초에 불가능하기에 그저 온전히 받아들일 수밖에 없다는 것을 깨닫게 되었다.

그리고 사람이 사람을 죽일 수 있다는 것을, 동시에 삶이 너무나 많이 어찌할 수 없는 일들의 반복으로 쌓여 가리라는 것을, 그로 인해 삶의 허무와 긍정이 얽힌 만큼이나 정신적으로 불안하리라는 것을, 나아가 사람이 너무 버거운 일을 혼자 담아 내다보면 심각하게 뜨거운 만큼이나 심각하게 차가워져 삶에 대한 애착을 상실할 수도 있다는 것을 알게 되었다. 무엇보다 내 자신이 이토록 인간사회에 밀착하면서도 또 떨어져 있게 되리라는 것을, 그렇게 내 자신이 심각하게 분열되리라는 것을 서서히 자각하게 되었다.

시간은 변함없이 흘렀고, 스물네 살 무렵에 접어들어 나는 여전히 대학이 왜 존재하는지 모르는 채 졸업을 했다. 하지만, 다양한 경험을 하였음에도 불구하고, 안정이라는 관성에서 벗어나지 못한 나는 다시 한 번 대학에 머무르게 되었다. 그러나 여전히 대학에서 접하는 과학연구의 실험방법론은 내가 본 세상뿐만 아니라 나라는 존재로부터 동떨어져 있었고, 내가 느끼는 삶의 공허함만이 커지고 있었다. 그러던 어느 순간, 나는 더 이상의 분열을 받아들이기 힘들다는 것을 깨달았다. 나아가 나 자신이 스스로를 얼마나 모르는지 혹은 모르는 척 하였는지를 알게 되었고, 본인의 삶에 이토록 무책임하였음을 자책했다. 이러한 모든 일들이 지속되는 동안에도 나는 스무 살 무렵부터 그러했듯이 끊임없이 삶과 사유를 기록하여 남겨두었다.

스물다섯 무렵, 나는 나의 글을 정리하여 출판하기로 했다. 지난 5년간의 글이 담긴 공책을 넘겨보며, 출판을 마음먹은 시점에서 가장 덜 부끄러운 글만을 골랐다. 그렇게 추려내고 보니 대부분의 글이 시라고 불리는 형태의 언저리에 놓여 있었다. 하지만 고백하자면, 나는 시를 쓰려고 한 적이 없었으니 시인이 못 되었고, 그 이후에는 억지로 시를 쓰려고 하니 또 다시 시인이 될 수 없었다. 그래도 시에 대한 개인적인 기억을 더듬어 보면, 수능 공부를 하던 시절로 거슬러 올라간다. 그때, 책 표지에 적혀있던 정현종 시인의 '섬'이라는 시를 참 좋아했었다.

사람들 사이에 섬이 있다
그 섬에 가고 싶다

이후 나는 수능을 보았고, 시는 사라졌다. 시간이 흘러 사랑을 했고, 시를 읽기 시작했다. 살기 위해 무엇인가를 적었고, 몇 개는 시라고 불리는 것이 되었다. 파블로 네루다^{Pablo Neruda}의 말을 빌려 그렇게 어느 날 시가 나에게 왔다. 내게 시의 마력은 언제나 글자와 글자 사이의 공간에, 억지로 채우려 하지 않고 또 채워지지 않는 그 무한한 비어있는 상태에 있다. 등단 문화를 먼저 알았더라면 당연히 등단을 위해 투고하였을 것이다. 하지만, 나는 항상 무식하여 일을 저지르고 나서야 현실을 직면하곤 한다. 그렇게 나의 첫 책인 시집, 『이십오년, 내가 나의 이방인이 되기까지』는 대학원생의 조교비로 그 누구에게도 알려지지 않은 채 얼굴을 내보이게 되었다.

이제 스물여섯 해를 세달 남짓 남긴 지금, 다시금 삶을 정리해보는 시간을 갖는다. 되돌아보니, 이 인생이라는 집에 이런저런 손님이 찾아와 집을 불태우기도 하고, 리모델링도 하고, 또 하나하나 보듬어 보기도 했다. 내가 만드는 인생이고, 내가 짓는 집이라지만, 손님을 맞이하면서 오래 전부터 삶이 나를 어디까지 데려가나 궁금했다. 세상을 마주하며 나에게 부여된 개념과 관념과 가치를 하나하나 다 털어버리고 나면, 어떠한 것과 어떠하지 않은 것의 경계라는 것이 너무나도 모호하다는 것을 깨닫는 순간이 찾아온다. 물에 번져가는 잉크 방울의 윤곽을 가늠할 수 없듯이 이 세상의 모든 것은 결국 뚜렷한 형태가 없는 것이다. 그렇게 이제는 무엇이 떠오를지 모르는 망망대해를 바라보다가, 바닷물이 사실 씁싸래한 맛을 지닌다는 것을 안다. 어쩌면 하나의 항구에 정착하는 것이 성립하지 않는 것이 삶일지도 모르겠다. 표류하는 통통배의 종착점은 존재하지 않을 것이기 때문이다. 그저 흐르는 시간 속, 떠남의 순간에 몸과 마음은 깊은 숨을 들이 내쉬며 삶을 다독인다.

모든 이동의 물결은 한 세계의 끝과 또 다른 세계의 시작을 알리는 타종을 동반한다. 은은하게 울려 퍼지는 종소리와 함께 세상에 흩뿌려진 나의 데칼코마니는 영원히 찾을 수 없어 나비의 날개는 영원히 완성될 수가 없다. 그럼에도 불구하고, 나는 온몸으로, 글을 쓰고 그림을 그리며, 나에게로 향하는 이 지독한 여정을 꾸준히 밟아 나가기로 했다. 그렇게 산다는 것은……. 그저 계속해서 걸어 나아가는 것이다.

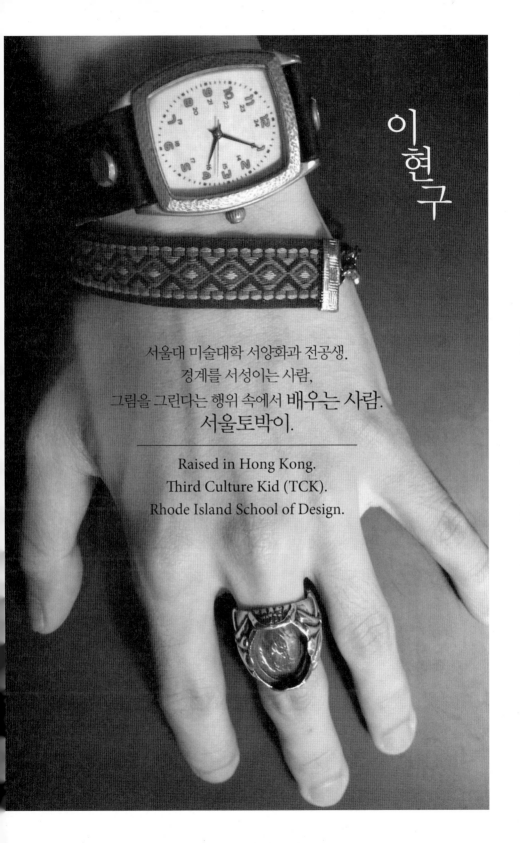

이
현
구

서울대 미술대학 서양화과 전공생.
경계를 서성이는 사람,
그림을 그린다는 행위 속에서 **배우는 사람.**
서울토박이.

Raised in Hong Kong.
Third Culture Kid (TCK).
Rhode Island School of Design.

삶에 대한 각자만의
방식을 생각하며

"궁극적으로 나는 무언가를 '말하려고' 하는 것이 아니라

무언가를 '하려고' 하는 것입니다."[1]

이렇게 말한 유명한 영국 화가 Francis Bacon은

내가 다음의 문장을 엮어내도록 도와주었다.

"우리는 모두 각자 저마다의 방식대로 인생을 배운다."

***

우리 모두에겐 각자만의 방식이 있을 것이다.

그것도 완전히 제각각인.

1. 데이비드 실베스터, 「나는 왜 정육점의 고기가 아닌가? - 프랜시스 베이컨과의 25년간의 인터뷰」, 디자인하우스, 2015, Pg. 43

아침에 침대에서 눈을 떠 천장을 바라보는 방식, 수저를 쥐고 입으로 음식을 넣는 방식, 어딘가로 움직이며 발끝에 힘을 넣는 방식, 누군가의 눈을 바라보는 방식. 이외에도 셀 수 없는 많은 방식들. 이 모든 방식들은 사실 우리 모두에게 너무나도 다르다. 즉, 그 어느 하나 결코 '똑같지 않다.'

우리가 모두 '지금' 이 순간, '하고' 있는 '삶'이 '삶'이라는 단어와 그 단어가 불러일으키는 관념은, 새삼, 너무나도 흥미로운 것이라는 생각이 든다. 그러나 사실 삶이라는 것만이 그러한 것은 아니다. 잠시 멈추어 서서 이 세상에 있는 모든 것들에 대해 생각해보아라. 그하나하나 너무나도 신기하고 흥미로워, 감탄을 자아내곤 하지 않는가? 특히, 나의 삶을 가능하게 하는 '생명'이 나에게 여전히 붙어있다는 사실은 언제나 놀라울 따름이다. 고로, 우리에게 허락된 이 생명은 그만큼 아주 값지고 귀중한 것이라는 직감이 든다.

삶을 '살아간다'는 것은, 나의 생명이 시간의 역사를 구축해나가는 과정이라고 할 수 있다. 그리고 그 시간의 역사는 정직하다. 나는 언제나 내가 실제로 걸어온 시간의 거리만큼만 걸어와 있다는 것을 발견할 수 있다. 시간은 너무나도 정직하다. 그러니 그 시간 속에서 무언가를 '하려고' 이 온몸으로 고군분투한 나의 모습과 그 모습이 만든 흔적들 또한 정직할 수밖에 없다.

삶을 속이기란 불가능하다.

***

　그리 길지도 짧지도 않은 나의 삶을 돌아보면, 나는 정말 너무나도 정처 없이 이곳저곳을 헤매고 다녔다는 생각이 든다. 나는 그 무엇도 이해하지 못하고 살아왔다. 무엇보다 나 자신으로 산다는 것의 의미를 말이다. 나에겐 내가 나로서 살아야 한다는 것이 그토록 받아들이기 어려운 동시에 이해하기 어려운 것이었다.

　이 길지도 짧지도 않은 인생에서 나는 꽤나 많은 일들을 겪었다. 그리고 나에게 가장 큰 변화를 준 사건은 아마도, 내가 나의 생명을 잃을 뻔 한 일이다. 중환자실 침대에서 눈을 떠 천장과 엄마의 얼굴을 바라보던 방식은, 내 인생에선 결코 없었던 방식이었다. 이 직후에 나는 생전 처음으로 어떠한 무엇을 제대로 깨달았다. 지금 생각해보아도 참으로 역설적이다. 나의 삶과 죽음의 경계가 흐려진 그곳에서 드디어 깨닫게 되었다는 것이.

　내가 이 삶에 대해 오해한 것이 있다면, 그것은 내가 이것을 거저먹을 수 있으리라 생각하고 기대한 부분이다. 삶은 거저먹을 수 있는 그런 것이 아니다. 누군가가 나를 위해 상다리 휘어질 만한 밥상을 차려주고, 손에 수저까지 쥐여 준들, 결국 입을 열어 음식을 씹고 목구멍 뒤로 넘기는 것은 나 자신이다. 누군가가 나를 대신하여 이 삶을 소화消化해줄 순 없다. 이 사실은 무척이나 중요하다.

***

'삶을 배우는 방식'을 다르게 표현하자면, 그것은 '시간을 살아내
는 방식'이라고 할 수 있다. 시간은 유한하다. 실감도 나질 않고 체감
하기에도 너무나 어렵지만, 삶을 가능케 하는 이 생명은 언젠간 명백
하게 끝이 난다. 그러나 예전에 나는 이 유한한 시간이 심지어 더 단
축되었으면 좋겠다고 생각했었다. 그만큼 나는 시간을 살아내는 방
식, 그것을 그 어느 하나 알지도 이해하지도 못했다.

그러나 지금의 나는 나의 삶이 여전히 무척 생소한 동시에 낯설지
만, 굉장히 행복한 일이라고 생각하게 되었다. 특히 내가 좋아하는
누군가와 같이 있을 때면, 그것은 믿기 어려울 만큼 귀중하다고 느껴
진다. '지금 이 순간'이라고 불리는 그 '순간'이 말이다. 그런 귀중한
순간들이 지금의 나에겐 많아졌다. 나는 내가 그 어느 때보다 살아있
다고 느낀다. 많은 것들이 너무나도 생생하다. 그래서 나는 더 살고
싶다. '살고 싶다'는 생각은 나에게 난생처음으로 드는 것이다. 어쩌
면 삶이란 내가 생각했던 것보다 단순하게 살아갈 수 있는 것이다.

삶. 생生. 인생. 이것에 대한 정의를 이제 나는 뚜렷하게 내리고자
하지 않는다. 내가 그토록 갈망했었던 그 정의가 지금의 나에겐 그리
중요하지 않게 되었다. 삶에서 가장 중요한 것이 있다면, 그것은 '지
금 이 순간'을 알아채는 것이다. 즉, '지금 이 순간'이 실제로 지금 이
순간에 이루어지고 있으며, 지금 이 순간을 내가 실제로 살아내고 있

음을 오롯이 인식, 인지, 자각하는 것. 그 알아차림 속에서 지금 이 순간 이루어지고 있는 삶을 충실하게 살아내고자 하는 것. 그러한 '태도'와 '마음'을 지니려고 하는 것. 알아차리려고 부단히 그리고 쉼 없이 노력하는 것.

그것은 균형 잡힌 삶으로 향하는 길이다. 그리고 균형 잡는 것은 가장 어려운 동시에 쉬운 것이라는 생각이 든다.

***

나는 이제 WHY와 WHAT이 아니라 HOW에 집중하고자 한다. 무슨 일이 있어도 나는 살아야 한다. 이젠 살고자 한다. 죽을 때까지 나는 반드시 살아야 한다. 이제는 그 사실을 받아들일 수 있다. 감히 이해한다. 이 삶이 지닌 일말의 여지를. 받아들이겠다, 그 엄청난 역설을. 삶, 그 자체가 역설이라면, 그런 이유에서 이 삶은 '역설' 그 이상의 것인지도 모른다. 그것이 무엇이든 이제 나는 '하려고' 한다. 삶이라는 것을 '하려고' 한다. 주저 없이.

'지금 이 순간'은 나의 인생에서 가장 '의미심장'한 것이며 가장 중요한 순간이다. 나는 지금 어느 지점을 통과하고 있는 중이다. 그 과정이 예전보다는 훨씬 수월하다. 그런 이유에서 산다는 것은 생각보다 훨씬 '재미있지 않은가?'라는 질문을 나는 나에게 던지고 있다.

그림 속에는 삶의 모든 것이 담겨 있다. 아니, 보다 정확하게 말하자면 그림을 그리는 행위 속에 삶의 원리 그 자체가 압축되어 함축적으로 담겨 있다. 막히다가 풀리고, 다시 막히고 또 막히고, 막히다가 또 풀리고. 물끄러미 바라만 보다 집으로 가서 괴로워하다가도 다음 날 아침이 되면 실마리가 풀리고. 너무나도 순탄하게 잘 풀리다가 예상치 못한 부분과 지점에서 갑자기 턱 하니 멈출 수밖에 없게 되고. 이 과정 속에서 그림을 그리는 행위는 나에게 다음과 같은 것들을 또렷하게 알려준다.

갈 데까지 가보지 않으면 알 수 없음을. 갈 데까지 가보지 않으면 갔을 때의 느낌과 생각을 가질 수 없음을. 그러니 가야 할 수밖에 없음을. 가봐야지만 알 수 있음을. 두려움과 갈등이 발목을 잡아 주저하게 되더라도 결국엔 마주해야 함을. 도망치고 외면하더라도 언젠가는 다시 같은 문제에 도달하여 다시 막히게 될 것임을. 그러니 이것을 반드시 지금 뚫고 지나가야 함을. 뚫고 지나가도 내가 죽지 않음을 확인하는 것. 되려 살아있음을 온몸으로 느끼는 것. 다시 마주하고 또 마주하고 마주하며, 다시 뚫고 지나가는 것. 다시 붓을 들고 캔버스를 마주 보는 것.

그림을 그리는 행위 속에서 이런 것들을 느끼고 배우며 갈고 닦으니, 알게 된 것이 있다. 이것은 삶을 사는 방식에도 고스란히 적용이 된다. 즉, 그림을 그리는 궤도는 내 삶의 궤도와 동일하다. 이 둘은 같이 가고 있다. 그래서 나는 사랑한다. 그림을 그린다는 행위를 정말 사랑한다.

***

　나에게 보다 많은 시간이 주어지지 않음을 이제 더는 투덜대지 않고자 한다. 아쉽긴 하여도 어쩌겠는가. 시간은 정직하다. 너무나도 올곧은 것이다. 윤동주 시인이 너무나도 진실 되게 말하였듯, 나는 "별을 노래하는 마음으로 모든 죽어가는 것을 사랑"하겠다. "그리고 나한테 주어진 길을 걸어가야겠다."

　'사랑과 시간' 내가 가진 것은 이것이다. 이것이 나의 삶을 가능케 하여 나를 살리고 있다.

　별을 노래한다는 것. 그것을 꿈꾸는 삶은 인간에게 주어질 수 있는 최상의 것 중 하나일 것이다. 모든 걸 버려도 별을 노래하는 마음은 결코 버릴 수 없고, 그것을 기어코 버리지 않는 사람이 되고 싶다.

　사랑과 시간. 사랑과 시간. 사랑과 시간. 그 속에서 온몸으로 고군분투하는 것. 그것이 저마다의 방식이다.

　　　그래서일까, 당신의 방식, 그것이 새삼 궁금하다.

최
장
순
———

심장

최장순 크리에이티브디렉터
엘러멘트컴퍼니

'내 이름은 최장순'

0. 명가명비상명<small>名可名非常名</small> '도道'를 '도'라는 이름으로 부를 수도 있다. 하지만, 항상 그 이름으로 불러야 하는 건 아니다.

브랜드를 만든다. 애석하게도 내 이름은 내가 만들지 못했다. 최장순. 어릴 적부터 동생 이름은 '단순'이냐고 놀려댔다. 커서는 투명인간 최장수라고도 놀리고, 공식적인 자리에서 몰지각한 어느 교수는 전문가 좌담회에서 네 번이나 만났는데도 '최장수 씨'라고 불렀다. 어린 시절부터 대학교 2학년 때까지 이름에 대한 콤플렉스가 있었다. 대체 할아버지는 무슨 생각으로 '순'자를 넣은 걸까.

의문에 대한 답은 주어지지 않는다. 아버지도, 할아버지도, 어머니도, 그 누구도 내 이름의 의미나 기원에 대해서 알려주지 않았다. 해답은 언제나 스스로 만들어 가야 한다. 내 어머니는 내 '국민학교' 시절 또래 아이들 모두가 가지고 있던 '동아전과'를 사주지 않으셨다. 거기엔 학교 숙제에 대한 모든 해답이 들어있었다. 난 늘 숙제를 어렵게 해결해야 했다. 어머니는 브리태니카 백과사전 한 질을 사 주시고, 그걸로 숙제를 하라고 종용하셨다. 그 때부터였는지는 모르겠으나 문제는 스스로 탐색하고 해결해야 한다는 태도가 생겼다. 우리 生은 그런 것이 아닐까. 누군가에게 답을 100% 구하려는 태도를 가지고는 결코 문제를 해결할 수 없다. 혹은 해결된다 해도 나만의 노하우나 실력, 세계관으로 내재화되기 어렵다. 거저 얻은 것은 언제나 내 것이 되기 어려운 법이다.

내 이름에 대한 답을 찾은 건 대학교 2학년 2학기 혹은 3학년 1학기에 읽었던 '도덕경' 때문이었다. 철학과 전공수업으로 듣던 도덕경 수업에서 5천여 자를 필사하며 각자의 해독을 발표하고 주류 학자들의 해독을 전해 듣는 수업시간이었다. 자연스레 한문에 대한 공부를 하게 되었는데, 한문 해독을 수사학적으로 자유롭게 하는 여러 주해가들이나 현대 연구자들을 보면서 내 이름도 자유롭게 해석해보자는 생각이 들었다. 어차피 내 이름은 이름일 뿐이고, 획일적 문법으로 해석할 필요는 없으니까. '높을 최崔', '글 장章', '순할 순淳'. 문법을 무시하니 여러 스토리가 가능했다. 최고의 글을 쉽게(순하게) 이루라, 최고의 경지는 글을 쉽게 이해하고 쉽게 쓰는 것. 난 후자의 해석이 좋았다. 그 후부터 난 내 이름을 '글을 쉽게 이해하고 쉽게 쓰는 것'이라고 해석했다. 그러고 나니 내 이름이 좋았다. 오히려 '단순'이나 '장

수'와 같은 식의 농 따위도 내 이름에 대한 기억 용이성을 한껏 올려주는 좋은 보조장치로 생각되었다. 남들이 나를 뭐라 부르건 그게 무슨 상관이랴. 기억만 해주면 되지.

그 때부터 난 글, 문장, 언어와 관련된 일을 해야겠다고 줄곧 생각해왔다. 그 전에 내가 언어학과에 입학하게 된 것을 생각해 보면 내 이름은 어쩌면, 내 생과 사유에 '외력外力'으로서 영향을 미치고 있던 게 아닌가 싶기도 하다. 이후 신문기자 생활을 하고, 브랜드 네이머로서 일을 하게 되었다. 지금도 브랜드를 만들고 디자인하는 그런 일을 하고 있다. 브랜드는 소비 시장 내 주요한 언어니까.

1. 화두는 '언어'다.

난 흔히 말하는 운동'권'이 아니었다. 98학번인 걸 보면, '권'의 세대도 아니다. 하지만, 참 데모가 많았다. 책을 읽거나 학회에 방해가 되지 않으면 틈날 때부터 운동권 선배들을 따라다녔다. 한 번은 금속노련과 연대투쟁이 있을 때였다. 화염병을 몰래 만들어 공급하는 역할을 했다. PC(플래카드)천을 찢어 솜을 말아 넣고 신나가 들어있는 소주병에 젓가락으로 쑤셔 넣는 작업이다. 야간에는 파이프를 들고 학교 후문을 지켰다. 공권력이 학교에 침탈한다는 소문이 돌았기 때문이다. 지금 보면 전쟁놀이를 했던 것도 아니고, 아무 작전 개념도 없는 대학생들이 모여 세상을 구원하겠다는 식의 토론을 일삼았는데, 그 말의 힘이 통하지 않으니 답답한 마음에 길거리로 나섰던 것 같다. 하지만 그건 잠시였다.

세상은 그렇게 바뀌기 어렵고, 설령 그렇게 바뀐다 해도 시민 정신의 뿌리부터 탄탄하게 다져지기는 힘들다는 생각을 했던 것 같다. 나는 인문학 전반의 고전을 읽고 토론하는 '인문고전강독반'이라는 학회에 가입했다. 아무나 받아주지 않는 학회여서 나름 자부심이 있던 차였다. 언어학, 기호학, 동양철학, 서양철학, 사회학, 독문학, 불문학, 영문학, 심리학, 인류학 등 다양한 전공의 여러 학교 사람들이 참여하는 진지한 공부 모임이었다. 학회는 4년간 참여했는데, 대학교 수업시간에 배웠던 것보다 훨씬 많은, 사유의 훈련을 거쳤다고 생각한다. 글을 쓰는 법, 토론하는 법, 듣는 법, 상대의 말을 듣고 이해하는 법. 우리는 자연스레 '담론의 언어'와 '술'을 통해 그러한 여러 방법들을 체득했다. 세미나 후 뒤풀이 술자리가 열리면 새벽 4-5시까지 철학적 토론을 일삼는 사람들이었으니까. 술은 단지 취기를 위한 음료가 아니었다. 예수와 플라톤에게 와인이 있었다면, 우리에겐 진로가 있었다. 술은 말씀의 윤활유였다. 나 또한 마찬가지였지만, 대다수가 '교수'가 되어 안정적인 연구를 하고 싶다는 부푼 꿈을 갖고 있었다. 하지만, 잘못된 꿈이었음을 느끼는 데에는 오래 걸리지 않았다.

왜 교수가 되려하지? 왜 안정적으로 연구를 하려 하지? 무엇을 위해서? 라는 질문 때문이다. 선배 연구자들의 삶을 살펴볼 수밖에 없는 질문인데, 그들 대부분이 책상에 앉아 공부만 했던 사람들이라 실제로 사회의 물정을 잘 모르는 한계는 차치하고라도 대체 그 연구의 목적이 무엇인지 알기 어렵다는 게 내 어린 생각이었다. 나에게 연구자, 지식인이 된다는 건 공동체를 위해 새로운 깨달음을 전파하고 보다 나은 삶을 기획하기 위한 구도자의 길을 걷겠다는, 일종의 선언이었다. 하지만, 그들의 언어는 너무 어렵다. 그리고 그들은 대중들을 위한 노력을 전혀 기울이지 않는다. 비즈니스로 따지면 B2B$^{Business\ to}$ ^{Business}만 하려하고, B2C$^{Business\ to\ Consumer}$를 하려 하지 않는다. B2B는 대부분 전문가들끼리의 거래기 때문에 일반 소비자의 이해 수준 보다 높은 난이도의 언어로 진행된다. 소위 말하는 전문용어^{Jargon}가 판을 친다.

쉬운 언어가 필요했다. 대중들과 소통할 수 있을 정도의 난이도로. 교수신문의 신문기자가 된 것은 글로 할 수 있는 직업인데다, 연구자들을 상대로 한 글쓰기였기 때문이다. 그들만의 공동체에 긍정적 발전을 도모할 수 있다면, 좀 더 나은 사회를 만들어갈 수 있을 거라 생각했다. 하지만, 여전히 먹물 냄새가 많이 났다. 좀 더 쉬워야 했다. 괜찮은 생각을 전달할 수 있는 보다 쉬운 언어가 필요했다. 그것이 디자인 언어든, 음악 언어, 춤이든 무엇이든 간에 대중들이 쉽게 경험하고 학습할 수 있는 언어가 필요했다. 대학 4년과 신문사 생활을 통해 깨달은 것은 '쉬운 언어'에 대한 확실한 필요성이었다.

2. 상식의 언어

초등학교 4학년 때 아버지 사업이 망하고 지하방 생활을 전전하다, 대학 시절에도 아버지와 단둘이 보일러도 들어오지 않는 옥탑방에 살았다. 가난을 가난으로 인식하지 못할 정도로 경제적 삶에는 크게 관심이 없었는데, 대학 때 만났던 여자친구로부터 받은 이별통보 멘트를 통해 현실을 깨달았다. "넌 너무 가난하고 밥도 못 사주고, 구질구질해." 내가 잘 할 수 있는 무언가를 통해 돈을 벌어야겠다는 생각을 처음으로 했다. 내 생각대로 살면서 돈을 벌려면 어떻게 해야 하지? 언어라는 화두를 통해 할 수 있는 건 무엇일까. 대학 때 많은 가르침을 주신 김성도 교수님께서는 기호학이라는 학문을 통해 언어에 대한 다양한 관점을 알려주셨다. 언어는 우리가 흔히 말하는 구두 언어나, 문자 언어뿐 아니라, 음악, 회화, 제스처, 표정, 인테리어, 조명, 건축, 색깔 등 다양한 기호 체계를 포함한다는 것. 페르디낭 드 소쉬르가 제안했던 이 기호에 대한 관점은 이후 내 세계에 커다란 영향을 주게 되었다. 그 때부터 내 이름 중 '글 장章'이라는 글자는 최종 결과물로서의 글을 쓰는 작가의 삶을 이야기하는 게 아니라, 다양한 기호 언어들을 생산하고 해독하기 위한 전 단계로서, 글이나 언어로 정리할 수밖에 없는 인문적 사유를 의미하게 된다.

책을 읽지 않는 사람이 대부분인데, 책이나 연구 논문을 통해 사상을 전파하는 건 한계가 있다. 때론 '노란 리본' 같은 디자인 하나만으로도 괜찮은 이야기를 전달할 수 있다. 노란 리본은 일종의 언어다. 신호등 앞에서 '빨간 불'을 보면 사람들은 멈추어 선다. 빨간 불 역시 일종의 언어다. 괜찮은 생각은 꼭 멋진 언어나 어려운 언어를 통해서만 전달되는 건 아니다. '내 탓이오'라 적힌 스티커를 보면, 마음까지

내 이름은 최장순

숙연해진다. 이 역시 매우 쉬운, 현명한 기호다. 일상의 상식선에서 이해되는 쉬운 기호로도 공동체 디자인은 충분하다고 믿는다.

지금 난 브랜드를 만든다. 브랜드의 철학 체계를 만들고, 브랜드를 진단, 평가하고, 브랜드의 이름을 만든다. 그 이름에 맞는 디자인을 만들고, 그 브랜드가 전파하고 싶은 생각을 슬로건으로 만든다. 그 표현에 담긴 의미를 체험할 수 있는 경험 프로그램도 설계한다. 브랜드를 만드는 과정은 공동체의 보다 나은 삶을 위한 나만의 실천행위이다. 이런 생각에 모두가 동의하는 건 아니어서, 전문적으로 이런 실천행위를 할 동료들이 필요했다. 2009년 설립한 매아리(매일 부르고 싶은 아름다운 이름)는 복지단체, 사회적 기업 등의 공익 활동을 브랜드 개발로 지원하는 무료 컨설팅 조직이다.

누군가가 묻는다. 정치를 하려 하느냐고? 난 그런 것에 관심이 없다. 분명 그렇게 큰 흐름을 디자인하는 사람들도 필요하다. 하지만 내가 더욱 중시하는 건 일상의 작고 소소한 것들이다. 사람들을 만날 땐 눈을 보면서 인사하기, 누군가가 부를 땐 하던 일을 멈추고 얼굴을 보며 대화하기, 일한만큼 벌기, 부당하게 이익을 취하지 않기, 쓰레기를 함부로 버리지 않기, 침 뱉지 않기, 새치기 하지 않기 등과 같은 매우 일상적인 행위들. 이런 일상의 윤리에 대해, '감시와 처벌' 기제를 넘어 즐거운 방식으로 교육할 필요가 있다고 본다.

우리 공동체는 지금까지 성장만을 위해 달려왔다. 그러다 보니 더

불어 살아가는 방법을 잘 모른다. 우리에겐 더불어 살아가기 위한 지혜로운 방식의 언어가 필요하다.

    가난을 어떻게 극복하고, 어려운 환경에서도 굴하지 않고 어떻게 성공했는지에 대한 자기고백들이 힐링 프로그램에 등장하거나 출판 시장에 판을 친다. 그들처럼 하면 성공할 수 있으니 용기와 힘을 내라는 식이다. 하지만, 성공은 동일하게 재현되지 않는다. 그리고 공동체 내 '개인의 성공'은 문제의 핵심에서 많이 벗어나 있다. 성공에는 보통이상의 노력은 기본이고, 특수한 환경과 운이 작용하기 때문이다. 때론 실력과 노력에 비해 90% 이상의 운으로 성공한 평론가들도 상당수 TV에 출현한다. 그런 것을 보고 힐링이나 하면서 '열심히만 하면 성공할 수 있는 잘 짜여진 세상'이라며 이 세계의 구조에 만족하지 말자. 우리는 꾸준히, 더욱 더 제대로 된 방식으로 더불어 살아가기 위한 일상의 디자인을 해야 한다. 그 일상의 디자인을 위한 각자의 상식의 언어를 연마하고 전파해야 한다. 매우 쉬운 언어가 필요하다. 그리고 그 언어는 재미있어야 한다. 재미가 없으면 의미도 없으니까.

배진희

꿈을 먹고
도전으로 숨 쉬고
성취로 잠들며 **살아가야** 하는
좀 특별한 여자

잃는 슬픔을 알기도 전에
난 또 슬픔과 만나야 했다.

처음으로 '죽음'이라는 단어를 알게 되었던 건, 1987년 어느 맑은 날, 전화기 너머로 약간의 울먹이는 할머니의 목소리……. 그리고 들려온 딱 한 문장 "진희야, 이제 우리 진근이 못 본다." 울지 않았다. 무슨 뜻인지 이해하지 못했었는지 아니면 슬프지 않았었는지 기억이 잘 나질 않는다. 나에게 동생의 죽음을 알렸던 할머니는 5년 후 어버이날 내가 드린 꽃이 수놓아진 손수건을 손에 쥐고 내 곁을 떠나가셨다. 그 땐 슬픔보다 무서움을 먼저 알았더랬다. 그 후 한동안은 할머니가 누워계시던 방에 들어갈 수 없었다. 4년 후 난 또 소중한 친구를 떠나보냈다. 그 때도 여전히 슬픔을 몰랐다. 그저 그 꽃다운 나이가 너무나도 안타까웠을 뿐이었다.

그리고 2년 후 막내 작은 아버지를 떠나보냈다. 그 때도 난 슬프지 않았다. 이혼 후 오랜 시간 방황하다 객사하신 작은 아버지가 너무 불쌍했다. 유학중이어서 장례식조차도 참석할 수 없었던 내 할아버지의 죽음. 미칠 것 같았다. 10월짜리 동전 하나 없던 우리 할아버지 지갑엔 내 증명사진 한 장 만이 들어있었더란다. 그 때 비로소 알기 시작했다. 슬프다는 걸…… . 할아버지의 죽음 전까진 앞으로의 내 삶에서 그들을 더 이상 만날 수 없다는 슬픔을 알기보다 그들이 불쌍했고 안타까웠다. 그런데 할아버지를 잃고 슬픔을 알기 시작했을 땐 이미 늦었던 걸까? 세상이 나에게 왜 이러는 걸까 화가 나기 시작했다. 할아버지를 떠나보내고 슬픔을 알고 견뎌내는 방법을 찾고 있을 무렵 난 세상에서 나를 가장 아꼈던 남자를 떠나보냈다. 그 슬픔은 참으로 오래 지속되었다. 아직까지도 아프고 슬프다.

064

세상에서 나를 제일 처음 안았던 남자.

세상에서 나에게 제일 먼저 입맞춤을 했던 남자.

세상에서 나를 잃는 걸 제일 두려워했던 남자.

내가 세상에서 제일 만만하게 생각했던 남자.

내가 세상에서 제일 미워했던 남자.

안타깝게도 우린 지금 서로에게 사랑으로 남지는 못했다. "아빠 내가 누구야? 누군지 알겠어?", "응, 윤정이.", "아니 아빠, 내가 누구냐고?", "응, 진희" 가슴을 엄청나게 쎈 주먹으로 얻어맞은 것 같았다.

큰딸인지 작은딸인지 날 알아보지 못하는 아빠가 가여워 미칠 것 같 았다. 엄마가 물었다. "내가 누군지 알아요?", "그럼, 정말분" 아빠는 엄마를 아내로 기억하지 않았다. 촌스러운 이름 석 자를 가진 한 여자 로 기억하고 떠나갔다. 그렇구나. 아빠가 세상에서 가장 사랑했던 여 자는 내가 아니라 '엄마'였구나. 행복했다. 그런 사랑 속에서 내가 자 라왔다는 것이. 깨달았다. 결혼한 후에. 그런 사랑이 결코 쉽지 않다 는 걸. 남편에겐 미안하지만 나에게 사랑은 '아들'이 되어 버렸다.

두 아들을 얻기 전까지 나에게 온전한 사랑을 주었던 이 두 남자를 잃은 슬픔은 아직도 나에겐 떨쳐내지 못한 숙제 같은 느낌이다. 그런 데 아이러니하게 언젠가 내가 이 슬픔을 내려놓게 되지 않을까 겁이 난다. 이 슬픔 때문에 난 이들을 아직도 간직하고 있으니까 말이다.

며칠 전 엄마가 그랬다. "진희야, 엄마는 이제 화장품을 대용량을 못 사겠다. 내가 이 통을 다 쓰고 죽을 수 있을까 싶어서." 이제 겨우 60대 중반이면서. 저런 무서운 소리를 덤덤하게 한다. 밉게. 나보다 슬픔을 한 참 전에 알았으면서 나한테 슬플 준비를 하라고 경고하는 것만 같았다. 왈칵 또 나는 울어버렸다. 엄마 앞에서. 엄마 앞에서 울 지 않으려 다짐하고 또 다짐하고 이를 악다물어 보지만 세상에서 내 가 제일 맘 놓고 울 수 있는 존재이기에 그 철없음을 애써 외면하고 싶지 않아서 인지. 두 아이의 엄마가 되고 나서도 난 여전히 우리 엄 마에게 응석을 부리고 화를 내고 또 사랑을 한다. 희한하다. 나는 감 히 아빠와 나누지 못한 '사랑'을 엄마와 한다.

슬픔을 알지 못했을 때 만나야 했던 슬픔들은 나를 가슴 뛰게 하지도 가슴 아프게 하지도 않았다. 그런데 지금. 어떤 존재의 빈자리를 처절하게 느끼고 난 후 지금의 나에겐 진근이도, 할머니도, 정현이도, 작은아빠도 그리고 할아버지와 아빠. 모두 나에게 아픔이 되고 그리움이 되어 버렸다. 이들을 떠올릴 때마다 난 가슴이 뛰고 가슴이 아프다. 그래서 너무 많이 겁이 난다. 가장 만만하면서 가장 뜨거운 사랑인 '우리엄마'를 떠나보낼 상상만 해도 사지가 떨려온다. 과연 내가 견뎌낼 수 있을까? 이제 막 슬픔을 알아서 슬퍼할 줄 알게 되었는데. 제발 부탁인데 엄마만은 내 곁에 오래 두어 달라고 할아버지랑 아빠에게 매일 응석부린다. 나에게 꿈꾸며 살라고 가르쳤으니까 내가 꿈꿀 수 있게, 앞으로도 꿈대로 살라니까 제발 내 꿈 이루어 나가는 거 보면서 엄마만큼은 오래오래 살게 해 달라고. 들어줘야지. 내 부탁인데.

멀리 뛰기 위해 최대한 있는 힘껏 웅츠려 노력하고 있다.
멋진 엄마가 되려고…….

노을이 지고 난 후 막 어둑어둑해지는 저녁 무렵. 집에는 할머니와 나, 단 둘이 있게 되었고, 할머니는 갑자기 한 쪽 다리를 들고 긴 두 팔을 휘저으며 춤을 추기 시작했다. 잠시 후 할머닌 "진아, 할매 따라 해봐라, 이기 동래 학춤이라는 기다." 꼬맹이였던 나에게 그 모습이 장난스럽지도 우습게 보이지도 않았다. 그 꼬맹이에게 그 모습은 평화로워 보였고 참 멋있어 보였다. 그렇게 처음 전통무용을 접했다. 떨어지는 낙엽만 봐도 웃는다는 나의 파릇했던 소녀시절 친구들과 이화여대 드레스 거리를 지날 때면 다들 웨딩드레스가 예쁘다고 난리들이었지만 난 유독 한복을 더 좋아했더랬다. 중학교 학예회가 있었던 날, 한국무용으로 전공을 택한 친구의 발표모습을 보면서 가슴이 뛰었고 저 친구보다 잘 할 자신이 있는데 싶었다. 집으로 돌아가 엄마에게 조심스럽게 얘기했다. 한국무용이 하고 싶다고. 절대 안 된다고 했다. 공부나 하라고…… 그 후 유학길에 오르던 날 우리 엄만 외국에 나가면 필요할 때가 있을 거라며 내게 빨간 당의 한복을 한 벌 해 주셨다. 한복을 좋아하는 딸아이 마음을 엄마는 헤아리고 있었던 것일까.

간절히 원하면 인생에 한 번쯤은 기회가 찾아온다는 말을 비로소 실감하던 날. 아버지가 돌아가시고 얼마 후 난 다시 호주로 돌아갔고 한국식당에서 아르바이트를 시작했다. 필연인 것이었을까? 무용을 전공한 언니와 함께 아르바이트를 하게 되었고, 일을 마치고 돌아가는 기차 안에서 그 날 처음 만난 언니에게 원래는 무용이, 그것도 한국무용이 너무 하고 싶었다며 내 속내를 털어 놓기 시작했고 조심스레 언니는 그럼 한 번 해보지 않겠냐고 제안했다. 눈이 번쩍 뜨이고 귀가 쫑긋했다. 당연하지. 얼마나 하고 싶었던 건데. 그렇게 호주에서 한국무용 배우기가 시작되었다. 당시 우리 공연 팀은 가난해서 공연의상을 마련하지 못해 무대의상을 전공하는 호주 친구에게 한복을 보여주며 아주 저렴한 비용으로 제작을 의뢰해 그 옷을 입고 공연을 시작했다. 공연료로 받은 비용은 대부분을 모아 공연의상을 한 두 벌씩 마련하기 시작했다.

우연한 기회에 시작된 나의 꿈이자 취미가 되었던 한국무용 활동 덕분으로 난 문화체육관광부 아시아문화중심도시 추진단 교류협력과 국제교류 연구원으로 취업을 하게 되었다. 연구원의 신분으로 참 많은 경험을 하게 되었다. 특히 우리 팀에서 전사적으로 기획했던 아니 더 분명하게 말하자면 우리 선재규 과장님께서 다 만들어 주신 '한아세안 전통오케스트라ASEAN-Korea Traditional Orchestra' 창설은 지금까지 내 인생에 가장 의미 있었던 진정한 문화교류로 기억된다. 원 없이 열정을 다해 일했던 때였다. 지금도 되돌아보면 그 시절이 제일 그립고 가슴 설렌다. 그 이력으로 난 문화관련 다양한 국제교류 업무를 할 수 있는 기회들을 얻게 되었다. 그것도 너무 어린 나이에 빨리. 그래서인지 공허했고 허무 했다. 사회생활이 우스워지기도 했고 많이 허무해져 앞으로 어떤 꿈을 꾸며 살아가야 할지 누구를 본보기로 삼아야 할지 막막해지기 시작했다. 그 무렵 난 결혼을 계획하기 시작했다. 도망치듯…….

결혼, 임신, 출산, 육아, 휴직, 퇴사를 겪고 난 이후의 난 너무도 다른 모습이었다. 내 자신의 성공보다 내가 사랑했던 일보다 가족의 행복이 우선이 되었다. 엄마의 오랜 반대에도 불구하고 난 이 사람이라면 평생 행복할 자신 있다고 선택했던 결혼은 다른 여느 부부들과 마찬가지로 꽃길만 있는 것이 아니라는 것을 깨닫기 까지는 그리 오랜 시간이 걸리지 않았다. 나 혼자일 때와 너무도 다른 선택을 해야만 하는 일상들에 답답함이 몰려왔고, 후회한다와 괜찮다 만족한다는 착각의 감정들이 수도 없이 나를 괴롭혔다. 옛 직장 여선배의 말이 기억이 났다. '엄마는 아플 시간도 없다'라고. 그렇게 일 좋아했던 나였는데, 정장 입고 몇 날 며칠 밤을 꼬박 새워도 프로의 면모를 보이려 애썼던 나의 모습은 찾아 볼 수 없었다. 안되겠다! 이러다가는 내가 없어지겠다 싶어 도우미 이모님께 아이들을 부탁하며 마이너스 수입에도 불구하고 계약직으로 일도 해보았지만 마음 한 구석에 아이들과 남편에 대한 미안한 마음이 드는 건 왜인지……

인종차별을 당했음에도 불구하고 이 악물고 호주 레스토랑에서 아르바이트를 하던, 새벽시장 아르바이트에 몸이 아파 출근을 못했을 때 거짓말 아니냐는 사장의 의심에도 꾹 버티던, 손등에 화상을 입고도 약도 바르지 못하고 일해야 했던 그 시절의 악바리는 어디 갔을까. 뭐든 시작하지 않으면 돌아버릴 거 같아 공부도 다시 시작해 보고 계약직 일도 다시 시작해 보아도 내 마음의 허기는 채워지지가 않았다. 내가 자신하고 믿고 달려왔던 모든 것들에 뒤통수를 아주 세게 한 방 맞아 정신을 못 차리고 있는 내 모습에 너무도 화가 나고 실망스러웠다. '일어나야 한다. 다시 시작해야 한다.' 주문을 외우고 있는 내 모습이 안쓰럽기까지 했다.

호주에서 한국으로 취업이 되어 귀국을 준비할 즈음 한국무용그

잃는 슬픔을 알기도 전에 난 또 슬픔과 만나야 했다

룹 리더 언니에게 이야기 했다. "언니 난 참 복이 많은 거 같아요. 언니도 만나고 취직도 잘되고, 다 감사해요." 언니는 그랬다. 넌 항상 한 곳만 보고 있었다고, 내가 지켜봐 온 너는 한 곳만 봤다고, 그리고 항상 노력하고 있었다고, 네 또래 다른 아이들과 달랐다고⋯⋯.

그랬었나 싶다. 하고 싶은 게 있으면 수단과 방법을 가리지 않고 해야 했고, 기회만 된다면 무조건 달려들었었다. 항상 꿈을 꾸고 있었으며 꿈을 이뤄나가는 짜릿한 기분은 어떤 무엇과도 비교하기 힘들 정도로 벅차다는걸 그 때 이미 알고 있었더랬다.

그런데 지금 바라볼 곳이 없다. 내가 잘 할 수 있는 건 무엇이었던 걸까? 어떻게 다시 시작해야 될까? 두 아이의 엄마인데, 나이가 이 정도로 찼는데, 단기간의 계약직과 프리랜서 업무를 제외 하면 경력 단절의 기간이 적지 않은데⋯⋯. 지금 내가 생각하고 상상하는 많은 것들이 나의 망각의 울타리 안에서 허우적대는 망상일 뿐이지는 않을까? 세상이 나를 철없다고 우스워 하진 않을까? 다시 세상에 나가야 하는데 나답지 않게 두려워 지고 있었다. 당차고 당돌하고 세상 어떤 일에도 자신 있었던 난 어디로 갔을까? 큰일이다. 이렇게 내 인생 2막을 살 수는 없다.

얼마 전 큰 아이는 조심스럽게 물어왔다. "엄마, 화가 많이 났어? 나 다 알고 있어. 엄마 마음을 말해봐, 내가 다 들어 줄게" 꽁꽁 숨긴다고 노력했는데 들켜버렸다. 이 아이가 왜 이렇게 어른스러운 말을 하는 걸까? 어른인 나도 감히 누구에게 함부로 건네지 못하는 이 가슴 따뜻한 말을……. 강원도 작은아버지 댁으로 가는 여정 중에 둘째 아이는 하늘을 바라보고 이런 말을 했다. "엄마, 해님이 구름을 마시는 거 같아!" 어쩜 이렇게 순수한 시선을 가질 수 있을까? 이 아이들의 순수함이 너무 부러워졌다. 그래! 우리 할아버지가, 우리 아빠가, 우리 엄마가 나에게 꿈꾸며 살라고 해줬던 말들을 내 아이들에게 꿈을 꾸며 살라고 당당하게 말할 수 있으려면 내가 다시 꿈을 꿀 준비를 해야겠다. 그래서 조심스럽게 다시 바라볼 곳을 찾는 중이다.

지난 3월, 제주도 낙후된 공간을 문화예술 프로그램으로 다시 온기를 넣어주었으면 좋겠다는 부탁을 받고 제주도를 방문했고, 가능성이 없어 보이는 그 곳을 뒤로 하고 우연히 들른 어느 곳에서 난 다른 감성을 느끼게 되었다. 우리 아이들이 가지고 있는 순수하고 따뜻한 감성을 내가 이곳에서 다시 찾아낼 수 있겠구나 라는 확신이 들었고 그로부터 몇 개월 준비 끝에 드디어 그 시작을 앞두고 있다. 긴 여정이 될 것이라는 막연한 불안감이 드는 것도 사실이지만, 지금 내가 이 도전을 하고 다시 꿈꾸지 않으면 앞으로 다시 세상에 나오기가 두려워 질 것 같아 많은 어려운 조건에도 불구하고 조금은 무모한 도전을 시작한다.

부모가 된다는 건 참으로 요상스러운 일이다. 부모가 되기 전까지 다른 누구보다 부모님께 세상에서 가장 자랑스러운 딸이 되는 것이 늘 나의 꿈의 최종 목표였던 것 같다. 그런데 두 아이의 엄마가 된 지

071

웃는 슬픔을 알기도 전에 난 또 슬픔과 만나야 했다

금은 달라졌다. 죽을 때까지 내편이 되어줄 엄마보다 평생을 나에게 의지하며 살아갈, 어쩌면 나에게 죽을 때까지 응석부릴 내 아이들에게 가장 자랑스러운 엄마가 되는 것이 내 꿈의 최종 목표가 되어 버렸다. 그 긴 여정에 수많은 웃음과 눈물과 아픔과 기쁨이 존재하겠지만, 버텨볼 작정이다.

멀리 뛰어야 하니까 난 지금 최대한 움츠려 노력하고 있다. 내 꿈이 이루어지길 간절히 기도하면서…….

신
유
진
—

자유로운 영혼

이유 있는 삶

재미나게 살자

이유 없이 해야 하는 게 싫었다.

학창시절부터 그랬다. 초등학교 때 부모님 몰래 용돈 모아 서울로 오디션을 보러갔다. 그냥 노래 부르는 게 재밌어서였다. 중학교 3학년 때 춤추는 것이 굉장히 신나 보여 춤을 배워 학교 축제에서 춤 공연을 했다. 고등학교 1학년, 첫 수업을 듣고 국사가 좋아졌다. 국사 수업은 아주 매력적이어서 다른 수업보다 선생님께 유독 질문을 많이 했다. 하루는 반 친구에게 편지를 받았다. "네가 궁금한 건 알겠는데 너 때문에 진도가 안 나가니 조용히 좀 해" 그래도 난 쉬는 시간에 찾아가 끊임없이 질문했다. 짝꿍과 쉬는 시간에 영어 노래 가사가 이해가 안 된다며 선생님께 여쭈니 진지하게 설명해주셨다. 별거 아닌 가사로 영어시간에도 재미를 느꼈다. 가장 처음 배웠던 단어까지 기억난다. positive, negative 재밌는 건 하고 싶고, 재미없는 건 하기 싫었다. 예를 들면 수학 공식을 왜 외워야하는지 아무도 답해주지 않았다. 다시 물어도 돌아오는 대답은 똑같았다. 그냥 외워야 한다고. 싫어했기에 싫어하는 이유를 만들어 끝까지 하지 않았다.

고3이 되어 대학교를 결정해야 하는데, 참 난감했다. 어른들은 학교가 중요하다 늘 말씀하셨다. 그러나 내 생각은 달랐다. 내가 무엇을 잘하는지 아직도 찾지 못했는데, 성적에 맞춰 최대한 좋은 곳으로 가란다. 아무 과를 가서 공부하라는 게 이해가 되지 않았다. 하고 싶은 공부를 하러 대학에 가는 거 아닌가? 반 친구들 대부분이 대학진학의 이유가 단순히 '다들 가니까 나도 가야지.'였다. 그 당시 난 배움을 갈망하고 있지도 않았고, 내가 무엇을 하고 싶은지 찾지도 못했다. 남들처럼 그저 성적에 맞춰 가고 싶지 않았다. 나에게 다들 가니까 라는 이유는 타당하지 못했다. 부모님 손에 못 이겨 원서를 넣었다. 합격은 했다. 합격해도 가기 싫었다. 결국 남들 다 가는 대학, 가지 않았다.

20살이 되었다. 더 이상 용돈을 받지 않겠노라 선언했다. 용돈을 받지 않아야 진정한 어른이 되는 거라 생각했다. 그러나 난 고작 한낱 어린애였다. 그래도 뱉은 말이 있으니 책임은 지고 싶었다. 우선 먹고살 돈이 필요했다. 아르바이트를 찾는 중에 월급을 보니 280이

적혀 있었다. 인터넷 강의 영업사원이었다. 당장에 금전적인 상황이 급했으니 고민할 것도 없이 바로 일을 시작했다.

다달이 통장에 200만 원 이상 들어왔다. '돈 버는 거 어렵지 않은데?' 생각했다. 돈을 벌어보니 쓰고 싶었다. 열심히 벌었지만 또 열심히 썼다. 쇼핑을 즐겼고, 술을 사랑했다. 신나게 놀았다. 놀면서 많은 사람들을 만났다. 기억이 안 나는 친구가 있을 정도로. 그렇게 지나다 보니 재미가 없어지기 시작했다. 반복되는 똑같은 날들이 지루해져 일을 그만두었다. 이젠 뭘 해야할까 고민하던 중 우연히 블로그를 하는 친구를 만나게 되었다. 친구의 이야기는 매우 흥미로웠다. 자신이 쓴 글을 하루에 몇 천 명이 본다는 것이다. 만약 내가 글을 쓴다면 수많은 사람들이 내 글을 읽게 되는 게 아닌가. 호기심이 생겨 집으로 돌아와 곧장 블로그를 시작했다.

블로그에 글을 차곡차곡 쌓아 나갔다. 친구 말이 맞았다. 많은 사람들이 내 글을 보러 왔다. 잠자고 밥 먹는 시간보다 블로그 할 때가 더 재밌었다. 그렇게 적어 가다보니 방문자수 그래프는 1만 명을 훌쩍 넘었다. 내 블로그에 들어오는 협찬들이 감당 못할 정도로 많이 들어왔다. 나의 시간을 모조리 쏟아 부었다. 그러다 문득 내 시간이 사라지고 있었다. 내가 아닌 블로그 속 가상의 나만 존재하는 듯한 이상한 기분이 들었다. 답답했다. 하지만 지금 포기하기에는 여태 해왔던 것들이 아까웠다. '내가 이거 말고 뭘 잘할 수 있을까?' 계속해서 내게 물었고 그 물음의 답을 내렸다. 내가 직접 마케팅이란 걸 해보자고.

    부산보다는 서울로 가야했다. 서울 간다고 다 잘되는 거 아니라며 다들 말렸다. 부모님 또한 말리셨지만 난 그래도 가야한다며 무작정 상경을 했다. 용돈을 받지 않겠다고 선언한 이후, 인생에서 가장 큰 결정이었다. 첫 독립을 했다. 혼자 사는 건 막막했다. 자금도 별로 없는 상태였다. 자존심 때문에 금전적으로 힘들다 말하지 않았다. 그동안 벌어놓은 돈 까먹는 날이 늘어만 갔다. 하루를 이렇게 지나 보내게 될 줄 몰랐다. 막막했다. 내가 벌려 놓은 일을 해결해야 했다. 내 나름대로의 플랜은 이랬다. 첫째, 어떻게든 클라이언트와 미팅을 잡을 것. 사실 첫째만 있는 이상한 계획이지만 무작정 뛰었다. 내 기준에 그 동안 블로그와 SNS를 해온 시간이면 충분하리라 믿었다. 그냥 어떻게든 할 수 있다는 근거 없는 자신감으로.

    그렇게 뛰고 뛰었다. 처음으로 나에게 의뢰가 들어왔다. 그날 넘치던 자신감은 모조리 사라졌다. 머릿속이 하얘졌다. 문서를 만드는 법부터, 어떤 아이디어를 내놓아야 할지, 의뢰받은 금액 기준은 얼마로 정할 것인지 기본적인 게 하나도 되어있지 않은 것이다. 기초 지식이 필요했다. 여기 저기 물어보기도 하고, 하루 종일 마케팅 책들을 읽어도 보면서 더 알아야 할게 정말 많다는 것을 깨닫고 내가 부족하다는 걸 스스로 인정하게 되었다. 내가 태어난 이래 가장 바쁘게 살았다.

    어른이 된 지금까지도 즐겁고 재미나게 살자는 마음은 변함이 없다. 그렇게 재밌는 것에 집중하다보니 여기까지 왔다. 그렇게 재미난 것을 찾다보니 하고 싶은 게 생겼다. 이유를 찾다보니 지금의 내가 되었다. 혹시라도 지금 '나의 꿈이 뭘까, 미래에 뭘 해야 할까, 왜 삶이 재미가 없을까.' 등의 고민을 하고 있는 사람이 있다면, 큰일이 아니어도 괜찮으니 자신이 좋아하는 작은 무언가라도 시작하면 된다. 그러다 보면 좀 더 파고들어가게 되며, 서서히 목표가 생기고 도달하기 위해 노력하는 나 자신을 마주하게 될 것이다.

미세하게 터득하다.

요즘은 도와줘도 욕먹는 세상이다. 네게 불합리한 일이 있어도 참으라고 하는 세상이다. 본인에게 피해가 생길 수도 있으니 최대한 나서지 말라고 한다. 말도 안 되는 상황들을 구경만 하고 있을 수는 없지 않은가.

초등학교 때 담임선생님은 단소를 늘 손에 쥐고 계셨다. 잘못을 했을 때는 물론 잘못을 하지 않았을 때도 말보다는 매가 먼저였다. 언제나 가차 없이 손과 엉덩이를 때리시곤 했다. 한 번 두 번 세 번 아무리 맞아도 익숙해지기는커녕 부당함에 화가 났다. 담임선생님의 수업이 되면 교실을 벗어나고 싶었고 나와 비슷한 생각을 하는 친구들도 있었다. 반 친구들에게 담임선생님 수업 전 밖으로 나가자 이야기하니 다들 나와 같은 불만이 있었는지 따라 나왔다. 딱히 갈 곳은 없었다. 조회대 위에 옹기종기 모여 앉아 잘못도 안했는데 왜 맞고 있어야 하냐며 열심히 토론 아닌 토론을 했다. 마침 교감 선생님이 지나가셨다. "수업시간인데 왜 여기 나와 있니?"라 물으셨고 우리는 그동안 말도 안 되는 체벌을 받아왔다고 말했다. 그 후로 교내 체벌은 사라졌다.

이유 없이 매 맞는 것에 반박하지 않았다면, 일 년 내내 같은 상황은 반복되었을 것이다. 무언가 잘못 되었구나 느낀다면 생각을 넘어 바꾸기 위한 노력을 해야 한다. 이 같은 노력의 시작이 없었다면 어두운 밤을 밝힌 촛불집회는 없었을 것이며, 임기가 남은 대통령이 내려오는 일도 없었을 것이다. 누군가 몸소 내뱉고 움직였기에 오랜 시간 찌들대로 찌들어버린 어둠을 마침내 걷어낼 수 있었다.

일을 하다 보니 빈번히 '왜 내가 이렇게 밖에 못할까?'라는 생각이 머릿속을 지배하며 가슴이 답답해졌다. 내가 부족한 게 무엇인지 알면서도 자꾸 미루고 미루어 왔던 것은 바로 공부였다. 대학의 필요성을 못 느끼고 공부도 하지 않았던 나에게는 거래 회사들에게 증명해 보여줄 내가 없는 것이다. 나를 찾기 위해서 정말 많은 고민을 했다.

20대 초반 좋지 못한 일 하나를 겪었다. 처음 겪는 일이였기에 도저히 답을 알 수 없었다. 그 와중에 우연히 한 사람을 만났다. 왠지는 모르겠지만, 처음 만난 그 사람에게 아무에게도 말 못했던 속 이야기를 모두 털어놓았다. 문제해결의 도움의 손길을 내밀고자도 아닌, 그저 답답한 마음을 털어놓을 곳이 필요했다. 그러다 얼마 지나지 않아 그 분으로부터 연락이 왔다. 나의 문제를 해결했다는 연락. 정말 해결해 주리라고는 생각도 못했는데 세상에 이런 사람이 있구나 하고 깨달았다. 나보다 지혜와 지식이 가득한 사람이었기에 그렇지 않을까. 그렇게 내가 이제껏 대학을 왜 다녀야 하는지에 대한 의문점이 사라졌다. 그래서 난 늦깎이 대학생이 되었다. 누군가에게 큰 도움이 되지는 못할지라도 난 그러기 위해 더욱 노력중이다. 친구들은 다 졸업하고 취직하는 마당에 다시 공부를 하려니 사실 부담스럽기도 하지만 내 나이 이제 겨우 이십대 중반, 뭐든 해낼 수 있는 나이기에 두렵지 않다. 지금부터 쭉 공부하며, 내가 하는 일에 더욱 당당한 사람이 되고자 최선을 다하는 중이다. 그렇게 달려가다 이르게 될 미래의 나를 그려본다.

　나에게 삶이 무료하다 말하는 사람들이 있다. 행복하지 않다는 말도 덧붙여서 한다. 하지만 언제나 행복하게만 살아간다면 진짜 행복은 모르게 되지 않을까. 그러니 지금 서 있는 자신의 위치를 불안해하지 마라. 그 장소에 왜 있게 되었는지, 그래서 왜 이렇게 가고 있는지, 그 날 왜 힘들었으며 이 날은 왜 행복했는지 조각처럼 하나하나 맞춰지는 날이 오게 될 것이다. '아 그래서 그랬구나'라고 느끼는 때가. 평범하게 흘러가는 삶이 재미없다 느낀다면 재밌는 것을 찾아보자. 사람들 모두 각자 좋아하는 것 하나쯤은 꼭 있다. 그게 마냥 노는 거여도 상관없다. 뭔가 하고 싶은 게 생기면 그게 무엇이 되었든 시작해보자. 생각만 하면서 허송세월 흘려보내기엔 일생은 짧다. 우리는 지금은 살아 있지만 언젠가 싸늘한 관속에 들어가 죽음을 맞닥뜨리는 날을 맞이한다. 죽기 전까지 덜 후회되는 삶을 살기 위해 노력해야 그나마 덜 후회하고 죽지 않겠는가. '열심히 잘 놀다 갑니다.' 이 말 한 마디는 꼭 하고 눈을 감고 싶다.

　20대, 정말 아무리 안간힘을 써도 티가 나지 않는 시기이다. 그 동안은 꾸준히 내공을 쌓아 언젠가 터뜨릴 날을 맞이할 준비를 해야 한다. 준비과정 중 난관에 봉착해 한계에 달했다 느끼더라도 깊은 좌절감과 자괴감에 빠지지 말자. 그 한계를 극복하면 참 좋겠지만 멈춰도 상관없다. 끝점은 못 찍었을지언정 새로운 경험이 하나 더 늘었으니 그거면 된 거다. 20대는 그런 시기가 아닐까. 인간은 완벽하지 못하다. 그러니 너무 완벽해질 필요는 없다. 누구나 시행착오는 겪는다. 사자성어도 시행착오를 겪으며 나오는 말들이 더 많지 않은가. 처음부터 다 잘 할 수는 없다.

　우리들이 살아가는 이 세상에 이유 없는 삶은 없으며, 그 이유를 만들고자 한다면 무언가라도 시작하면 된다. 언젠가는 의미를 부여할 만큼 갖추어져 있을 것이다.

　그렇게 나는 미세하게 터득했다.

조은희

겸손하되
담대한

모두 병들었는데
아무도 아프지 않았다

그 날 아버지는 일곱 시 기차를 타고 금촌으로 떠났고
여동생은 아홉 시에 학교로 갔다 그 날 어머니의 낡은
다리는 퉁퉁 부어올랐고 나는 신문사로 가서 하루 종일
노닥거렸다 전방은 무사했고 세상은 완벽했다 없는 것이
없었다 그날 역전에는 대낮부터 창녀들이 서성거렸고
몇 년 후에 창녀가 될 애들은 집일을 도우거나 어린
동생을 돌보았다 그날 아버지는 미수금 회수 관계로
사장과 다투었고 여동생은 애인과 함께 음악회에 갔다
나는 보았다 잔디밭 잡초 뽑는 여인들이 자기
삶까지 솎아내는 것을, 집 허무는 사내들이 자기 하늘까지
무너뜨리는 것을 나는 보았다
그날 몇 건의 교통사고로 몇 사람이 죽었고

그날 시내 술집과 여관은 여전히 붐볐지만

아무도 그날의 신음 소리를 듣지 못했다

모두 병들었는데 아무도 아프지 않았다

— 이성복 '그날' 중에서

소견서

- 이름 : 현대인
- 병명 : 통증불감증후군
- 발병일 : 1980년 x월 x일
- 증상 : ?
- 담당의사 소견 : 모두 병들었는데 아무도 아프지 않았다.
- 작성자 : 이성복

시인이 의사가 된다면 '그날'은 이렇게 다시 쓰일 것이다. 그렇다면 증상 란에는 뭐라고 적을 수 있을까? 우린 마음이 잘 맞는 상대에게 '텔레파시가 통한다.'라는 표현을 쓴다. 얼마 전 알게 된 사실인데 그리스어 텔레파시^{Telepathy}란 말의 어원은 먼 거리^{tele}와 느낌^{pathe}을 합쳐, '떨어진 곳에서 느끼다'라는 의미라고 한다. 이는 떨어진 곳에서 같은 온도를 느끼는 일이 될 수 있다. 반대로 텔레파시가 통하지 않을 때, 우리는 느낌의 비석에서 '이해'라는 상형문자를 조금씩 지워간다. 가까이 있어도 서로 다른 온도를 느끼게 된다. 아픔도 마찬가지일 것이다. 함께 대화하더라도 상대를 이해하지 못한다면 상대와 같은 아픔을 느끼기 어렵기 때문이다.

- 증상 : 타인의 아픔을 느낄 수 없다.

하지만 단순히 이해의 부재만이 이 증상의 원인이라 말할 수 있을까? 이외에 다른 원인이 있다면 그것은 무엇일까? 과연 이 병은 완벽히 치유가 가능할까? 답하기 어려운 질문이 늘어간다. 아무리 생각해도 40여 년 전 시인의 진단이 오늘날 너무 많은 대상에게 유효하다.

〈그래비티〉 좋은 이야기는 좋은 이야기로 남아 언제까지고 좋은 이야기로 남아 이야기 된다.

스물두 번째 해 늦은 봄, 놀랄 정도로 오래 집에서 나오지 않던 시기가 있었다. 나오지 않는다기보다 우울의 그늘에 은둔하는 모습에 가깝다. 자연스레 주변인과도 점점 멀어지게 됐다. 다행스럽게도 그땐 지금보다 세 배쯤 더 많은 영화를 봤는데 그 영화가 바로 〈그래비티〉다. 우주선 파괴로 우주를 표류하게 된 우주비행사(스톤 박사)의 이야기.

지구와 달리 우주를 표류한다는 건 우주선과 우주선, 우주선과 사람을 끌어당기지 못 하는 '무중력' 상태가 된다는 것이다. 이것은 어느 부분도 닿을 수 없다는 점에서 '단절'을 의미한다. 또한 외로움은 가만히 누워 눈의 음音을 듣는 일이라 했을 때, 스톤 박사가 우주에서 유일하게 들을 수 있는 소리는 자신의 외로움뿐이다. 계속되는 적막, 고요한 우주. 우연히 우주선에 지구로부터 무전이 울린다. 상대는 '아닌강'이라는 에스키모 부족 사람들의 소리. 그녀는 그 목소리에 감격하며 무전기 너머 들리는 아기 울음소리에 딸에게 불러준 자장가를 떠올리기도 한다. 그 후 다시 한 번 무중력으로부터 탈출을 시도한다. '아닌강'과 닿았던 선명한 자국에 힘입어 그들의 중력 안으로 몸을 구부린다.

나는 순간을 좋아한다. 눈꺼풀이 한 번 내려갔다 올라가는 찰나의 순간.

어떤 이야기라 하더라도 순간을 빼놓고 이야기되기 어려울 것이다. '그와 내가 처음 눈을 맞추고 언제 뗄지 몰라 당황한 순간, 마지막 문장을 읽고 종이에 눈물이 번진 순간, 여름밤 공기가 낯설게 훅 불어온 순간, 아빠의 두툼한 손이 내 오른손을 뒤덮은 순간.' 24시간 매일 처음 사는 하루살이처럼. 긴 인생도 어쩌면 이런 순간의 하루들이 모인 걸까. 그렇다면 이런 이야기로 이야기할 수 있다.

한 여자가 큰 기대 없이 영화를 튼다. 우주를 표류하던 주인공. 가까스로 무전이 닿지만 언어가 통하지 않자 늑대 울음소리를 내며 대화하려 애쓴다. 바로 그 순간, 그 짧은 장면 때문에 여자는 눈물이 맺힌다. 그러니까, 주인공과 마찬가지로 여자에게 구출이란 오직 사람의 목소리, 사람들과 함께 나누는 호흡, 그것과 끊어지고 싶지 않은 간절함. 일테면 '소통'이기 때문이다.

시간은 상영되고 영화가 계속 흐른다. 우주선이 지구를 향해 뜨거워지고 상공에 낙하산이 펼쳐지는 장면, 주인공이 강에서 헤엄쳐 수면으로 숨을 뱉는 장면, 그리고 마침내 그의 두 발이 땅 위를 내딛게되는 장면까지. 어느 순간, 어느 하루 여자는 확신한다. 영화 속 우주가 자신이 움츠리고 있는 방과 다르지 않다고. 결국 사람은 사람 속에 있어야 사람다워지는 것이라고. 자신은 나쁜 존재가 아니라 아픈 존재에 가깝다고. 곧 자신도 연기를 통해 누군가 위로하고 싶다고.

We need to talk about Human being

조랑말은 태어나 큰 말이 될 거라 믿으며 평생을 왜소하게 산다
조랑말은 망아지같이 부리나케 일어서 뚜벅뚜벅 걷는다
조랑말은 주인에게 이름을 불릴수록 더욱 몸집이 작아진다
조랑말은 속눈썹이 하얘질 때 자신의 진짜 이름을 알려 준다
조랑말은 조랑말과 가까워질수록 송곳니를 드러내며 싸운다
'거 봐, 다른 조랑말도 결국 똑같잖아.' 조랑말은 껄껄 웃는다
조랑말은 주인이 지어준 이름 말고 다른 이름 하나가 더 있다
조랑말은 조랑말을 죽을 때까지 이해하지 못한다
조랑말은 새끼가 태어나도 어미를 용서하지 못 한다

모두 병들었는데 아무도 아프지 않았다

조랑말은 속눈썹이 짧아 남몰래 운다
조랑말은 품집이 작아 살면서 주인보다 많은 것을 연민하며 죽는다

- 자작시, 조랑말

연기를 하면서 대본 분석을 할 때 선뜻 보이지 않는 것, 들리지 않는 것이 있다. 그것은 인물이 뱉은 말과 다른 감정 Subtext, '속 감정'이다. 나는 속 감정을 알기 위해 인물에게 상대와 관계에 대해 어떻게 생각하고, 얼마나 사랑하고, 왜 집착하게 되었는지 같은 질문을 한다. 어두운 과거를 가진 27살 대학생, 성적 트라우마로 애인과 섹스가 어려운 여자, 아버지의 존재가 어색한 어린 미혼모 등 다양한 인물들. 그때마다 돌아오는 Subtext는 의외로 간결하다. 하지만 간절하다.

"나를 이해해줘. 나는 그 사람을 좋아해. 나를 사랑해줬으면 좋겠어. 사랑받고 싶어."

이제 인물들은 이 한 마디를 숨기기 위해 감정과 다른 행동, 이해하기 어려운 행동을 한다. 일테면 갑자기 울음을 터트리며 베개를 던지고, 웃다가도 상대의 눈을 피하거나, 차분하게 화를 그치고 이별을 말한다. 맨 처음 대본을 읽었다면 그저 '이해하기 어려운 행동'에 머물렀겠지만, 인물의 속 감정을 하나둘 찾을수록 나에겐 너무도 '이유

있는 행동'이 된다. 그렇게 행동할 수밖에 없는 마음을 이해하는 것이기도 하다.

가끔 주위에서 "사람 결국 다 똑같지 않냐."라는 말을 듣는다. 어쩌면 그때마다 "사람 결국 다 똑같이 속 감정을 숨기지 않냐."라는 말로도 받아들일 수 있지 않을까?

이유 없는 행동이 없다는 말. 이해되지 않는 감정도 없다는 말.
때로는 그 감정의 이해를 외면하고 싶은 순간도 찾아올 것이지만.
인간, 단순해도 간단하지는 않은 존재라고.

유용한 사람이었으면 좋겠습니다

시집 한 권을 다 읽고 드는 허무함처럼 저는 대부분 무용한 것들로 채워져 있습니다. 그나마 유용함을 느낄 때는 운동을 할 때인데요. 숨이 가쁘고 몸의 온도가 오르면 어제보다 부드럽게 관절이 꺾이면서 조금은 쓸모 있어졌다고 느낍니다. 하지만 이마저도 스트레칭을 하지 않으면 본디 약했던 발목이 삐걱거립니다. 저는 어떤 형태로든 아프지 않기 어려운 사람이니까요. 스스로에게 던졌던 호기롭고 진지한 질문들. 마침표 대신 답을 구하던 흔적으로 남았습니다. 그것들은 운이 좋아 꿈이 되기도 했지만, 새로운 물음표가 되어 도망치게 만들기도 합니다.

어제는 존경하는 선생님의 인터뷰를 반복해 읽었습니다.

"난 그냥 살 거예요. 난 내가 뭘 이루고 싶은지 모르겠어요. 내 앞에 놓인 일을 열심히 하면서요. 그리고 아이들을 쳐다보면서 그렇게 살 거예요."

아름다운 그의 말을 곱씹으며 저 역시 살고 싶다고 생각했습니다. 아픈 사람들의 얼굴을 보면서, 표정을 새기고 아프게 실컷 울면서, 그리고 일상에 항상 감사하며 살고 싶습니다.

부디 바라는 것이 있다면 그들에게 유용한 사람이었으면 좋겠습니다.

김미래

아직 오지 않은
특별한 존재, 미래未來

나는 개똥벌레

　내 이름의 한자어는 아닐 미未 올 래來, '아직 오지 않은 앞날'이라는 시간명사 미래未來의 의미를 그대로 지닌다. 9살적, 서예학원을 다니며 한문을 알게 되어 왜 내 이름의 '미'는 다른 친구들처럼 예쁜 한자인 아름다울 미美가 아니냐며 바꾸어 달라고 아버지께 조르곤 했다. 아버지는 "절대 안 된다. 네 이름은 '아직 오지 않은 만큼 매우 특별한 존재'라는 의미를 담아 지었단다."라 말씀하셨고, 그땐 이해하지 못했으나 이젠 그 의미를 조금은 알겠다. '이름 따라 산다'는 옛말처럼, 나의 삶은 과거, 현재보다 더 아름다운 '미래'의 세상을 위해 힘쓰라고 부여된 게 아닐까.

어두컴컴한 밤

　2017년 현재, 모두들 시대는 변화하고 있다고 외치지만 대한민국의 부족주의, 사대주의, 그리고 남아선호사상 등의 습성과 관습은 잔재되어 창조경제, 혁신사회를 꿈꾸는 젊은이들의 풀을 꺾어놓는다. 이 사회의 수많은 권력층은 4차산업혁명시대를 맞이할 준비를 해야 한다며 젊은이들에게 청년창업을 권장하지만 이것은 수면 위에만 떠올라있는 빙산의 일각일 뿐, 실질적인 대책과 시스템의 뿌리는 턱없이 부족하다.

　이를 실질적으로 경험한 25살의 여성 1인기업 창업자로서, 이에 많은 괴리감을 느낀다. 이 나라, 대한민국의 아름다운 옛 전통과 문화는 제대로 계승되지 않으면서 매 정권 국민과 나라 경제를 카오스로 몰아넣었던 쓸데없는 관념들은 꾸준히 이어져오고 있다. 뼈저린 근거로서 최근 우리는 과거 잔재의 2017년도 버전에 크게 데이지 않았는가.

　있는 자들은 욕심나는 것을 가지기 쉽고, 없는 자들은 욕심이 있어도 현실에 직면하여 포기하기 쉽다. 있는 자들의 외침은 확산되어 영향력을 발휘하기 쉽고, 없는 자들의 외침은 소리 없는 메아리가 되어 다시 제자리로 돌아온다. 헌데 아이러니하게도 이러한 갑과 을, 권력자와 순응자, 발언자와 침묵자는 모두 대한민국이라는 한 사회에 공존한다. 100여 년 전 조선시대의 문헌적인 계급제도는 사라졌음에도 비문헌적으로 계급사회는 지금까지도 계승되고 있는 것이다. 그 누가 이 나라의 현재상태에 반박할 텐가. 이 어두컴컴한 오늘과 어김없이 또 찾아올 내일의 밤을 환히 비춰줄 한줄기 빛이 간절하다.

또라이

지금 이 나라에 필요한 것은 바로 혁명가이다. 과거의 성공사례는 본 삼고, 실패는 배제하여 새 시대를 위한 올바른 방향을 가리키며 전진하는 혁명가, 일명 '또라이'가 필요하다.

모든 사람들, 태어난 시, 분, 초 다르고 마주해온 환경, 사람들 제각기 다양하기 때문에 절대 같을 수 없다. 허나 대한민국 국민으로 태어났다면 필수 의무적으로 동일한 교육제도를 따라야 한다. 교육을 통해 도출되는 정답과 해석은 사람 제각기 다름에도 불구하고 EBS 교육교제 답지부록대로 답해야만 동그라미를 받을 수 있다. 도道와 덕德을 가르친다는 도덕도 마찬가지며, 관점에 따라 수많은 해석이 가능한 문학마저도 그러하다. 어찌 객관식 문제의 단 5선지항 중 맞게 골라야만 문학적이고 도덕적이라 인정되는 것인가. 사고가 형성되는 성장기에 답정너, 즉 '답은 정해져 있고 넌 대답만 하면 돼' 식의 주입식 교육을 받은 대한민국 청소년들에게 성인이 돼서야 창조, 혁신을 강요하는 이 사회, 정말 웃기지 않은가? 더 웃긴 것은, 높은 학력을 지닌 자들이 더 먼저, 더 쉽게 사회의 선도층, 지배층이 될 수 있으니 이미 정해진 답을 달달 외우고 그대로 적어내야 큰 목소리를 낼 수 있는 것이다. 악순환의 연속이다. 남달리 사고할 수 있는 힘은 애초에 꺾여버린다. 답정너를 따르지 않으면 '반항아', '사회 부적응자', '이단아' 즉, '또라이'가 되는 세상이다.

한국사회는 불과 50년 만에 급속성장 하였다. 빌딩은 수도 없이 올라가고 먹는 것, 입는 것 모두 생존이 아닌 향유적인 삶의 요소가 되었다. 이렇게 겉은 멋들어졌을지 몰라도 속은 이 성장속도를 따라가지 못하고 정체되었다. 마치 사춘기 청소년의 뇌 전두엽이 신체 성장속도를 따르지 못하여 충동적이고 비이성적인 행동패턴을 보이는 질풍노도의 시기를 거치듯 21세기 한국은 매우 미성숙하다. 그럼 한국을 떠나 성숙한 나라로 도피하는 것이 해결책인가? 지식인과 크리에이터들이 타국으로 빠져나간다면 이 나라는 누가 지킬 것인가. 악순환 바퀴의 톱니들이 녹슬 데까지 방치할 것인가? 누군가는 새 톱니가 되어 선순환 바퀴로 교체돼야 하지 않을까. 초반엔 삐걱거릴지 모르지만 기존에 없던 새 '또라이' 톱니들이 '아직 오지 않은 앞날'의 선순환을 위해 등장해야 한다. 누군가는 희생을 무릅쓰고 이 나라의 '또라이'를 자처해야 한다.

아직 오지 않은 미래

내 이야기를 적어보고자 한다. 어릴 적부터 사탕이 쓰던 달던 일단 입에 넣고 봐야 직성이 풀렸다. 그 사탕의 브랜드가치, 다디단 미각적 쾌락, 구매층 등과 상관없이 내 입에 넣고 싶다 하면 망설이지 않

095

나는 개똥벌레

았다. 난 우리나라 최고의 대학에 입학했지만 학교 밖의 세상이 더 궁금하여 20살부터 20여 개의 대외활동과 대기업 계약직, 패션 스타트업 인턴, 그리고 불과 1달밖에 안된 MCN회사에 뛰어들기도 하였다.

24살 여름, 마지막 회사를 나오고 난 후 쉬지 않고 달려온 4년이라는 짧은 시간 대비 상대적 길고 길었던 내적 여정으로부터 내게 남은 것이 무엇일까 깊이 고민하였다. 3가지 키워드가 떠올랐다. '옷', '문화 컨텐츠 기획', 그리고 '서울대학교'. 이를 기반으로 혼자 이례적인 프로젝트를 기획하기 시작했다. '서울대학교의 옷을 FASHIONABLE하게 풀어내다.'였다. 그간 몰래 모아온 비상금으로 11년판 맥북에어를 최저가에 구매하고, 통장 속 꽁짓돈 세어가며 작업에 돌입하였다. 제품 기획에 가장 중요한 고려요인은 바로 메인타겟, 서울대학생들이었다. 6년 전 대학교 단체옷으로 야구점퍼가 신선한 바람을 불어왔지만, 이젠 다른 새바람이 필요하였다. 단순하게 고심했다. 20대 초반의 대학생들의 유입률이 높은 온라인샵, 무신사 스토어에서 가장 잘 팔리는 아우터류는 무엇일까? MA-1, 항공점퍼였다. 핏, 디자인, 색상 등은 서울대학교 학생들의 생활패턴에서 결정되었다. 학교 의류를 외부에서도 많이 입고 다닌다는 점, 장시간 앉아있다는 점. 이는 학교뿐만 아니라 지하철, 홍대, 이태원에서 입어도 무방한 간지나는 디자인과 색상, 그리고 넉넉한 편안한 핏으로 연결 지어졌다. 가을에는 항공점퍼를 공적교육기관의 기념제품으로 판매할거라는 나만의 시나리오를 적었다.

뜬금없이 머리 노란 여자애가 서울대학교 잔디밭에서 처음 들어보는 브랜드 이름을 내건 부스를 혼자 전시홍보하고 있으니 지나가는 사람마다 황당해했다. 하지만 가끔은 뜬금없는 황당함이 예기치 않은 관심을 이끌고, 근거 없는 자신감이 위력을 발휘한다. 그렇게 탄생한 '16fw Snu(i)tem'은 현재 서울대학교 기념품점에서 당당히 전시 및 판매되고 있다. 지금 나는 의류브랜드 운영, 책 출판 준비 및 다양한 문화기획을 하고 있다. 흘러가는 방식은 다르지 않다. 갖고 싶은 사탕이면 입에 넣고 보는 순수한 어린아이의 뜀질이다.

반듯이 걷지 않고, 이리 팔딱 저리 팔딱 뛰어 댕기니 주위의 만류와 걱정을 수도 없이 먹고 산다.

"좋은 학교 나왔으면 넌 문제없이 대기업 들어갈 텐데, 왜 사서 고생을 하니"
"그러려고 지금까지 공부했니. 남들처럼 평범하게 좀 살아라."

반듯한 사회가 아름답다고 일반화시킨 안정된 시나리오를 따를 수 있는 충분한 조건을 가지고 있음에도 보장되지 않은 새로운 시나리오를 써내려가는 것이 오류라 판단하는 오판은 항상 나를 뒤따라온다. 허나 이 재판에 인정 가능한 증거물과 증인을 제시한다면 얼마든지 판도는 바꿀 수 있다.

창업 당시 나에겐 떼기 힘든 3가지 고접착 딱지가 붙어있다. '서울

나는 개똥벌레

대학교', '25살', '여성'

이 세 가지는 사회적 편견에 따라 '힘든 일 할 줄 모르며(서울대학교), 사회생활 1도 모르는(어린) 순응자(여성)'의 이미지를 낳았다. 정말 그지 같았다. 모두가 쉬쉬하지만 대한민국의 수많은 전례와 습성상 자연스러운 이미지 발화였다. 이를 격파하는 것은 나의 몫이다. 편견이 가시화되어 굳혀지지 않기 위해서는 생각에 그치지 않는 실질적인 행보가 필요하다. 남자보다 10배 더 땀 흘리고, 더 빨리 움직이고, 기존의 틀을 깰 수 있는 기존의 것의 역행, 변형, 조화를 몸소 실천해 나갈 것이다.

내 이름 '미래未來'와 같이 '아직 오지 않은 앞날'의 특별한 내가 되고자 한다. 앞으로 힘들고 외로운 여정의 길은 계속될 것이다. 그 길이 꽃길일지 똥길, 흙길일지는 알 수 없다. 허나, 똥길이고 흙길이면 어떠한가. 거름은 흙을 더욱이 기름지게 만들고, 흙이 있어야 생명이 뿌리내리고, 어떤 생명을 심느냐에 따라 논길이 될 수도, 아카시아길이 될 수도 있지 않은가. 결국 개척開拓이다.

난 스스로 '또라이'가 되기를 자처했다. 오래된 물때가 그득히 낀 어둑한 우물에서 벗어나 하늘로 피어오르는 개똥벌레가 되기로. 아직은 애벌레이다. 여섯 번의 껍질을 벗겨내는 고통과 부활의 긴 시간을 거치고 나면 번데기가 될 것이다.

‘아직 오지 않은’ 미래의 어느 날, 세상의 불빛이 되어 하늘로 아름다이 피어오를 것이다.

민
정
원

꿀피부언니
민가든

뷰티크리에이터 민가든의
목표 레시피

민가든의 달콤한 꿈 요리 레시피

1. 종이와 펜을 꺼내 꿈 레시피 작성하기

2. 재료 고르기

   주의사항 ! 유통기한이 지나지 않도록 제 날짜까지 사용해주세요.

3. 꿈 요리하기

   (1) 시간에 맞게 목표에 맞는 방법을 구현하기

   (2) 지치지 않게 중간 중간 점검하기

4. 꿈 플레이팅 하기

   어떤 요리를 할 때 어떤 상황에 누가 먹을 것인지가 중요하듯 나만의

   브랜딩 하기

레시피 느낌 나게 할 수 있을까요?

1. 꿈에 맞는 재료 고르기

내가 좋아하는 것

#예쁜것이좋아 #화장품 #뷰티고수

어른들의 고유명사, "좋은 대학 가야 성공한다." 이 이야기를 듣고 자란 나는 오로지 '좋은 대학 입학'이 나의 인생의 목표였고 학창시절을 치열하게 보냈다. 그러나 막상 대학교에 입학하고 나니 인생의 목표가 더 이상 없었다. 미대, 디자인 전공은 해야 하는 과제도 너무 많았다. 과제하고 알바하고 과제하고 알바하고, 대학교 일학년은 어떻게 학교를 보냈는지 모를 만큼 바쁘게 보냈다. 즐겁지도 않았다. '진짜 내가 좋아하는 것이 무엇인지 뭘까……. 뭘 해야 하지?'

이러한 학교생활 중에도 나를 꾸미는 일은 재밌었다. 아침에 학교 갈 준비만 1시간 30분이 걸릴 정도로 뷰티에 관심이 많았다. 화장품 하나하나 사 모으는 것도 나의 취미였다. 그래서 그런지 항상 듣는 말이 있었다. 바로 피부가 좋다는 말. "미술대학이라 야간작업이 많은데 어떻게 항상 피부가 좋아?", "피부가 정말 좋아 보이는데 너는 베이스 뭐 써?" 처음에는 '알려줘야 하나? 나만 알고 싶은데…….' 라고 고민하다가 하나씩 하나씩 대답을 해주었다. 다음날 "네가 추천해준 제품 사용 해봤는데 너무 좋더라. 고마워!"라는 친구의 말을 듣는데 왠지 모를 뿌듯함에 좋은 화장품을 알게 되면 남에게도 알려주고 싶은 마음이 생겼다.

#지금바로해

그러던 도중 한 친한 친구가 "요즘 블로그로 화장품 정보를 많이 얻고 있는데 네가 하면 정말 잘 할 것 같아. 한번 해봐!"라고 격려해 주었다. 성격 급한 나는 그날 당장 네이버 블로그를 만들었다. 그리고 '하루에 하나씩 뭐라도 포스팅 해보자' 라는 목표를 정했다.

미술을 전공해서 그런지 어떤 내용을 이미지화 하는 것을 좋아했다. 예를 들어 향수를 포스팅 한다고 하면 이 향수는 미들노트와 탑 노트에 바닐라, 우드 향이 들어가요 이런 단순한 설명 방식은 재미가 없었다. 그래서 작은 부분이라도 민가든 방식으로 풀었다. "이 향수는요, 하늘하늘한 화이트 쉬폰 원피스 입은 이연희 같은 하얗고 여리여리한 여자가 솜사탕을 들고 오는데 날 것 같은 향이에요." 나만의 방식대로 콘텐츠를 만드는 게 즐거웠다.

2. 꿈 요리 시작

#방해물이 찾아와도 멈추지 않기

무언가를 시작하면 포기하지 않고 꾸준히 했다. 블로그도 꾸준히 하다 보니 어느새 2014년 8월 기준 하루 일 방문자 2만 명, 블로그 랭킹 기준 상위 1% 뷰티블로거가 되어 있었다.

하지만 머지않아 시련이 찾아왔다. 학교생활보단 내가 하고 싶은 걸 하다 보니, 취업에 필요한 토익 점수 하나가 없었다. 미래에 대한 불안감과 경제적인 문제가 현실적으로 다가왔다. 부모님의 취업 걱정과 학자금 대출……. 토익 점수가 없다 보니 대기업에는 서류조차 쓸 수 없는 곳이 많았다. 그래도 뷰티가 좋았다. 큰 회사가 아니어도 꼭 화장품 회사에 들어가고 싶었다. 직원 5명이 있는 작은 화장품 회사에 들어가서 일을 하게 되었다. 본 전공인 디자이너로 입사했지만, 재미가 없었다.

어느 날 대표님이 나에게 제안을 해왔다. "정원 씨가 마케팅 대외 활동에 수상 경력도 많고 블로그도 운영해봤으니 우리 회사의 SNS 마케팅 디렉팅을 해보지 않을래요?"

전공생도 아닌 나에게 이런 기회가 주어진 것에 너무 감사했다. "네! 열심히 해볼게요." 3년 전만 해도 블로그는 활성화가 되어 있어도 페이스북 마케팅은 활성화가 되지 않았었다. 고객에게 공감되는 콘텐츠가 뭘까. 그때만 해도 인터넷에는 우리 화장품을 쓰면 미백, 주름 다 좋아요. 이런 광고 콘텐츠가 즐비했다.

뷰티블로거의 경험을 살려 직접 피부에 테스트 사용해보며 과정을 하나하나 만들어 갔다. 우리 가족 얼굴에도 테스트를 해보면서 이미지 콘텐츠로 제작했고 회사의 블로그, 페이스북을 만들었다. 굉장히 신기하게도 콘텐츠들이 인기가 많아지면서 회사의 페이스북의 팔로워가 약 10만 명, 피드에 좋아요 1만개. 광고 제품 매출이 200배가 증가했다.

처음에는 너무 재미있었지만, 어느새 일에 치여, 사람에 치여 내가 하고 싶은 것이 아닌 콘텐츠를 만드는 기계가 되어 있는 느낌이었다. 또 회사는 점점 커지지만 내 월급은 언제나 그대로였다. 조금씩 회사 일 보다는 다시 블로그를 할 때처럼 나만의 콘텐츠를 만들고 싶다는 생각이 들었다. 그래서 회사를 다니면서 주말에는 영상편집 학원에서 영상을 배웠다.

3. 나를 플레이팅 하기

회사에 1년 째 되는 날 대표님께 사표를 드리고 하고 싶은걸 하겠다며 퇴사를 했다. 퇴사를 한 후 모든 것이 잘 풀릴 줄 알았지만 금세 시련이 찾아왔다. 블로그는 저 품질이 걸려버렸고 이미지 콘텐츠에서 영상콘텐츠로 넘어왔는데 어떻게 해야 할지 감이 잡히지 않았다. 열심히 영상을 만들어 유튜브에 올렸지만 구독자 수는 늘지 않고 점점 지쳐만 갔다. 영상 기획을 하고 밤을 새가며 영상 편집을 해 꼬박 3~4일씩 영상을 만들어 올렸지만 보러 오는 사람이 별로 없었다. 답답했지만 이 일을 계속 하고 싶었다. 모아둔 돈이 거의 떨어지고 지쳐갈 때 쯤 내 현 상황을 체크하고 다시 목표를 세웠다. 8월까지 최선을 다해 콘텐츠를 제작해보고 구독자 1만 명을 못 채우면 재취업하자.

그 이후로 계속 나만의 콘텐츠에 대한 연구를 했다. 내가 좋아하는 것, 내가 잘하는 것이 뭘까. 나는 평소에 집에서 피부관리에 시간을 보내는 것을 좋아했고 트러블 케어를 꾸준히 하고 있었다. "좋아! 누구나 어디서든 쉽게 따라할 수 있는 스킨케어 콘텐츠를 만들자!" 이렇게 콘셉트를 갖고 '꿀피부언니 스킨케어루틴' 시리즈 영상을 만들기 시작했더니 페이스북에 콘텐츠가 올라가면서 많은 분들이 콘텐츠에 관심을 갖기 시작했다. 애초에 목표 기간으로 세운 8월에 구독자 1만 명을 채울 수 있었다. '아, 계속 좋아하는 일을 해도 된다!' 마음이 한결 가벼워졌다.

[ENG CC] 돈아끼는 꿀팁#3 바세린으로 블랙헤드없애기? Black head...
조회수 3,534,464회 · 1년 전

#1 초보자를 위한 블랙헤드 없애는법
[피지 녹이는오일] 민가든
조회수 1,755,153회 · 8개월 전

[ENG CC] [좁쌀여드름 없애는법- 압출법& 후 진정관리] 꿀피부언니 스킨케...
조회수 793,131회 · 1년 전

0원으로 20만원 효과 머릿결 좋아지는
법! [No Money Hair care] 민가든
조회수 778,062회 · 1년 전

[ENG CC]7000원으로 70만원 효과?
돈 아끼는 스킨케어법 [NO!money...
조회수 712,204회 · 1년 전

많은 분들이 종종 물어본다. "소속사에는 왜 안 들어 가셨나요?" 소속사의 권유도 받았지만 소속사에 들어가게 된다면 내가 하고 싶은 걸 모두 못할 것 같다는 생각이 들어 거절했다. 처음에는 소속사에 들어가지 않은 것을 아쉬워했지만 그것이 지금의 나, '민가든'스러운 콘텐츠를 만들 수 있었던 계기가 아닐까 싶다.

점점 비즈니스에 대한 규모가 커지면서 이번 년도 1월부터는 (주)뷰티시크릿가든 법인도 설립했다. 일 년간 고생을 한 후 구독자가 점점 늘어 지금은 유튜브, 네이버캐스트를 포함하여 20만 구독자 뷰티 크리에이티가 되었다. 아직까지는 뷰티 크리에이터로서 더 성장하고 싶은 마음도 크다. 그리고 예전부터 나만의 화장품 브랜드를 런칭하고 싶은 꿈이 있었다. 1여 년 간 준비 끝에 이번 7월에 직접 기획한 화장품도 출시되었는데 기쁨 반, 걱정 반이다. 앞으로 또 화장품 브랜드를 잘 이끌어가야 한다는 목표도 하나 더 생겼다.

인생을 꿈으로 채우는 건 참 달콤한 일 같다. 이제 나의 30대 목표는 내 이름이 들어간 건물을 세우는 것이다. 누군가는 어렵다고 말할 수 있겠지만 나는 앞으로도 내 목표를 이룰 수 있도록 꾸준하게 최선을 다 할 것이다. 지금은 굉장히 힘들고 앞에 길이 보이지 않을 때 노트와 펜을 꺼내 '목표 레시피 노트'를 만들어 보라. 목표를 적고 목표를 이루기 위한 어떤 레시피가 있을지 적어 보는 것이다. 재료부터 만드는 방법까지 빠짐없이! 이렇게 적다 보면 꿈이 구체화가 되고 꿈을 위해 실행하는 나, 변화하는 나 자신을 볼 수 있다.

대학생 때 나의 목표는 30살이 되기 전 1억 모으기, 해외여행 20곳 이상 가보기, 나만의 브랜드 만들기였다. 어느 새 그 목표는 이뤘고 지금은 또 새로운 목표를 세우고 도전하고 있다. 이 글을 보고 있는 여러분도 내가 하고 싶은 것이 뭔지, 나의 목표는 뭔지 지금 바로 작은 것부터 써 보길 바란다. 달콤한 꿈을 맛보는 날이 올 것이다!

정다솔

다부진 소나무처럼 **살아왔고** 또 앞으로도 그렇게 **살고 싶은**
22살 여대생 정 '다솔' 입니다.

삼척에서의 나비효과

39프로젝트의 1인이 되어보겠다고 결심했을 때와는 다르게, 막상 글을 쓰려니 막막했다. 그냥 자유롭게 나의 이야기를 써 내려가면 된다는데 과연 여느 대학생과 다를 것 없는, 지극히 평범한 내가 무슨 이야기를 할 수 있을까 싶었다. 무엇보다 나는 우울해 있었다. 20대에 들어와 새로 만난 사람들과의 관계에서 큰 회의감을 느끼고 있었고, 정작 내가 정말로 좋아하는 것이 무엇인지 찾을 새도 없다보니, 잘하는 일이 곧 좋아하는 일이겠지 싶어 비교적 성과가 잘 나오는 전공 관련 활동을 닥치는 대로 했다. 그랬더니 나의 22살은 우울해져 있었다. 그렇게 나는 A4 한 장 분량에 '나는 우울해요~' 라는 소리만 주구장창 써놓고 원고 마감일 일주일을 앞둔, 무더운 7월의 중복에 가장 친한 친구, H와 함께 삼척으로 떠나버렸다.

고등학교 친구인 H와 내가 '삼척'으로 여행지를 정한 이유는 딱 하나였다. 우리는 조용하면서도 예쁜 자연이 있는 곳에서 최대한 여유를 만끽하고 싶어 했다. 여행지를 정할 당시에 우리 둘은 바쁘게 반복되는 학교생활에, 의미 없는 만남들에 참 많이 지쳐있었다. 그래서 이 번 만큼은 최대한 사람들과 부대끼지 않고 여유롭게 쉬다 올 수 있는 곳에 가고 싶었던 것이다.

사진으로 본 삼척의 고요함과 에메랄드 빛 바다는 그런 우리에게 최적의 여행지가 될 수 있을 것만 같았다. 하지만, 5시간이나 걸려 삼척에 도착한 우리를 맞는 건 우중충하고 흐린 날씨에, 에메랄드빛이 아닌 흐리멍덩한 푸른색의 바다였다. 게다가 버스는 한 시간에 한 대밖에 없었고, 다른 동네로 이동할 경우에는 2배의 금액을 내야하는 이상한 택시 요금제도가 있었다. 때문에 우리는 멀리 나가지도 못하고, 우리가 묵을 민박 근처에서 서성여야 했다. 물론 바다여행의 하이라이트인 회 먹기도 그 근처에서 해결해야만 했다. 회와 소주로 우리의 아쉬움을 달래기로 했다.

· 회에 매운탕까지 먹다보니 어느새 그 횟집에 손님은 우리 둘 뿐이었고, 사장님은 과묵한 모습으로 묵묵히 우리 뒤 테이블에 앉아 계셨다. 우리가 사장님께 매운탕이 너무 맛있다고 먼저 말을 건네자, 사장님께서는 맛의 비결을 이야기 해주시며, 서서히 입을 여셨다. 그 뒤로 우리는 사장님과 계속 이야기를 주고받기 시작했다. 우리 아빠보다 조금 더 연세가 많아 보이시는 사장님은 과묵해 보이셨던 첫 인

상과는 다르게, 손녀들에게 옛날이야기를 들려주듯 재미있고도 느긋하게 이야기를 하셨다. 우리가 바다 이야기를 꺼내면 바다를 찾아 무작정 떠났던 사장님의 청년 시절 이야기를 들려주셨고, 우리가 연애 이야기를 털어놓으면 어릴 적 좋아했던 소녀와의 풋풋한 에피소드를 들려주시면서 연애 코칭도 해주셨다. 또 우리의 결혼관에 대해 이야기하면 우리와 동갑내기 딸을 둔 아버지의 입장에서 말씀해주시기도 했다. 아마 이 날이, 내가 처음으로 아빠의 심정에 최대한 가깝게 간 날일 것이다. 때로는 당사자가 아닌 제 3자가 이야기를 해줄 때 그 마음의 크기가 얼마나 크고 깊은 것인지 더욱 쉽게 와 닿으니 말이다.

사장님께서는 쉴 새 없이 재잘거리는 우리들에게 수박과 생맥주까지 내어주시면서 우리의 고민을 함께 나눠주셨다. H와 나는 낯선 곳에서 만난, 낯선 어른과 이렇게까지 다양한 이야기를 오랜 시간 나눈 것이 아마 처음이었다. 세 시간 정도가 지나고 나서야, 우리 때문에 가게 문을 닫지 못하고 계신 걸 뒤늦게 알아차린 우리는 급히 자리를 정리하고 일어섰다. 그런 우리에게 사장님은 구하지 못해 아쉬워했던 삼척해양레일바이크 표를 구해 줄 테니 내일 아침 일찍 다시 가게로 찾아오라고 하셨다. 사장님은 감사하게도 끝까지 친절을 베풀어주셨다.

그렇게 우리는, 좋은 인연을 만났다는 기쁨과 감사함을 느끼며 민박집을 향해 걷는 동안, 사장님을 만나기 전과 후로 삼척 여행에 대한 만족도가 달려져 있음에 크게 공감했다. 사장님을 만나기 전에는,

삼척의 고요함과 여유로움을 제외하고는 모든 게 다 생각과는 다르게 흘러가서 그다지 만족스러운 여행지는 아니었다. 하지만, 사장님과의 오랜 대화를 끝마치고 나서부터는 '삼척에 와서 다행이다'라는 생각이 들 정도로 만족스러워했다. 어쩌면 H와 내가 한참, 사람과 사람과의 관계에서 회의감을 느끼고 있던 참이라 사장님과의 만남이 더욱 소중하고 의미 있게 다가온 것인지도 모르겠지만 그 날 나는 처음으로 '좋은 사람이 가진 힘과 영향력'에 대해 많은 것을 깨달은 날이었다.

나에게 어른은 딱 두 부류로 나뉜다. '닮고 싶은 어른'과 '닮고 싶지 않은 어른'. 전자를 보면 '나도 저렇게 늙고 싶다'라는 생각이 들고, 후자를 보면 '나는 늙어서 저렇게 되지는 않아야지'라는 생각이 든다. 나는 그동안 일상 속에서 닮고 싶지 않은 어른의 모습을 더 많이 보아왔다. 지하철에서 쩌렁쩌렁 이야기를 나눈다던가, 술에 취해 고래고래 소리치는 것 등이 제일 먼저 떠오르는 그들의 모습이다. 하지만, 당연히 사장님은 나에게 있어 '닮고 싶은 어른'이었다. 사장님은 세대를 아우르는 소통의 힘이 있었다. 사장님과 이야기를 나눌 때는, 내가 아빠에게서조차도 느꼈던 세대차이의 어쩔 수 없는 거리감이 전혀 느껴지지 않았다. 사장님은 우리의 이야기를 우리가 살아가고 있는 세상의 눈높이에서 들어주셨다. 그래서인지 아빠 앞에서 털어 놓지 못할 이야기를 사장님께는 스스럼없이 털어놓았고, H도 나밖에 모르는 자신의 고민에 대해 사장님께 조언을 구하기도 했다. 젊은 세대들의 고민을 진지하게 받아들여주고 이해해주는 어른의 모습이 참으로 멋져 보이는 순간이었다.

그리고 사장님은 우리로 하여금, 우리 또한 좋은 사람임을 깨닫게 하셨다. 삼척에서의 마지막 날, 어떻게 해서든지 감사의 마음을 전하고 싶었는데 달리 표현할 길이 없어 아이스크림 한 봉지를 건네며 감사의 인사를 전했다. 그러자 사장님은 자신 역시 아무 손님하고 밤새 이야기하지 않는다며, 우리가 아무나가 아니었으니 그랬을 거라고 말씀하셨다. 좋은 사람의 입을 통해 나 또한 충분히 좋은 사람이라는 말을 들으니, 그 때의 기분은 무엇과도 비교할 수 없이 좋았다. 뭔가 그 때의 '기분 좋음'은 평소 내가 무언가를 성취했을 때의 '기분 좋음'과는 약간 다른 감정이었다. 내가 나의 목표를 이루어 나 스스로 자랑스러울 때, 나는 자주 허탈감을 느끼곤 했다. 그 때는 그 허탈한 감정이 도대체 어디에서 비롯되는 것인지 도통 감 잡을 수 없었는데, 사장님을 만나고 느낀 '기분 좋음' 덕분에 이제는 알 것 같다. 그 '기분 좋음'은 나를 더 이상 허전하게 만들지 않고, 속이 꽉 찬 느낌을 가져다준다. 이로써, 인간에게 '좋은 사람과의 관계 맺기, 그리고 그로부터 얻는 감정들'이 가장 중요하고도 궁극적인 것이고, 성취의 기쁨은 그것들이 없으면, 언제라도 무너질 수 있는 부수적인 것임을 깨달았다.

114

사장님과의 시간 덕분에 H에게서도 '좋은 사람의 힘'을 느낄 수 있었다. '여행은 어디를 가느냐보다 누구랑 가느냐가 훨씬 더 중요하다.'라는 말을 들으면, 가장 먼저 이런 생각이 떠올랐었다. '왜 사람들은, 저 말을 누구에게나 똑같이 증명된 진리마냥 이야기 할까?' 솔직히 나에게 저 말은 아르키메데스가 유레카를 외칠 때처럼 번쩍이며 크게 다가온 적이 한 번도 없었다. 당연히 국내여행보단 해외여행이 더 오래 기억에 남을 것 같았고, 아시아여행 보단 유럽여행이 더 좋아보였다. 하지만, 처음 삼척에 도착해서 기대했던 파도의 모습을 보지 못했어도, 사이트에서 보았던 깔끔한 민박의 모습이 아니었어도, 버스가 하루에 3번 밖에 운행하지 않음을 알게 됐을 때도 H와 나는 황당함에도 불구하고 서로 마주보며 어이없는 웃음을 터뜨렸다. 마치 낙엽이 굴러가는 것만 봐도 웃던 사춘기 시절처럼 그 모든 상황을 웃음으로 넘겨 버렸다. 지금까지의 나는, 생각과는 다른 상황에 맞닥뜨렸을 때 긍정적으로 생각하기보단 불평하기 바빴다. 그랬던 내가 너그러워 질 수 있었던 것은 내 태도에 변화가 생긴 것이 아니라, 내 옆에 있는 사람과 내가 만난 사람에 변화가 있었기 때문이었다. 그래서 나는 저 문구에 몇 마디를 더 추가하고 싶다. '여행은 어디를 갔고 무엇을 했느냐보다, 누구랑 갔고 그 곳에서 누구를 만났느냐가 더 중요하다'고.

이렇게 사장님과의 만남을 통해 깨달은 것들을 하나하나 써 내려가다 보니 '나비효과'가 생각났다. 사장님은 나에게 마치 한 마리의 나비와 같았다. 사장님의 이야기, 배려, 행동 등의 작은 날갯짓은 나의 가치관을 뒤흔들 정도로 강력했다. 이제껏 내 인생의 목표는 앞으로 내가 갖게 될 일과 관련된 것이었다. 무엇으로, 어떤 모습으로 성공할 것인지를 항상 고민했고 더 좋은 일을 가지려 욕심을 부리기도 하고,

계속해서 어떠한 결과를 성취하려 했다. 그 성취의 과정이 너무나 힘들고 지침에도 언젠가 올 미래에 대한 욕심 때문에 그 끈을 자꾸 놓지 못했다. 지금은 힘들어도, 언젠가는 이 끈이 나를 행복으로 데려다 주리라 믿고 있었다. 하지만 이제 나는, 그 끈을 놓아도 행복해질 수 있는 방법을 비로소 사장님과의 만남을 통해 깨우친 것 같다.

내 옆에는, 사장님에게서 느낀 나의 감동을 함께 느끼고 있는 H가 있다. 이것은 마치, 내가 굉장히 감명 깊게 읽은 책을 내가 가장 좋아하는 친구 역시도 재미있게 읽었다며 그 책에 대해 오랫동안 함께 이야기할 수 있는 것과 같다. 결국, 이런 사소한 행복이 이제는 결코 사소하게 다가오지 않는 것은 좋은 사람을 만나는 것이 얼마나 어렵고 힘든 것임을 깨달은 덕분이다. 그래서 나는 이제 내 인생의 목표를 일과 관련된 것이 아닌, 사람에 대한, 사람을 향하는 것으로 바꾸고자 한다. 그렇게 된다면 이제 나는 더 이상 행복한 인생의 모습을 '좋은 직장과 좋은 집'에서 찾지 않고, '좋은 사람을 많이 만나고, 그들로부터 배워서 성장하는 나의 모습'에서 찾을 것이다. 이것이 바로 삼척에서 찾은, 앞으로 내가 행복해지는 방법이다.

삼척에서 돌아오자, 나는 더 이상 우울해하지 않았다. 삼척에 가기 전에는, 해가 갈수록 점점 진실된 나의 사람들이 줄어든다는 사실이 너무나 허탈하고 회의감이 들었다. 하지만 지금은, 그런 허한 마음이 들기보다는 오히려 지금까지도 내 옆에 있어주는 몇 안 되는 사람들에게 더 집중할 수 있고 그 사람들과 더 깊어질 수 있다는 생각에 행복하다. 더 이상 떠나가는 인연들이 아쉽지 않고, 얕은 관계들에 깊게 의미부여하고 싶지 않다. 이런 생각에까지 도달하자 나는 39프로젝트를 통해 어디에선가 옛날의 나처럼, 새롭게 맺은 관계들로부터의 혼란스러움과 회의감에 힘들어하고 있을 또래 친구들에게 이 이야기를 들려주면 좋겠다고 생각했다. 그래서 나는 바로 노트북을 열어 떠나기 전에 썼던 글들을 모조리 지우고 삼척에서의 기억을 다시 더듬어갔다. 그들이 내 에피소드를 통해 조금이라도, 얕은 관계들에 마음 아파하며 연연해하지 않았으면 좋겠다.

가치관이라는 것은 참 바꾸기 어려운, 견고한 것이라 생각했다. 그리고 그렇게 바꾸기 어려운 가치관을 한 번 본 사람을 통해 바꿀 수 있으리라곤 상상조차 하지 못했다. 하지만, 이 세상은 누굴 만나고 누구와 함께하느냐에 따라 많은 것을 바꿀 수 있고, 또 많은 것이 달라 보일 수 있는 곳이었다. 그래서 나는 지금, 과거의 나와는 다르게 세상을 보고 있다. 좋은 사람 덕분에, 세상에 더욱 쿨해질 수 있었던 22살의 여름이라, 시원했다.

시원한 여름을 선물해준 사장님과 H에게 이 글을 바칩니다.

임
송

맛있는 것을 찾아다니며
그림도 그리고 있는
임송이라고 합니다.

말

우리는 끊임없이 다른 사람과 의사소통하며 살아가고 있다. 가장 가까운 가족뿐 아니라 밖에서 만나는 종업원까지 그 대상도 매우 다양하다. 그 과정 중에 사람이 사람과 만나 접촉할 수 있는 방법은 수백 가지인데, 생각해보면 왜 하필 '그런' 부위를 '그런' 방식으로 닿게 하여 '그런' 의미를 갖게 하는지 의문을 갖게 하는 것들이 몇 있다.

1. 하이파이브. 상대방의 손바닥과 내 손바닥을 정확히 맞부딪혀 커다란 소리를 낸다. 이 행동의 목적은 최대한 찰지고 큰 소리를 내서 흥을 최대치로 끌어올리는 것이다. 또한 동시에 화려하게 그 상황을 마무리 짓는 행위이기도 하다. 서로의 손바닥이 정확히 맞지 않아 삐끗하거나 경쾌한 소리 대신 둔탁한 소리만 나게 될 때 '잘 안 맞네'라는 소리를 괜히 한 번 한다. 이때 잘 안 맞는 것은 상황 그대

로 손바닥의 합이 될 수도 있지만 그 둘 관계를 일반적으로 설명할
수 있는 '쿵짝'임을 슬쩍 내포하고 있다.

2. 엉덩이 토닥토닥. 칭찬이나 위로를 전하는 사람이 받는 이의 엉덩
이 한 쪽을 손바닥을 이용해 반복해서 친다. 인체 부위 중 가장 크
게 접히면서 뒤로 길게 내뺄 수 있는, 그리고 우리의 몸이 피곤해질
때 가장 먼저 어딘가에 의지하고 싶어 하는 부위가 엉덩이이다. 바
로 이 '안주의 아이콘'에 자극을 주면서 긍정의 말을 더한다. 의자
나 바닥에 닿지 못하게 그 사이에서 손을 펄럭펄럭 움직이며 방해
한다. 결국 그 대상은 긍정적인 말과 함께 하는 손바닥의 자극으로
계속해서 나아갈 힘을 얻는다.

3. 시선이 부딪히다. 실제로 우리의 눈에 보이지 않는 '시선'이 마치
길을 따라 가다가 상대방의 그것과 만난 것 것처럼 표현한다. 중요
한 사실은, 시선이 항상 직선으로 움직인다는 것이다. 곡선 길을 따
라 구불구불 나아가는 것은 시선과 어울리지 않는다. 쭉 뻗어 나가
다가 반대쪽에서 오는 것과 부딪힌다. 직접적인 물리적인 변화는
없지만 쾅! 하고 큰 소리가 난 것도 같다. 뭔가 묘한 긴장감이 함께
흐르는 상황일 때가 많고 뒤에 이어질 흥미로운 일의 도입부처럼
그려진다.

4. 꿀밤을 먹이다. 간단한 벌로 상대방의 이마에 주먹을 갖다 박는다.
주먹 끝은 꿀밤이 되고 그걸 굳이 상대의 이마에 떠먹여준다. 이마

는 얼굴에 있는 부위 중 가장 광활한 평지이다. 입처럼 갈라지는 곳 하나 없는 이곳으로 무언가를 어떻게 먹일 수 있을까? 또 이름만 들어도 달콤할 것 같은 '꿀밤'을 이마에 먹여주는 것을 굳이 벌로 하는 이유가 무엇일까? 이렇게 터무니없으면서도 뭔가 귀여운 행위는 순식간에 진행된다. 이마로 꿀밤을 먹었던 사람은 분명 체벌을 받은 것이지만 행위의 이름이 갖고 있는 모순됨과 아기자기함에 실제 받은 물리적 충격을 온전히 체감하지 못할 수 있다. 본인이 당한 고통이 실제보다 진지하게 느껴지지 않을 수 있다는 것이다. 단순히 '이마를 때렸다'는 사실보다 '꿀밤을 먹였다'라는 것이 덜 심각하게 다가온다.

현재 우리가 함께 살아가는 이곳에선 말 뿐 아닌 다양한 방식으로 대화를 한다. 그 방식들은 각각 나름의 상징성을 띠고서 원활한 소통을 가능하게 한다. 즉 이렇게 암묵적으로 합의된 행동들이 사람 간의 대화를 더 구체적이거나 풍요롭게 하는 것이다. 하이파이브라는 행동이 격려를 해주는 상황보다는 상대방과 마음이 맞는 순간에 더 어울린다는 것과, 꿀밤을 먹이는 행위가 칭찬이나 위로를 전하는 순간보다는 가볍게 충고할 때 더 적절하다는 사실을 우리는 긴 고민 거치지 않고 바로 알 수 있다.

앞에서 예를 든 관습적인 행동뿐만이 아니다. 우리가 소통을 하는 데 쓰는 가장 대표적 매체인 '언어' 자체에서도 비슷한 모습을 볼 수 있다. 말 하나가 만들어지면 사람들은 그것에 의미를 부여한 후 서로 약속한다. 우리는 상대방이 암묵적으로 합의했다는 가정 하에 그 말들을 사용하여 의사소통을 할 수 있게 된다. 사용빈도가 높은 표현일수록 사람들은 말 자체를 그대로 보기보다는 그 너머의 의미에만 집중한다. 그렇기에 긴 사고 과정 없이 짧은 시간 내에 한 번에 서로의 말을 이해하고 반응할 수 있다. 아무리 추상적인 말이라 하더라도 그 언어를 모국어로 사용하는 사람이라면 바로바로 꺼내 사용할 수 있는 것이 그것 때문이다. 그만큼 많은 이들이 그 표현을 학습하고 다수가 합의한 방향에 맞게 사용하고 있다는 뜻이다.

하지만 만약 전혀 다른 문화권에서 이방인, 혹은 외계인이 이곳에 왔다고 가정해보자. 위와 같은 표현들을 보고 그 의미를 바로 추론하는 것이 가능한 일일까? 타지에 갑자기 떨어진 외국인이 낯선 그 땅의 언어를 포함한 많은 표현을 바로 이해한다는 것은 어려운 일이다. 한국을 잘 모르는 외국인에게 '꿀밤을 먹인다'라는 표현이 주먹 끝으로 이마를 살짝 쳐서 가벼운 벌을 주는 것이라고 한 번에 받아들여질 수 없을 것이다. 또한 그 말 자체 표현보다는 의미에 바로 집중해 왔던 우리가 표현에서 의미로 넘어가는 그 과정을 합리적으로 설명하는 것도 쉽지 않은 일이다. 표현들이 각 의미에 닿기 위해서는 생각보다 많은 과정이 필요하다. 가끔 의미와 아무런 연결 고리가 없는 표현도 존재한다. 나아가 생각해보면, 우리는 이렇게나 추상적이며 모호한 표현을 관습적으로 사용하며 오해의 가능성이 다분한 세상에서 살고 있다.

즉 '머리가 무겁다', '코웃음 치다'와 같이 말로 표현될 수 있는 관습적인 표현을 표면적으로만 보았을 때 얼마나 다양한 이미지로 나타낼 수 있는지 알아보는 것이 요즘 필자의 최대 관심사이며 작업의 주제이기도 하다. 작업 과정을 간단히 설명해 보자면 다음과 같다. 먼저 아주 일상적이면서 자주 사용되는 표현을 하나를 선정한다. 그리고 그것이 갖는 통상적인 의미를 모르는 사람처럼 접근하고 순수하게 추론해본다. 예를 들어 '시선을 공유하다'라는 말을 주제로 작업을 진행한다고 하면, 그 말 내면의 의미는 모르는 척 하며 말 그대로를 보려 노력하는 것이다. 추상적 단어인 '시선'이라는 것을 어떻게 공유할 수 있을지, 그리고 어떤 모습으로 공유할 수 있을지 생각해본다. 그 후 관찰의 결과물을 이미지로 무작정 나열해 본다. 이러한 과정을 거쳐 나온 이미지는 다음과 같다.

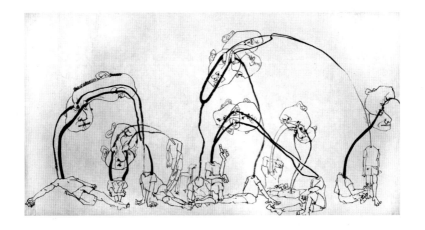

그리고 마지막으로 완성된 그림과 주제가 되었던 '말'을 최종적으
로 비교하며 그 사이에서의 간극을 발견해본다.

이미 흔하게 쓰여 낡고 닳아서 무뎌진 표현들을 다시 되새김질 해
보는 과정은 꽤 큰 즐거움을 준다. 그리고 그동안 얼마나 무관심하
게 습관적으로 많은 것들을 지나쳐 왔는지 스스로에 대한 반성도 가
능케 한다. 이 모든 과정은 일상 속에 숨어 있던 재미를 느끼게 해준
다는 것만으로 큰 의미를 가진다. 언어란 항상 옆에 있고 숨 쉬듯 사
용되는 너무나도 익숙한 매체이다. 그리고 우리는 이러한 언어를 그
저 의사소통을 위한 도구로만 봐 오면서 많은 재미를 지나쳐 버렸는
지도 모른다. 사고를 전환시켜 언어라는 것을 단순한 놀이를 위한 도
구로 봐 보는 것도 흥미로운 시도이다. 이미 충분히 합의된 표현들을
의심해보고 마음대로 해석해보는 과정을 통해 지루한 일상을 흥미롭
게 전환시킬 수 있다. 앞으로도 좀 더 다양한 방식으로, 긴 시간을 거
쳐 지금 우리의 입에까지 오르내리게 된 말들이 어떤 일들을 겪으며
그런 모습으로 다듬어진 것인지 자유롭게 상상해보려 한다.

지
소
연

버퍼링…….
쉬어가는 중
채워가는 중

쉬어가기

　천장에 한 사람이 서로 맞잡을 수 없는 두 끈이 매달려있다. 테이블 위에는 약간의 도구들(망치, 가위 등)이 놓여있다. 미션이 주어졌다. '두 끈을 연결해라!' 독자들은 어떤 방법으로 문제를 해결하겠는가?

　이 실험은 사람들의 문제 해결 능력에 대해 관심을 갖고 있던 미국 심리학자 노먼 마이어Norman Maier의 '두 줄 실험'이다. 그의 실험 결과는 어떠했을까? 참가자의 39.3% 만이 문제의 해결책을 발견하였다. 또한 실험 환경에서 책상 위에 가위만 놓여있을 때, 문제 해결에 있어 상당한 시간이 소요되었다. 위의 상황에서 천장에 매달려 있는 두 개의 끈을 묶으려 하면, 손이 조금 모자라 다른 하나의 끈을 잡는데 어려움이 따른다. 그렇다면, 어떻게 두 끈을 연결시킬 수 있었을까? 마이어 박사가 원했던 답은 피실험자가 책상 위에 놓인 도구를 밧줄에 묶어 시계추처럼 흔들리게 한 후, 다른 쪽의 밧줄을 잡고 흔들리는 밧줄을 잡아 연결하는 것이었다.

쉬어가기

여기서 눈여겨 볼 부분은 참가자들의 문제 해결 방법이다. 실패를 거듭하던 참가자들에게 지갑, 핸드폰 등 소지품을 모두 버리고 실험 장소에서 벗어나 걷도록 유도했을 때, 번뜩이는 답을 가지고 돌아왔다. 문제의 장소에서 벗어나 새로운 생각을 시작하게 된 것이다. 문제 해결과 관련 없는 전혀 다른 경험, 걷기 혹은 휴식이 오히려 문제 해결에 도움이 된 것이다. 정해진 답이 없는 우리의 인생 여정도 마찬가지 아닐까? 하루하루, 일분일초가 크고 작은 문제에 맞닥뜨리며 변화무쌍하게 흘러가는 듯싶다가도, 때로는 적응의 굴레, 매너리즘에 빠져 문제 해결에서 멀어져 간다. 그러다 잠깐의 산책부터 멀리 떠나는 여행이라는 '쉬어가기'를 통해 문제해결에 도움을 받는다. 답을 찾지 못할지언정, 앞으로 나아갈 힘을 얻을 수 있다.

나도 매너리즘이라는 단어에 스스로를 가두고, 일반적이고 당연하게 여겨질 것들을 심각하게 받아들이며 늪에 빠진 적이 있다. 제 3자가 바라본 늪에 빠진 나는 시간낭비나 하고 세상물정 모르는, 한심하고 철없는 아이로 여겨졌을지 모른다. 사실 얼마 전까지 제 3자가 아닌, 내가 바라본 나의 모습에 대한 평가였다. 지금의 평가는 다르다. 늪에 빠져 허우적대던 시간은 '쉬어가기'의 일부였고 내가 살아온, 그리고 앞으로 살아갈 인생에 대해 생각할 수 있게 해 주었다. 이로 하여금 39인의 한 명으로써, 이렇게 모르는 누군가를 향해 글을 쓸 수 있게 되었다.

128

　25년간 스스로 만들어 놓은 늪은 단지 질서 없이 섞여 가끔 썩은 물처럼 보였을 뿐, 생각보다 깊었고, 생각보다 많은 자아^{ego}와 생각보다 풍부한 영양분을 품고 있었다. 늪은 '척'에서 시작되었다. 중학교 시절 아버지는 내게 과학 영재반에 들어갈 것을 권유하셨다. 그 시절, 아버지가 본 딸, 지소연은 과학 다큐멘터리를 찾아 즐겨보고, 이에 함께 의견을 나누는 것을 좋아하는, 과학도의 길을 가지 않을지라도 인생에 과학을 공부한다는 것 자체만으로 큰 도움을 받을 수 있는 아이라고 생각하셨다. 사실, 나는 주변 사람들이 던지는 '멋있다'는 한마디에, 그저 '있어 보여'라는 이유로 과학 영재반에 관심을 갖게 되었다. 물론 그 당시의 자기소개서에는 장차 세상을 바꿀 과학 소녀인 냥 온갖 미사여구로 나를 포장했었다. 그래도 대수롭지 않은 이유에서의 시작이었지만 그리 나쁘지만은 않았다. 영재반에서는 기존 학교에서 진행되던 수업과는 달리, 새로운 생각을 요하고 토론식으로 수업이 진행된다는 점에서 신선했고 흥미를 느낄 수 있었다. 그리고 수업에서 큰 경쟁이 없었기에 부담 없이 편안한 마음으로 영재반 생활을 마무리 할 수 있었다.

그 후, 성적이 우수하다는 이유로 외고, 과학고 진학을 권유 받았고 또 다시 선택을 해야 했지만 쉬운 문제였다. 일반고보다는 있어 보이고, 중학교 때의 나름 스펙인 과학 영재반을 써먹을 수 있는 과학고로 진학했던 것이다. 그 이후에 찾아오는 선택의 갈림길에서는 모두 이와 비슷한 방법으로 결정을 했다. 과학고를 나왔으니 이공계 대학으로 진학을 하고, 한 학년이 100명뿐인 대학생활에서 우물 안 개구리처럼 주변 사람들이 다 대학원을 가니까 나도 가야지 하는 마음으로 대학원을 진학하게 되었다. 이 모든 것들이 그냥 흘러갔다. 도전의식은 없었다. 대학 때까지만 해도 내 선택 방식이 잘못되었을지라도 크게 타격을 입을 만한 사건이 없었다. 하지만 좀 더 넓은 학교로 대학원을 진학하면서 순탄하게만 흘러갈 줄 알았던 내 인생이 흔들리기 시작했다. 나도 나름 누구한테 싫은 소리 안 듣고 '잘한다'는 소리만 듣고 자라왔는데, 상황이 달라졌다. 연구 자체를 즐기는 사람들이 있는가 하면, 자신의 목표를 이루기 위해 힘들고 싫다면서도 열심히 하는 사람들도 있었다.

129

확실한 목표 없이 흘러흘러 진학하게 된 대학원 생활은 스스로 자꾸 주변 사람들과 비교하며, 내실이 없는 채로 척만 하게 됐고 결국, 마음에 병을 만들었다. 맑은 하늘을 보다가 날이 좋다며 울고, 주변인의 말 한마디 한마디에 천국과 지옥을 오가며 밤낮없이 울었다. 매일 팅팅 부은 눈으로 꾸역꾸역 출근하던 모습에 누군가는 '좀만 참아라, 빨리 졸업만 하면 과장 달고 떵떵거리면서 행복할 수 있는 걸' 또 다른 누군가는 '좀만 더 힘내라, 지금껏 잘해왔고 앞으로도 그럴 수 있을 텐데' 라고 말했다. 그때의 나는 답정너(답은 정해져 있으니 너는 대답만 해)였다. '쉬어, 싫은 걸 왜 해? 그만둬'라는 말이 듣고 싶었다. 하지만 그 아무도, 원하는 말을 해주지 않았다. 앞으로 잘할 자신도 없고 버틸 자신이 없어, 결국 자퇴서를 가지고 지도교수님께 찾아갔다. 부모님과 일말의 상의도 하지 않았다. 내 인생 최고의 무모한 용기였다. 그때 감사하게도 교수님께서는 '휴학으로 돌려라. 하고 싶은 일을 찾고 그 뒤에 자퇴해도 늦지 않다. 쉬면서 생각을 계속 해보아라.' 라며 기회를 주셨다.

그렇게 내 인생의 첫 '쉬어가기'가 시작되었다. 정말이지 이제는, 내가 원하는 모든 것을 할 수 있을 것만 같았다. 하지만 세상에 부딪히며 맨땅에 헤딩을 해보겠다는 휴학은 생각보다 암담하고 불안했다. 편한 마음으로 쉬고 싶었지만 내일 해야 할 일은 없는데 찾아오는 밤은 두려웠고 잠 못 이룬 날이 더 많았다. 내 인생을 송두리째 바꿔보겠노라, 도전 의식을 갖고 새로운 것을 시작해보겠노라는 다짐은 한 분야만 바라보고 살아온 나에게 생각에만 그칠 뿐이었다. 제대로 쉬는 법을 모르고, '쉬어가기'의 탈을 쓴 '도망'이라는 단어에 발목 잡혀 앞으로 나아가지 못하고 눈을 감고 외면만 했다. '앞으로 내가 알아서 할게. 아빠는 날 잘 몰라. 나는 그 동안 좋아하는 척, 있어 보이는 척만 한 거야. 정말 원한 적은 없었어. 그냥 아빠한테 많이 의지하고 조언을 구했지만 거의 아빠 의견에 따르는 꼴만 되었고, 지금은 내가 힘드니까 자꾸 원망스러워. 나중에 아빠를 탓하고 원망하고 싶지 않아. 내가 선택하고 내가 책임질게. 그냥 지켜봐 줘.' 라더니 '실패'처럼 보이는 휴학 앞에, 내 결정에 대한 책임을 피하고 싶어 또 다시 아빠한테 덤터기 씌우는 괘씸한 짓도 했었다.

결국 5개월 정도의 짧은 휴학은 '졸업'이라는 작은 목표를 가지고 끝이 났다. '도망'에서 '일의 마무리'라는 마침표를 찍고 다시 제대로 '쉬어가기'를 실천하리라 마음먹었다. 불완전한 이전의 '쉬어가기' 휴학은 내게 명확한 해답을 주진 않았지만 후회되지 않았다. 이로 인해 무사히 졸업이라는 마침표를 찍을 수 있었고, 지금의 새로운 자아 여정을 시작할 수 있게 되었다. 그때와 지금 모두 같은 백수지만 지금의 행복은 불안함의 연속이었던 전과는 비교할 수 없다.

누군가는 스펙의 단절, 뒤쳐짐이 두려워 '쉬어가기'를 거부한다. 세상은 호락호락하지 않은데 이렇게 쉬어도 되나 싶고, 내가 쉴 때 경쟁자가 달린다는 생각을 하면 숨이 턱턱 막힐 것이다. 뻔한 얘기일 수 있지만 인생이 달릴 때도, 걸을 때도, 때로는 쉴 때도 있지. 내 인생, 내 여정의 주인공은 나인데 꼭 누군가와 비교하면서 쫓고 쫓기며 달려야만 할까? 쉬어가며 꽃도 보고 바다도 보고 하늘도 보고 사랑도 하고 이별도 해보고 온몸으로 세상을 만끽하고 즐기면서 새로운 경험으로 인생의 활력을 찾는 것이 중요하다. 한번 사는 인생 한 숨 돌리면서 천천히 끝까지 가보자!

관점의 차이

자, 다시 처음 주어졌던 미션으로 돌아가 보자. 왜 책상 위에 가위가 놓여있을 때 문제 해결에 있어 오랜 시간을 필요로 했을까? '가위'는 '자른다, 짧게 한다'라는 고정관념에 해결책을 찾기 어려웠을 것이다. 어떤 대상을 바라볼 때 그 대상이 가지고 있는 기능적인 측면에 강하게 얽매여 다른 활용방법에 대해 생각하지 못하게 되는 기능적 고착functional fixedness에 사로잡힌 것이다. 고정관념과 반복학습 등의 방해 요인은 기능적 고착 현상을 더 커지게 하고 편협한 생각만을 하게한다. 따라서 이에 벗어나, 생각을 유연하고 창의적으로 해야 한다. 문제의 시점에서 벗어나 (앞서 말한, '쉬어가기'와 일맥상통) 기존의 생각을 비우고 멀리 떨어져서 좀 더 추상적으로 바라보려는 노력이 필요하다. 가위를 가까이에서 그 자체로만 바라보면, 날카로운 날과 손잡이를 지닌, 물건을 자르는데 쓰이는 도구로 보인다. 하지만 멀리 떨어져서 보거나 가위가 낯선 이의 입장에서 바라본다면, 가위의 뾰족한 부분이 무언가를 가리키는 이정표로 보일 수도 있고, 쇠붙이 부분이 손잡이가 되어 원을 그리는데 사용하는 도구로 보일 수도 있다. 한 걸음 떨어져 온전히 비워내고 낯선 시선으로 바라보는 것, 다각도로 새로운 것들과 접하며 열린 생각을 하는 것, 이것은 복잡한 문제를 생각보다 쉽게 해결할 수 있는 방법이 될 것이다.

과장된 표현이라 여길 수 있지만, 이렇게 생각의 전환, 관점을 바꾸면 인생도 변화시킬 수 있다. 그 예로 즐겨보는 '어쩌다 어른' 아주

대학교 심리학과 김경일 교수 편에서 '사람이 유전적으로 타고나는 것 중 하나가 행복이다.'라는 다소 충격적이면서 재미있는 내용을 보고 적어본다.

학자들이 행복은 타고난다고 말하는 이유로 몸속에 아난다마이드를 말한다. '행복'이라는 뜻의 산스크리스트어인 '아난다'에서 따온 이 화학물질은 불안을 낮추고 화학 작용을 통해 행복함을 느끼게 한다. 결국, 이 물질이 많은 사람은 행복함을 더 잘 느낄 수 있는 것이다. 그런데 이러한 아난다마이드가 중국한족은 14%, 북유럽은 21%, 나이지리아 45%로 민족마다 인체 내 비율이 다르다고 한다. 그렇다면 여기서 드는 의문점 하나, 타고난 성격이 비관적이라면 그냥 성격대로 살다 죽어야 하는 걸까? 당연, 아니다. 성격을 바꾸지 못한다면 관점과 자세를 바꿀 수 있다. 관점을 다각화할 수 있다면, 공감능력이 향상되고 화낼 일도 줄어들며 결국, 행복을 쟁취할 수 있게 된다. 생각보다 작은 변화, 관점의 차이가 우리에게 큰 힘을 발휘한다. 징크스도 마찬가지이다. 간혹, 어떤 큰일을 앞두기 전에 신호등, 엘리베이터가 원하는 대로 된다면 은근히 자신감이 차오른다. 전혀 무관한 경험의 성공이지만 생각하기 나름으로, 일에 있어 자신감을 높여주고 성공을 이끄는데 도움을 준다. 한 사람을 울고 웃게 할 수 있는 큰 힘을 가진 관점의 차이는 몇 달 전, 가족행사에서 그 중요성을 다시금 느끼게 해주었다.

133

어른들과 술을 한잔하고 계시던 아버지가 내 또래 사촌들에게 물었다. "너희는 금수저니, 흙수저니?" 아버지가 어떤 의도로 이 질문을 했을 지에 대해 생각하며 왠지 모를 슬픔에 빠지려던 찰나, 한 살 어린 내 친척동생이 말했다. "당연히! 금수저죠. 제가 행복하면 금수저 아닌가요?" 정말 별거 아닌데 와, 한대 맞은 기분이더라. 요즘 흔히 말하는 금수저, 은수저, 흙수저의 기준은 무엇인가? 타인의 시선에서 정해지는 물질적인 것일 것이다. 물론, 나는 '돈이 다가 아니야'라고 말할 수 있지만, 돈이 없어도 행복할 수 있다고 단언할 수는 없었다. 하지만 정말 생각하기 나름으로 내 시선에서 마음만은 편안하고 풍요로운 금수저가 될 수 있다.

오
혜
린

미래에,
여러분의 **가슴** 속에 남는
구절을 쓰고 싶은
시인 **오혜린**입니다.

내가 죽고 싶었던 이유는
사실 너무 살고 싶어서였다

많은 것을 이뤄나가고 있는 요즘 이런 생각을 자주한다. 내가 만약 평범한 가정에, 돈 걱정 집안 걱정 없는 소녀로 행복하게 자랐으면 어땠을까. 지금처럼 남을 위해야 하는 학생회장을 하지도, 돈 걱정으로 알바를 하면서 사회를 먼저 맛보지도, 무엇보다 내 감정을 모두 토해내는, 남의 마음을 움직이는 시를 써야겠다는 생각을 안했겠지 하는 생각이 든다. 내가 겪은 모든 것들이 앞으로의 삶에 도움이 될 것이라 믿는 것이다.

나는 어렸을 적부터 욕심이 많았다. 맞지 않는 핑크구두를 버리지 못하고 껴안고 있는 것도 내 욕심이었고, 짧게 몇 시간 만난 친구도 헤어지기가 너무 아쉬워 모든 마음을 퍼주곤 했다. 초등학교 3학년 때는 낚시를 하러 갔었는데 물고기가 내 바늘에 잡히지 않아 너무 분해서 괜히 다른 사람 낚싯대를 보며 저게 더 좋다고 울면서 떼를 쓰기도 했다.

그렇게 나는 어렸을 때부터 작은 일에도 마음을 쓰고 쉽게 울었다. 크면서 욕심은 더욱 큰 부분으로 나의 가치관을 차지했다. 그래서 매번 그 욕심을 위한 과정의 난관에 부딪혀야 했고 그때마다 나는 남들보다 몇 배로 무너졌다.

자살을 수없이 생각한 나는 '어떻게 죽을 것인가', 매일 이 생각을 하며 하루를 행동한다. 더 힘든 사람들을 생각하면 꼴값 떠는 것 같아서 말하지 않았던 이야기, 내가 무너졌던, 스스로 온 힘을 다해 흔들렸던 이야기를 써내려보고자 한다.

내가 남들보다 몇 배로 무너졌던 이유는 마음이 여린 것도 있었지만, 부모님의 빈자리 때문이었다. 초등학교 입학 전, 부모님은 새벽이 되어서야 집에 들어오고 아빠가 엄마를 때리는 것을 보는 생활에 나는 익숙해지지 않았다. 동생과 찬물로 부은 컵라면의 라면과자를 씹어 먹으며 배를 채우거나, 늦은 밤 나보다 무서울 동생을 놀아주다가 재우며 지냈다. 항상 위태롭던 부모님 밑에서 말할 곳 없는 불안함을 속으로 억누르는 법을 익혔다. 하지만 그렇게라도 부모님이 계셔서 빨래를 걱정하지 않아도 되었고 부모님 자랑을 하는 친구들에 껴서 부모님 얘기를 할 수 있었던 것이 정말 좋았다. 지금에 와 돌이켜보면, 나에게 가정이 완벽했던 시절은 그 때 뿐이었다. 그때가 내겐 가장 평범했고 내 인생에서 가장 행복했던 가정이었다.

그러던 어느 날 아침, 엄마가 보이지 않았다. 옷장에 있던 옷가지들과 눈뜨면 보이던 화장대의 화장품들도 모두 사라졌다. 엄마가 잠깐 어디를 나간 것이라고, 엄마 물건이 나와 달라고 울면서 온 집안을 뒤졌다. 나는 아직도 그 빈 서랍장을 여닫을 때 느꼈던 공허함과 소리를 기억한다. 그래서 나는 사람의 뒷모습을 보는 것이 싫다. 나를 떠나가는 사람의 모습을 보는 것이 엄마를 떠올리게 하기 때문이다.

사랑이 필요했던 나는 사람에 대한 집착을 시작으로 남들보다 잘난 무언가가 있어야만 했다. 사람들이 내 곁에 남는 이유가 있다고 그 어린 나이에 굳게 믿었다. 나에게 자신들이 필요한 무언가가 있어야만 내 곁에 남는다고, 그렇기 때문에 내가 무엇인가를 이루어낸 것처럼 보여야 한다고 생각했다. 그렇게 욕심은 나의 사소한 생활 부분에서 남들에게 보이는 사회적인 측면으로 더욱 커졌다.

엄마가 사라지고 난 뒤 초등학교 2학년 때 나는 동생과 책가방 두 개 달랑 메고 친할머니 댁으로 왔다고 한다. 사실 중학교 이전의 일은 잘 기억나지 않는다. 힘든 기억이었는지 다 잊어버렸다. 초등학교 5학년 때 다시 충주 노은이라는 곳으로 이사를 가게 되었다. 친구네 경운기를 얻어 타고 학교를 가던 그 시골, 노은은 내가 엄청난 성장을 하도록 도와준 곳이었다. 나는 노은에서 처음으로 따뜻한 친구들을 만났다. 할머니와 처음 살기 시작했을 때도 작아진 옷을 입고 다닌 내게 거지같다고 놀리는 일진 친구들과 어울렸다. 드라마 '응답하라' 시리즈에서 보면 가만히 앉아만 있어도 옆집, 앞집에서 과일, 전등 먹을 것을 갖다 주는 장면이 나오는 데, 딱 노은이 그랬다. 학교친구들이 다 근방에 살았고 나는 외로울 틈 없이 우르르 놀러가 놀고 남자 여자 할 것 없이 어울려 놀다가 잠들어도 아무 문제없는 순수한 친구들과 그대로 중학교까지 올라갔다.

그 친구들과 함께 하는 것이 즐거웠다. 그래서 다 같이 놀 수 있는 놀이를 구상해 갔고, 항상 앞에서 친구들을 모아 함께 하려 했다. 엄마의 사랑 같은 리더십이 발휘되는 순간이었다. 그렇게 나는 초등학교 학생회장이 되었다. '회장'이라는 것은 내 인생에서 꿈도 꾸지 않았던 일이었다. 그 후 나의 마음 한구석에서 변화를 해야겠다는 생각이 조금씩, 하지만 강하게 일어났다. 회장의 역할 때문에 남들 앞에 서야 하는 일이 많아지면서 나의 실질적인 능력을 성장시키리라 다짐하며 가장 먼저 내 앞에 놓인 공부에 최선을 다했다. 그렇게 내가 '내 삶'을 위한 노력이란 것을 하기 시작했다. 중학교에 올라가서도 13명 되는 한 학급의 반장을 하며 나름 잘 지내다 1학년 겨울방학, 삼성에서 하는 이대 합숙 공부 프로그램을 알게 되었고 프로그램에 운 좋게 참여했다. 공부에 대한 신념의 전환점을 맞게 된 순간이었다.

그 곳에서 나는 '우물 안 개구리' 라는 단어를 체감했다. 같이 왔던 공부 잘하는 친구들에게도 많은 것을 느꼈지만 내가 더욱 크게 느낀

것은 이런 큰 대학교가 있으며 또 이런 학교에 다니는 언니들은 얼마나 똑똑한 사람들일까 생각하며 나를 제외한 모든 것이 크게만 느껴졌다. 엄청난 패배감이었다. 한 달을 합숙하며 공부법도, 지식도 배웠지만 나는 나를 채찍질하는 법을 배웠다. 나는 그 캠프 후 돌아와 잠도 자지 않고 책에 매달렸다. 세상이 얼마나 넓은지를 그때 알았고 그 동안의 시간이 아까웠다. 나는 5시에 일어나 밥을 먹으며 처음 보는 인강이라는 것을 듣고 영어 단어를 외우며 등교했고 적은 인원의 우리 학교 수업은 과외나 마찬가지라고 생각하며 최대한 선생님께 많이 질문하고 집중했다. 야간자율학습 전 저녁시간에도 집 가서 밥 먹는 시간이 아까워 콩자반 하나를 밥과 싸가지고 다니며 공부했다. 집에 와서도 잠을 잘 수 없어 나태해지는 것 같으면 새벽에 '공부의 신'같은 영상을 봤다. 그 결과 시험마다 나는 거의 모든 과목에서 만점을 받았다. 하지만 나는 만족할 수 없었고, 시내에 있는 학원에 가서 그 애들과 실력을 비교해보고 싶었다. 형편이 되지 않는 다는 것은 안중에도 없었다. 정말 공부에 미친 중딩이었다. 할머니는 내가 학원을 다닐 수 있도록 겨울날 찬물에 배추를 씻는 김치공장에 들어가 일을 하셨다.

그러던 중 문득 고개를 들어보니 내가 왜 이렇게 공부를 열심히 하고 있는 지, 나는 왜 이런 집안 환경으로 고통을 받아야 하는지 등 감당할 수 없는 질문들이 나에게 쏟아졌다. 가만히 서있으면 세상이 빙빙 돌고 미쳐버리는 것 같았다. 나 스스로를 옥죄던 것이 일종의 공황장애로 나타난 것이었다. 할머니의 건강이 공장에 다닌 후로 급격히 나빠졌다. 작업을 할 때 주로 쓰는 엄지손가락이 옆으로 돌아간 채 굳었고, 내가 고등학교 입학하자마자 유방암이 다시 도져 남은 가슴마저 도려내야 할 정도로 속이 상하고 있던 것이다. 모든 게 내 책임 같았다. 우리 가족은 이렇게 힘든 삶이 지속되는 것이니, 다 같이 죽을 수 있게 집에 불을 내려고도 했다. 멀리서 일하는 아빠에게 남은 죄책감을 씌워주겠다고 악랄한 계획까지 하며 말이다.

이런 스트레스를 가지고 중학교 3학년 때 나는 매일 죽지 못해서 울었다. 책을 넘기다가도 눈물이 났고, 길을 걷다가도 주저앉아 울었다. 내가 공부하기 어려운 조건의 시골에 사는 게 싫었고, 그런 집에라도 들어가면, 있는 사람이 엄마가 아니란 게 너무 억울했다. 이런 상황을 만든 멀리 있는 아빠가 죽도록 미웠지만, 또 고생하시는 할머니가 마음에 걸려서 엄마를 미워하는 척 하는 상황도 참을 수 없었다. 일상생활을 할 수 없었다. 가만있어도 주변이 활활 타오르는 것 같았고, 터질 것만 같아서 가슴을 치면 그 안이 아무것도 없이 텅 빈 듯한 허무함을 견디기 버거웠다. 그래서 나는 병원으로 도망쳤다. 할머니와 정신병원 앞에서 펑펑 울었던 기억이 제일 가슴 아프게 떠오른다. 약도 먹었지만 그냥 몽롱해졌고, 울다가 화내는 대신 잠드는 게 전부였다. 살고 싶어서 발버둥친 것이라는 걸 그 때는 몰랐다. 나는 그 누구보다 간절하게 살고 싶었던 것이다.

고등학교에 올라와서는 아빠와 동생과 함께 살게 되었다. 전학처럼 입학해서 노은 학교의 전교생 수가 한 학급인 큰 학교의 수많은 아이들의 텃세를 아무렇지 않은 척 받았다. 견딜 수 있을 정도로 나는 단단해져 있었다. 겨우 반장이 되어서는, 부모님을 가지고 자존심을 건드리는 친구가 주변에 득실거렸고 함께 무엇을 이뤄내고 싶다는 생각은 매번 좌절되었지만 나는 이런 친구들을 이끌고 앞으로 나아가겠다는 생각을 했다. '함께 무엇을 해나가고 싶다' 그게 내가 회장을 했던 이유였고 앞으로도 하고 싶은 일이었다. 모든 사람이 나를 좋아하고 믿어줄 수는 없는 것임을 모르고 무척이나 애를 썼다.

그러던 중 부회장선거에서 떨어졌다. 어떤 선생님께서 다른 친구를 불러, 내가 부회장이 어떻게 되냐고 어머니도 안계시고 가정도 힘든데 네가 대신 나가라고 했다는 것을 듣고 나는 처음으로 엄마를 증오했다. '내가 용을 쓰고 열심히 해도 내게 놓여 진 상황이 나를 막는다는 것은 세상이 무너지는 것 같다'라고 일기를 썼었다. 내 능력 탓이 아닌, 엄마가 없다는 상황 뒤로 도망쳤었던 것이다.

나는 언제나 도망치는 겁쟁이에서 벗어나기 위해 나 스스로가 그럴만한 자격이 되도록 노력해야 함을 절실히 느꼈다. 모두에게 내 진심을 알리려 애쓰기보단 진심을 공유할 수 있는 소수의 사람들을 만들어야지 라고도. 그리고 그 사람들과 함께 하기 위해 꾸준히 성장하겠다고. 난 고급일식집, 새벽편의점, 패밀리 레스토랑 알바 등 열심히 돈을 벌어 '좋은 사람들'과 소통하고 '하고 싶은 공부'를 하는데 지출하고 있다.

난 아직 19살, 앞으로는 그 이상의 시간들을 달려갈 것이다. 앞으로 더 힘들고 좌절할 시간들은 더더욱 자주 찾아올 것이다. 지금 난 다른 사람이 보면 별 볼일 없던 어린 겁쟁이가 하기에는 꽤 멋진 일을 하고 있다. 고등학교 학생회장, 충북학생의 인권을 대표하는 자리 등 '모든 사람을 위한 일'을. 난 겁쟁이였기에 작은 일을 배려하는 법과 집단을 더 챙길 수 있는 습관이 생겼다고 생각한다.

나는 이 글을 읽는 분들이 역경 앞에서 아주 격렬히 흔들렸으면 좋겠다. 너무 힘든데 거기다 대고 더 힘내라고 하지 않고 싶다. 지나고 보면 다 내 자산이 되니 삶에 조금 더 미련을 가져보라고 격렬히 흔들렸지만 죽지 않은 겁쟁이로서 말해주고 싶다.

내가 죽고 싶었던 이유는 사실 너무 살고 싶어서였다

순간을 담는
스트릿 포토그래퍼 손종우

손
종
우

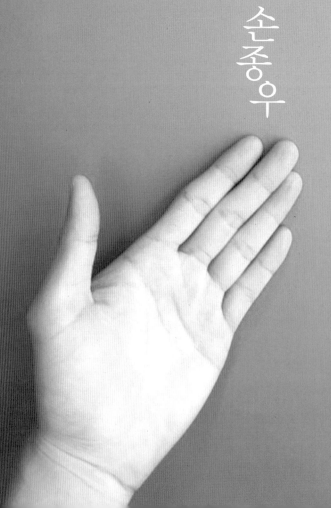

행복을 찾아서

언제부터였는지 정확히 기억이 나지는 않는다. 행복한 순간만을 좇아 삶을 살기 시작했던 게. 더불어 왜 '행복한 순간'이어야 하며 왜 그 순간을 위한 삶을 살아야 하는지에 대한 질문을 스스로에게 단 한 번도 던져보지 않았다. 술 냄새 가득한 고통의 밤이 오지 않기만을 바랐던 어린 날의 불행에 대한 무의식적인 반항이 행복에 대한 무조건적인 갈망으로 이어진 게 그 시작점이었는지 모른다. 그 당시, 비교적 부유한 집의 친구들이 다니는 초등학교에 입학했었지만, 그 즈음 집은 기울어져 가기 시작했고, 자연스럽게 티가 나기 시작했는지 친구들의 놀림이 잦아졌으며, 자연스럽게 친구들과의 다툼 또한 잦아졌다. 때문에 나는 초등학교 4학년이 돼서야 처음으로 '친구'를 사귀었다. 경상남도 창원에서 서울로 전학 왔던 그 친구를 따라 처음으로 청바지를 사 입고 캡모자를 쓰고 다니며, 주말이면 꼬마 둘이서 노래연습장에 가곤 했는데, 그때 즐겨 부르던 노래로 수학여행 장기 자랑 무대까지 오르니, 어느 순간엔 더 이상 혼자가 아닌, 친구들 사이에서 주체적으로 소통하는 내가 되어있었다.

그때 처음으로 느꼈던 소통의 힘은 그 이후 지금까지도 내가 행복한 순간을 만들고 또 그 순간을 맞이하는데 있어서 가장 큰 작용을 하고 있다. 그래서인지 나는 어려서부터 연예인을 비롯해 대중들의 관심과 사랑을 받는, 소위 말하는 '유명인'들을 동경해왔고 이 사실은 지금도 변함이 없다. 10대 때는 그들처럼 되겠다는 추상적인 '꿈' 조차도 없이 그들이 느끼고 있을 순간에 대한 '동경'만 존재했다. 그 동경의 대상을 조금 더 분명하게 하자면, 정확히는 그들이 자신의 일을 통해서 다른 이들과 소통할 때의 '행복한 순간'이라 말할 수 있겠다. 보다 더 구체적인 예를 들자면, 배우들이 시상식에서 수상소감을 말하는 순간이라거나 가수들이 무대 위에서 환호를 받는 순간을 들 수 있는데, 결국 그들의 그 순간을 동경했던 그날이 이 글을 당신에게 보여줄 수 있게 된 시작점이 된 셈이다.

결국 내 기준에서 '행복한 순간'과 '소통'은 공존의 관계다. 따라서 동경만 해오던 그 삶을 내가 살기 위해서는 둘 중 어느 한 가지만 있어서는 안 되기에, 스무 살이 될 무렵 자연스럽게 두 가지 요소를 모두 충족시킬 수 있는 방법을 찾기 시작했다. 우선적으로, 내가 행복한 순간을 얻기 위해서는 무언가를 했을 때 나 스스로가 재밌어야 했다. 즉, 내가 좋아하는 일을 찾고, 해야만 했다. 두 번째로는, 소통을 위해서는 나와 다른 사람들 사이에 매개체가 필요했고, 좋은 매개체를 얻기 위해서 내가 잘할 수 있는 일을 해야만 했다. 마지막으로, 최대한 많은 시간을 행복하기 위해서는 위의 두 가지 내용을 동시에 만족시키는 일을 업으로 삼아 살아가야 했다. 즉, 행복한 삶을 위해서는 내가 좋아하며, 동시에 잘 할 수 있는 일을 직업으로 가져야겠다는 결론을 얻은 것이다.

그때부터는 이 결론에 맞는 답을 찾기 위한 노력을 했다. 내가 좋아만 했던 일은 잘 하는 일이 되도록 배우고, 반대로 잘 하지만 좋아하지는 않았던 일들은 흥미를 붙일 수 있을만한 관련 직업을 찾았다. 그러던 중에 불행인지 다행인지 입대를 하게 됐는데, 군생활의 절반은 정신없이 흘러갔고, 어느 정도 여유가 있던 시기를 거쳐, 어느덧 전역을 앞두고 있을 때 즈음, 우연히 튼 tv방송을 통해 현재 내가 걷고 있는 길이자 행복한 순간을 만들기 위해 선택한 스트릿패션 포토그래퍼라는 직업을 접하게 된다. 스트릿패션 포토그래퍼 street-fashion photographer란, 말 그대로 거리 위의 패션을 카메라로 찍는 사람을 일컫는다. 덧붙여 설명하자면 서울을 비롯해 전 세계 주요 도시에서는 매 시즌마다 패션위크가 진행되며, 대표적으로 뉴욕이나 파리 컬렉션 같은 경우에는 전 세계의 영향력 있는 인물들과 더불어 스트릿패션 포토그래퍼도 모두 모여 거리 위에서 자신만의 순간을 담는다. 당시의 나는 외국인이 사용 가능한 2년의 휴학기간을 군대에 사용한 유학생 신분이었고, 전역과 동시에 북경으로 돌아가 학업을 이어갈 수밖에 없는 상황이었다. 복학과 동시에 자퇴를 결심하고 내 길을 가겠노라 호기를 부리기도 했었지만, 아직까지도 이어지고 있는 집안의 심한 반대와 혹시 모르는 최악의 경우에 대한 두려움을 단호히 무시할 배짱이 없었다. 결국 우선은 학업에 집중하기로 결정하고 학업 외 시간에는 복학하기 전에 아르바이트 비를 모아서 구입한 작은 카메라를 들고 거리로 나가, 거리 위의 멋있는 사람들과, 북경 패션위크의 순간을 담기 시작했다.

그렇게 3년이라는 시간이 흐른 2015년의 7월, 너무나 많은 생각을 했고, 나름 많은 시도와 도전을 하며 그럭저럭 괜찮은 성적으로 무사히 4년간의 학교생활을 마쳤다. 하지만 졸업과 함께 나의 20대는 이미 절반이 지나가 있었고 내가 동경하고 그려왔던 모습에는 여전히, 아니 조금도 닿아있지 않았다. 어느 학교를 졸업했다는 타이틀로 인해 얻게 된 가치들 또한 분명히 존재하기에 그날의 결정과 지나간 시간을 결코 후회하지는 않는다. 다만, 대학생이었던 내 신분에 집중한다는 핑계로, 더 많이 노력하고 도전하지 않은 채 졸업 후의 모습만을 기대하며 현실에 너무 안주해있었던 그 모습은 막연한 동경만이 존재했던 10대의 그날과 겹쳐지며 모든 순간이 후회가 되어 돌아왔다.

지나간 시간에 대한 '후회'는 다행히도 다가올 시간에 대한 '결심'으로 바뀌었다. 길었던 유학생활을 정리하고 한국으로 돌아옴과 동시에 그동안 가장 동경해왔던 순간을 찍어오겠노라 결심하고는 한 달 만에 모든 비용을 마련하여 모든 것을 뒤로하고 패션위크의 시작이자 가장 가고 싶었던 뉴욕으로 넘어갔다. 결과적으로 정말 운이 좋았던 건, 아무런 연고도, 정보도 없이 무작정 날아갔지만 그곳에서 만난 친구들에게 정말 많은 도움을 받아 비밀리에 진행되는 쇼장을 찾아다니며 원하던 사진을 찍을 수 있었고, 거의 15년 만에 연락이 닿은 친구의 도움으로 숙식 또한 해결할 수 있었다. (명수 형, Jeremy, 성준이를 비롯해 도움을 준 모든 분들에게 다시 한 번 감사의 말을 전한다.)

고마운 이들의 도움으로 무사히 끝낸 나의 본격적인 첫 패션위크 시즌은 내게 너무도 많은 것을 가져다주었고, 또 바뀌게 해주었다. 패션위크는 '행복한 순간'의 연속이었다. 멋진 사람들이 자신을 뽐내며 즐거워하는 모습은 물론이거니와 가끔씩 생겨나는 분노와 슬픔의 순간을 포함하여 거리에서 일어나는 모든 뜻밖의 순간을 끊임없이 공유할 수 있었고, 그 현장 속을 뛰어다니며 제약 없이 셔터를 누르는 매 순간은 지금까지의 그 어느 때보다 즐거웠다. 또, 내가 어떤 사진을 찍고 앞으로는 어떤 사진을 찍을지에 대한 생각이 확고해졌으며, 확고해져가는 생각만큼 시야는 넓어졌고, 나만의 시선으로 담아낸 결과물에서 얻는 만족과 가치는 그 무엇과도 비교할 수 없었다.

첫 패션위크를 무사히 끝내고 한국으로 돌아와서 처음으로 한 일은, 뉴욕에서 찍은 사진들로 <The moment> 라는 타이틀의 첫 전시를 여는 일이었다. 비록 전시 공간을 비롯하여, 인화, 설치까지 모든 것을 혼자 힘으로 진행해야 했고, 상업성을 배제하고 찍은 사진들이었기 때문에 제한되는 부분과 걱정되는 부분이 많았지만 그때나 지금이나 같은 건, 돈을 위한 움직임보다 중요한 게 창작자의 고집이고, 창작자의 고집만큼이나 대중의 공감을 얻기 위한 고민이 소통을 위해서는 무엇보다 중요하다는 생각이었다. 나에게는 그 고집의 답이 패션과 상업성보다는 오롯이 내가 느낀 그 순간에만 집중한 사진이었고, 그 고민의 답은 전시를 열어 내 사진을 통해 사람들과 소통하는 것이었기에, 전시는 곧 '행복한 순간'과 '소통'이라는 둘 사이의 매개체였다.

첫 전시는 다행히 내 기준에서 매우 성공적이었다. 내 사진을 궁금해 하고 재밌어하는 많은 사람들을 만나 그 순간을 함께 공유하며 사진을 찍는 가장 큰 이유 중 하나가 되었고, 비록 처음이었지만 앞으로도 결코 놓을 수 없는 가장 중요한 소통의 방식이 되었다.

이제는 총 세 번의 시즌을 거쳤고, 뉴욕뿐만 아니라 세계 4대 패션위크로 불리는 런던, 밀라노, 파리를 오가며 사진작업과 전시활동을 꾸준히 이어가고 있으며, 지금은 책이 나올 시점에 있을 네 번째 여정을 앞두고 있다. 이제는 여유가 생겨서 해외 여기저기를 편하게 다닐 수 있는 건 결코 아니다. 남는 시간을 전부 사진 찍는 비용을 마련하기 위해 쓰며, 또 그 경비를 다 투자하면서까지 이 일을 고집하는 건, 적어도 나에게 만큼은 행복이라는 순간의 가치가 무엇보다 크게 존재하기 때문이다. 무엇을 하며, 어떻게 살아갈지 끊임없이 생각하고 생각만큼 움직여야 한다. 만약에 막연한 동경만을 하며 사진을 찍겠다는 결심을 하지 않았다면, 또는 어떤 이유로든 그날의 선택들을 실행에 옮기지 않았다면, 지금도 나는 막연히 다른 이의 삶만을 동경하며, 작은 행복조차 느끼지 못하고 가치라고는 없는 삶을 살고 있을지 모른다. 꿈만 같던 생각을 현실로 옮기는 건 물론 힘들었고 앞으로도 쉽지 않을 것이다. 하지만 조금씩, 그리고 자연스럽게 나의 고집만큼 사진의 깊이는 깊어지고, 고민하는 만큼 소통하는 삶이 일상이 되어가며, 그만큼 행복한 순간은 길어지고 있다.

앞으로도 나는 이 일을 통해서 행복한 순간을 하나하나 모아 완전한 행복을 만들 생각이다. 누군가에게 근거 없는 자신감으로 비춰질지 모르는 이 모습 역시도 작지만 무엇보다 뚜렷했던 행복의 순간이 만들어 준 힘이다. 그렇기에, 만약에 이 글을 읽고 있는 당신이 어떻게 해야 행복한지 아직 모르겠다면, 혹은 행복할 자신이 없다면, 나의 이야기가 조금이나마 도움이 되었기를 바란다.

아직 행복하지 않은 당신이 행복해지기를 진심으로 소원한다.

151

김덕

人死留名 虎死留皮
김덕

그대는 자유로운가

그대는 자유로운가

가끔 난 날아다니는 새가 되고파

그대는 자유를 원하는가

우리는 어느새 자신을 가두기 일쑤잖아

흔들리는 잎사귀를 어루만지며 가로지르는 바람은

어디인지도 모른 체 여행해

가끔 난 바람이 되고파

조그만 것에서 느끼는 행복은

너무 커 돈 주고는 못 살걸

자신의 욕망을 채우려 스스로를 가둔다면

무지하면 반성해

나는 맑고 자연스럽고 자유로운, 그리고 여유로운 영혼을 가졌으면 좋겠다.

내가 봤던 서울은 야경은 아름답지만 출근은 힘들다. 사람들은 모두 가면을 쓰고 서로를 속이고 믿지 못하며 시기하고 경쟁하며 질투했다. 그땐 어느새 내가 정해 논 틀에 날 가두며 자유를 갈망하듯 날갯짓을 펼치는 새 같이. 하지만 그 속에 얻었던 좋은 인연들 경험들이나 처음 느껴본 두려움들은 날 더 강하게 만들어 주었다.

나는 자유로운 아이다. 학창시절, 누군가 날 통제한다는 걸 굉장히 싫어했었다. 땡땡이도 많이 치고 지각은 일쑤였고 심지어 우리 학교에선 문제아로 낙인 찍혔다. 그래서인지 조퇴도 쉬웠고 입실도 언제든지 가능했다. 그땐 너무나도 자유로웠다. 내 세상이었다.

서울을 올라오고 얼마 안됐을 무렵, 나는 제대로 음악에 빠졌다. 중, 고등학생 때도 힙합을 좋아해서 혼자서 자작곡도 만들어보고 친구들과도 음악을 조금씩 만들었는데, 서울에서 다시 시작했을 땐 신세계였다. 난 이 필드에 들어온 걸 지레 짐작할 수 있었다. 내가 음악을 만들면 모두가 내 음악이 좋다고 칭찬들뿐이었다. 개중에는 내가 천재라고 하는 형들도 많았다.

정말 행복했다, 말로 형용할 수 없을 만큼.
자유로웠다, 마치 어디든지 갈 수 있는 빛처럼.

하지만, 1년이 지나 내가 믿던 믿음들이 흔들리기 시작했다. 진짜 내가 원하는 삶이 이거였나, 아침 겸 점심 겸 저녁을 라면 한 끼니로 한 달째, 배고픔이 익숙해지고 사방이 벽으로 채워진 직사각형의 틀 안에 살면서 멍청하게도 월급을 받으면 사리사욕 채우고자 했던 대가들로 고스란히 음악을 근근이 잡아대면서. 좋은 곡을 만들어야 한다는 압박감에 난 억지로 영감들을 쥐어 짜내기 시작했다. 그래도 난 내 가사엔 거짓말을 절대 쓰지 않으려 한다. 정직함을 추구한다. 순수하게 느꼈던 나의 감정이 전달되었으면 하는 바램에.

하지만 그때의 난 갇혀 있었다.

전에 그냥 아무 생각 없이 만들어낸 곡에 뮤비를 찍게 되었을 때가 있었다. 찍고 난 다음날 바로 '아! 이건 아니다.' 싶었다. 나를 위해 같이 힘 써준 형들에게 미안했었지만, 그래도 아닌 건 아니다. 그런데 다른 마음 한쪽에서는 그랬다. '괜찮아. 이 뮤비를 내면 조금 더 유명해질 수 있어.' 머릿속에서 의견이 엇갈리며 싸워댔다. 믿음이 흔들렸다. 몸도 망가졌다. 제대로 영양소 흡수를 못하니 원래 **빼빼** 마른 몸이었지만 4키로나 더 **빠졌다.** 하지만 이미 잡혀있는 크루 쇼케이스에서 처음으로 내 곡들을 부를 수 있는 자리는 빠지고 싶지 않았다. 완벽하지는 않았지만 그런대로 내 처음이자 마지막 공연이라고 생각하며 임했다. 공연을 마치고 그렇게 난 다시 고향에 내려갔다.

그때는 지구에 내가 존재하는 것 자체만으로도 두려워하며 모든 걸 부정하고 서럽고, 내가 그저 불쌍한 놈이라고만 생각했다. 그런 생각을 하려하지 않아도 자꾸만 안 좋은 생각들이 내 머릿속을 점령했었다.

어느새, 무엇을 해도 어딜 가도 난 항상 갇혀있었다.

생각의 버릇을 고치기 시작했다. 난 과거로 돌아가고 싶다는 생각을 되게 많이 했었다. 그럴 때마다 '그럼 뭐하나 아무리 애써도 돌아갈 수 없는걸. 지금 현재에 충분히 행복을 즐겨보자.'고 되뇌었다. 이겨 내야만 했다. 긍정적으로 어차피 한 번 사는 거 멋있게 살아보자고 하나님께 기도했다.

어두웠던 하늘에 빛줄기가 한 줄 떨어지는 것 같았다.

그렇게 정신 승리하던 중, 같이 음악 하던 형들이 공연이 있다는 소식을 듣고 서울에 올라갔다. 오랜만에 만난 형들이 많은 사람 앞에서 자신들의 노래를 부르며 다함께 즐긴다는 게 멋있었다. 그 때 난 다시 음악을 시작해야겠다 마음을 먹었고 흐름은 뭔가 괜찮아지고 있었다.

당장 다시 서울로 상경하고 싶었는데 보증금을 마련하지 못하는 상황이라 전에 같이 살던 친구들에게 연락을 했었지만 친구들은 안 될 것 같다고 말을 했다. 나는 알겠다 하고 일을 해서 보증금을 벌어야겠다는 생각을 했는데, 핸드폰을 보던 중 서울에서 친했던 형에게 연락을 했다. 형은 0.1초의 망설임도 없이 '그럼 같이 살자' 했다. 너무 고마웠다.

그리곤 빛 한줄기 위에서 다시 날 수 있는 날개가 생겼다.

서울에 다시 올라갔을 땐 사소한 것 하나하나에 다시 감사함을 느낄 수 있었다. 내가 살아 숨 쉬고 친구들이 있고 먹을 수 있다는 것 모두가. 정신없이 놀았다, 밖에도 돌아다니며. 다시 내 성격도 변했다, 더 밝게. 그렇게 하루하루 지내던 중 천사를 보았다. 분명 나를 위해 보내 주신 거라고 생각했다. 나에게 정말 멋있게 살아가는 게 무엇인지 보여주고 좋은 경험들을 내게 안겨 주었다. 내 히스테리마저 잠재워 주었다. 모두에게 모든 게 감사했다. 그러던 중 같이 음악 하던 친구들은 소속사에 들어가고, 기획되었던 작업도 빠그라지게 되었다. 내 맘대로만 할 수 있다면 좋았을 텐데 아쉽지만 어쩔 수 없었다. 그래도 난 잘될 놈이라 믿었기에 크게 개의치 않으며 앞으로 벌어질 날들을 상상하는 자유를 만끽했다. 좋은 기회가 생겼다. 친구가 우리 셋이서 제주도 가서 하고 싶은걸 해보자고 했다. 우리들은 이런 저런 아이디어를 주고받았다. 정말 우리가 해볼 수 있는 건가, 가슴이 두근거렸다. 아직 말소리뿐이었지만 느낄 수 있었다. 서로의 눈엔 확실함이 담겨져 있었기에 아름다웠다.

이제 곧 이 냄새나는 새장을 탈출할 수 있을 것만 같다.

그러던 어느 날, 난 친한 형님의 영향으로 어느 정도 정치에 관심을 가졌다. 그 전에 이런 것들에 무지했던 내가 사실 조금 부끄러워졌고, 그렇게 알다 보니 썩어 있는 부분들이 눈에 들어오기 시작했다. 나라 덕에 난 년, 난 놈들은 멋있게 나라를 지켜주신 분들께 죄송한 마음일랑 있나. 그렇게 우리가 나라의 현실을 미워해도 어쩔 수 없는 한국인이다. 그래서 피하지 않고 맞서서 바꾸고 싶다. 우리나라의 말도 안 되는 것들에 대해서. 난 그렇게 마음 다짐했다. 그래서인가, 빨리 이 답답한 건물 숲을 탈출하고 싶었다.

나의 때 묻지 않은 자유를 위하여 자연으로.

생각보다 제주도에 일찍 들어올 수 있었다. 오는 동안에는 새로운 모험에 설레고 흥분되며, 한 치 앞도 안 보이는 빗속을 뚫으며, 대구에선 행복한 첫 끼를 먹으며. 험난한 길을 뚫고 와 우리 앞에 펼쳐진 아름다운 야경과 자연의 모습들, 내 옆엔 내 가족들 그리고 또 하나의 가족들. 내게 주어진 상황들을 보면 난 행운아라고 생각한다.

미래에 난 확신할 수 있다. 내 믿음들은 굳세다. 다만 의심하고 유혹하려 드는 것들에게 날 잘 지켜내야만 하겠지. 나에게 채워 넣을 수 있는 것들이 아직 너무 많다는 것에 감사하고, 내가 나라서 정말 감사하다. 독백해본다.

'행복이든 자유든 마음가짐이 가장 중요한 것 같다고.

그리고 나의 주어진 환경에서의 감사함이 잊혀질 때면 다시 기억 하라고'

나의 꿈을 마음속에 다시 한 번 읊어댄다.
그리곤 언젠가 내 꿈들을 현실로 볼 것이다.

"난 방금 새장에서 탈출했다."

혹시 자기도 모르게 자신이 만들어낸 틀에 옭아매려고 하진 않는가.

그대는 자유로운가.

탁
효
정

스스로한테
멋있어지는 것이
거의 삶의 목표인 사람

오늘도 나는,
휘몰아 들이치는 세상을,
어찌어찌 내 자아에
녹여가는 과정에서,
큰다

나는 이제 갓 6개월 차 신입사원이다. 전략기획실 소속의 막내로 활약하며 귀여움을 도맡는 중이며……. (ㅎㅎ) 지금은 모 브랜드의 다음 시즌 상품 수량에 대한 큰 그림을 그리는 프로젝트의 팀원이다. 항상 숫자로 소통하고 숫자로 말하기 때문에, 평소 친하지 않았던 엑셀과 수많은 함수들과 씨름하며 업무를 배워가고 있는 중이다.

사실 내 학부 전공은 디자인이다. 자기 전공과는 무관한 직업으로 많이들 가긴 하지만, 의아할 수 있는 커리어패스다. 관련 전공 학부 생으로서의 나날을 보낼 당시, 나는 '디자인과니까……. 나중에 취직은 디자인부서로 해야 되나'하는 막연한 생각을 가지고 있었고, '대학 졸업하면 그래도 자기 몫은 하면서 살겠지' 하는, 더욱더 막연한 생각을 가지고 살았다.

아무리 청년이라고 용기만 가질 수는 없다지만, 그런 말로 변명하기에는 다소 무기력한 태도를 가지고 있었던 나 자신에게 그나마 해줄 수 있는 변명은 '전공과 잘 맞지 않는다.'는 것이었다. 사실 변명만은 아니었던 것이, 돌이켜봐도 디자인과 나와의 케미는 잘 맞지 않는 편이었던 것 같다. 공부를 하면서 그럭저럭 과제를 해내긴 해도, 엄청난 흥미를 느낀다거나 지적 욕구를 느끼는 적이 거의 없는 것이었다. 달리 생각해보면 내게 주어진 재능 중에 그나마 가장 큰 미적 감각(?)을 살려서 디자이너의 길로 가는 것이 나에게는 어찌 보면 더 순리대로 가는 길이었을지도 모른다.

내가 왜 이 생소한 길로 발을 들이게 되었는지에 대해서 설명해 보라하면, 여러 가지 이유 중에서 가장 큰 것은 아마 내 몹쓸 병 때문일 것이다. 그 병인 즉슨 재미를 느끼지 못하면 좀처럼 엉덩이 붙이고 일하지 못하는 것이라고 할 수 있겠다. 물론 디자인공부를 할 때도 내 안에 있는 것을 외화外化해 낸다는 것에서 비롯되는 뿌듯함이 있기에 순간순간 재미가 아예 없었던 것은 아니다. 하지만 지금 회사에서 하고 있고, 배우고 있는 일이 나에게는 훨씬 더 지적 욕구를 자극하고, 좀 더 지속적인 재미를 추구하기에 맞는 편이라고 생각한다.

내가 어떤 일을 할 때 좀 더 근본적이고 지속적인 재미를 느끼는가에 대해 좀 더 자세히 설명하자면, '왜?'에 대답할만한 합당한 근거가 있는 일을 하는 것이었다. 꽤나 고집스러운 면이 있다 보니 납득할만한 이유가 없는 일에 대해서는 동기부여가 없어 내키지 않아하는 성향을 가졌고, 인과관계를 따져가며 일하는 방식이 주가 아닌 패션디자인은 나로서는 좀 하기 힘든 일이라는 생각을 했다. 직장에 다니면서 계속 나의 자아를 설득시키는 과정이 반복되어야만 할 것 같았다. 그렇게 자꾸 머뭇거리다가는 내 것이 축적되어서 속도를 내야 할 시점이 올 때도, 나는 신나게 달리고 있기는커녕 주저하며 멋없는 월급쟁이로 남을 것만 같았다.

경영에 관해서는 교양에서 배울 법한 개념조차 전혀 몰랐지만, '왜?'에 대한 답을 찾아가는 방식의 일을 하기 위해서는 전략기획 쪽으로 진로를 잡는 게 맞겠다는 결론에 이르렀고, 같은 과 친구들과는 조금 다른 취업준비를 했다. 그리고 지금, 꽤나 만족한다. 조금 고달프기는 하지만 '왜?'에 대한 답변이 되지 않으면 일이 진행될 수 없는 부서에서 성장하고자 하는 방향으로 많이 커나가고 있다.

지금까지 밑도 끝도 없는 취업성공스토리만 쓴 것 같아 좀 머쓱하다. 여하튼 이런 측면에서 보면, 나는 어쩌면 내 자아에 오롯이 충실했던 제법 용기 있는 젊은이일 수 있다. 자칫 흘러가는 대로 갈 수도 있었는데, 내가 좀 더 원하는 방향으로 스스로를 끌고 간, 아주 주체적인 삶의 모습을 취한 젊은이.

그런데 한편으로 그런 생각이 드는 것이다. 정말 이 이유만으로 전략기획실을 선택한 것일까. 물론 나는 항상 하고 싶은 일을 하자는 주의고, 명예욕이 거의 0에 수렴하는 편이기도 해서 어떤 사회적 지

오늘도 나는 휘몰아 들이치는 세상을 어찌어찌

내 자아에 녹여가는 과정에서 큰다

위나 명망 같은 것, 혹은 약간의 월급차이(?)때문에 내가 하고 싶은 일에 좀 더 최적화된 형태의 일을 고르는데 방해받고 싶지 않다. 그렇지만, 그것이 그 어떤 불순물도 섞이지 않은 내 자아만의 순수한 목소리를 오롯이 따른 결정이라고 말하기는 좀 찜찜한 것이다.

나는 공부를 잘하면 대접받고 산다는 것을 끊임없이 주입하는 한국사회에서 길러진 어쩔 수 없는 메이드인코리아, 세기말생 청년이다. 그리고 한국에서 중고등학교 시절에 해야 하는 '공부'라는 것에서 가장 중요한 능력으로 사실 창의력보다는, 여전히 논리력을 갖추는 것이 훨씬 유리한 것이다. 논리력이라는 것은 주로 언어로 표현이 되기 때문에, 주 소통수단이 언어인 인간에게서 가장 빨리 확인되는 능력이다. 사고의 흐름에 따라 시공간을 헤매며 오감으로 느껴온 수많은 자극들, 그 속에서 나름대로 해석하며 쌓아온 경험들, 그것들이 시너지를 내어 머릿속에서 상호작용하다가 어느 순간 유레카를 외치게 만드는 그런 직관, 그것이 사실 미개척된 인간의 가장 고도화된 능력일 수 있으리라.

하지만 나는 논리적으로 사고하고 표현하는 것이 아직까지는 최고의 가치라고 여겨지는 시대를 살고 있고, 그 시대의 구성원으로 살면서 나 스스로에게 멋있는 사람이 되기 위해서라도, 전략을 짜고 진두지휘를 하는 일, (모두가 보기에) 멋있어 보이는 일을 하고 싶은 것일지도 모른다. 그것은 어느 정도 안정적이면서, 또 어느 정도 멋있어 보이면서, 또 나 스스로에게 중요한 일을 하고 있다는 자부심도 좀 심어줄 수 있으면서, 그런 여러 가지, 순수한 자아의 목소리라기보다는 어딘가 굉장히 다듬어진, 날것의 자아라기엔 애매하게 때 묻은, 그런 여러 가지 욕망을 만족시켜주는 직업.

명예욕이 별로 없다고 하더라도, 어쨌든 사회와 끊임없이 상호작용을 하는 이 사회의 한 구성원으로서, 스스로에게 떳떳해지고 나의 자존감을 높이기 위해서라도 나를 어떻게 정의하는가에 가장 영향을 많이 미치는 직업적인 영역에서 사실은 사회가 더 높게 가치를 매겨주는 사람이 되고 싶은, 어떻게 보면 세속적 판단의 끝단에 기반한 결정일지도 모른다.

사실 이렇게 꼬인 해석을 해본다 해도, 진로를 결정할 때 그 무엇보다도 내 자아의 의견을 가장 많이 따랐다는 것에는 변함이 없다. 다만, 그 자아는 일찍부터 세상과 꾸준히 소통해 온 나머지, 세상이 원하는 것을 나도 원한다고 생각하는, 그런 세상 살기 편안한 자아일 수도 있다. 태초의 난 사회로부터 학습된 자아가 요구하는 바에 맞추며 살아가기 위해 사실 부단히 발버둥을 쳤는지도 모른다. 그래야만 만족감이 드는 욕심쟁이 자아를 길러온 덕분에 자아와 세계와의 충돌이 일어날 틈조차 없었던 것일 수도.

결국 세상과 타협하는 것과 자아에 충실 하는 것이 동전 뒤집기처럼 반대측면에서밖에 볼 수 없는, 아예 다른 것일지도 모르겠다는 이야기를 하고 싶었다. 나라는 사람이 혼자서만 쌓은 세계가 있는 것인

오늘도 나는 휩쓸려 가는 세상을 어찌어찌 내 자아에 녹여가는 과정에서 큰다

가, 만약 그런 게 있다면 그건 차라리 자폐다. 나라는 존재의 현재 모습은 나의 내적 동기로만 이루어진 것이 아니라 세상과의 상호작용 없이는 만들어질 수 없었던 것이다. 이걸 싫어할 것만도 아니라는 것이 내 생각이다. 세상의 요구에 부딪혀가며 취할 건 취하고, 내게 맞지 않는 가치는 포기해가는 자세가 차라리 내 내면에만 충실하겠다며 변화를 거부하는 것보다는 더 멋있는 어른이 되어가는 과정일지도. 그것이 장기적으로는 자신을 진정한 자유인으로 만드는 방법은 아닐까.

낭만을 포기 못해
방황하는 청년입니다.

송
윤
아

삶의 의미를 둘러싼 방황

삶의 의미란 무엇인가

장 그르니에는 카뮈의 스승으로 유명한 철학자다. 그는 『섬』이란 책에서 이런 말을 했다. "나는 그냥 살아간다기보다는 왜 사는가에 의문을 품도록 마련된 사람들 중의 하나였다."[1] 카뮈는 이런 의문이 단 하나의 진지한 철학적 문제라며 거창하게 말했으나 사실 살다 보면 한 번쯤 품게 되는 사소한 질문이기도 하다. '삶에 무슨 의미가 있는 걸까.'란 의문이 대표적이다. 대답하기는 쉽지 않다. 그래서 잠시 고민하고는 쓸데없는 고상한 질문이라며 미뤄두는 게 대부분이다. 난 그게 잘 안 됐다.

삶의 의미를 둘러싼 질문은 시시때때로 찾아왔다. 무언가를 하려

---

1. 장 그르니에, 『섬』, 1997, 민음사, 28쪽

할 때마다 '이게 무슨 의미가 있나'란 의문이 떠올랐다. 불그스름한 석양을 볼 때도, 수평선의 경계를 흐릴 정도로 청량한 바다와 하늘을 볼 때도 삶의 의미를 둘러싼 의문이 피어올랐다. 실로 삶은 무無와 같은데 산다는 것의 의미는 어디에 있는 걸까. 거대한 세계 앞에 선 이 자그마한 개체의 존재 의미를 알고 싶었다. 뒤늦게 철학 복수전공을 했던 이유였다.

철학은 난해했으나 지적 희열을 안겨줬다. 철학이 삶의 의미란 무엇인가란 질문, 그 질문이 몰고 오는 무기력과 공허함을 해결해주지 않을까. 이런 생각에 설레었다. 그런데, 철학사의 맥락을 어느 정도 이해했을 때 내가 받아든 답안은 예상과 달랐다.

답이 없었다.

삶의 의미를 만들어가는 존재

19세기 말 니체는 '신은 죽었다'라고 선언했다. 카뮈가 말하듯 삶의 의미에 관한 해명이 중요한 철학적 문제가 된 것은 그즈음부터였다. 신의 죽음은 하 수상한 19~20세기 유럽을 살아가던 사람들이 마주했던 절박한 문제였다. "종교, 도덕도 그 모두가 이제는 우리가 필요로 하는 것에 맞지 않아."[2]라는 데미안의 말은 당시 오랜 기간 유럽을 통합하던 기독교적 가치의 균열이 가져온 당혹감을 드러낸다. 낡

---

2. 헤르만 헤세, 『데미안』, 2000, 민음사, 297쪽

삶의 의미를 둘러싼 방황

은 가치가 무너진 폐허에서 어떻게 삶의 의미를 길러낼 것인가, 삶의
의미를 어디에서 찾아야 하는가. 서구 지성인들이 의미를 찾기 위해
발싸심했던 이유였다. '삶의 의미란 무엇인가'란 질문에 답이 없다는
이야기는 이런 맥락에서 등장했다.

기독교적 가치의 균열 이후 사람들은 이 세계가 신이 창조한 필연
의 세계가 아니라 우연의 산물이라는 사실을 깨달았다. 인간도 우연
의 결과일 뿐 어떤 목적이나 의미를 가지고 태어난 게 아니었다. 그
결과 사람들은 인간의 삶에 아무런 의미가 없다는 사실에 허무감에
빠졌다. 하지만 계속 그러고 있던 건 아니었다. 서구의 지식인들은
허무감을 극복하려 노력했다. 대표적 인물이 니체였다. 니체는 초월
적 존재에 의지하지 않고 삶의 의미를 스스로 만들어갈 것을 주장했
다. 의미와 가치를 창조하며 순간을 살되 자기 삶을 긍정하는 인간,
그게 바로 초인이었다. 이렇게 인간을 '삶의 의미를 만들어가는 존재'
로 규정하며 허무주의를 극복하려 했던 지식인들은 니체 말고도 많
았다. 니체의 영향을 받은 헤세나 카잔자키스가 있었고 "실존(현존)
은 본질에 앞선다."라는 사르트르가 있었다. 사르트르는 인간의 삶이
고유한 목적이나 의미가 부재한 무無와 같다고 생각했다. 그에 따르
면 선택을 통해 자신만의 의미를 만들어가는 자유로운 존재가 곧 인
간이었다.

이런 이야기는 매력적이었다. 사회가 강요하는 정형화한 삶의 틀
을 거부했기 때문이다. 삶의 의미를 자신이 만들어가는 것은 외모,

성적, 재산 등이 내 삶을 규정하려는 시도를 거부하는 데서 시작된다. 정형화한, 획일적인 기준에서 벗어나 자기 개별성을 찾고, 주체적으로 사는 태도인 셈이다.

의문이 없던 건 아니었다. 삶의 의미는 어떻게 만드는 건가. 의미는 어디에서 오는 건가. 사람을 괴롭히는 게 내 삶의 의미라 주장하는 주관주의자를 어떻게 봐야 하나. 해결되지 않는 질문이 꼬리를 물었다.

이런 의문을 해결하는 데 한 책의 도움을 많이 받았다. 미국 철학자 앤드루 커노한의 『종교의 바깥에서 의미를 찾다』란 책이었다.

의미의 원천인 머리와 가슴

커노한은 직관적으로 설득력 있는 의미의 원천을 이야기한다. 바로 정서^{emotion}다. 정서란 '사람의 마음에 일어나는 여러 가지 감정'을 일컫는다. 우리가 무엇을 의미 있다 이야기할 때는 늘 감정과 연관된다. 특정 대상을 중요하다 여기거나, 사랑하거나, 좋아하거나 할 때 우리는 그것이 의미 있다고 말하기 때문이다. 무언가 자신에게 불러일으키는 감정이 중요한 셈이다. 그런 점에서 삶의 의미를 만들어간다는 말은 아무거나 만든다는 뜻이 아니다. 나 자신에게 중요한 것을 찾아 나간다는 뜻이다. 가슴이 하는 역할이다.

그러나 우리는 착각할 수 있다. A를 자랑스럽다 생각했는데, 알고 보니 자랑스러워할 만한 사람이 아니었다고 해보자. 이때 처음 느낀 정서는 잘못된 것이다. 따라서 무언가 의미 있으려면 일단 우리에게 의미 있어야 하고, 나아가 그것이 실제로도 의미 있어야 한다. 커노 한은 이를 '합리적 정서'라는 말로 표현한다. 합리적 정서라는 개념은 주관주의의 문제를 해결한다. 누군가 사람을 괴롭히는 게 삶의 의미 라고 주장하면, 그것은 실제로 의미 있는 게 아니라는 식으로 반박할 수 있다. 의미를 찾기 위해 머리와 가슴이 모두 필요한 이유다.

정서가 우리에게 안내하는 길은 하나가 아니라 다원적·개별적이 다. 우리는 각기 다른 대상에 대해 끌림을 느끼고, 같은 대상을 두고 도 다른 감정을 느끼는 존재다. 삶의 의미와 관련해 한 가지 정서나 느낌에만 의지하지 않는다. 정서가 다양한 만큼, 감정을 느끼는 방식 이 다양한 만큼, 삶의 의미도 다양하다. 따라서 우리는 삶의 의미와 관련해 통일된 판단을 내릴 수 없다. 애초에 '삶의 의미는 무엇이다.' 라고 간단하게 말할 수 없는 것이다. 그런 점에서 커노한은 거대한 질문을 던지지 않는 게 좋다고 말한다. '삶의 의미는 뭘까.'와 같은 질 문 말이다.

커노한은 대신 자그마한 질문들을 던지자고 제안한다. 의미의 원 천이 정서라면, 우리는 정서와 관련한 질문을 던지면서 삶에서 의미 를 찾아 나갈 수 있다. '나는 어떤 일을 좋아하는가?' '나는 어떤 사람 을 사랑하는가?'와 같은 식으로 말이다. 자기 삶에 대한 의미도 마찬

172

가지다. 자기 삶을 두고 적절한 정서를 느껴야 우리는 자기 삶이 의미 있다고 생각할 수 있다. '사랑받을만한 사람인가?', '자신감을 가진 사람인가?', '행복한 사람인가?', '자랑스러운가?' 이런 질문과 관련해 긍정적 판단을 내릴 수 있도록 사는 게 중요한 셈이다.

결국, 나에게 중요한 것을 찾고, 그것이 중요시될 만한 것인지 판단한 후, 그것을 과감하게 선택해 그에 헌신하며 사는 게 의미 있는 삶을 구축하는 방법이라고 할 수 있다. 이는 개별성을 형성해나가는 과정이기도 하다. 그러기 위해 우리는 자신을 알아야 하고, 세상을 알아야 한다.

나를 존중하고 사랑하기

의미의 원천을 등한시하면 어떻게 될까. 여기에 내가 마주한 공허함과 무기력의 원인이 있었다. 자신에게 중요한 것을 찾지 못하거나 외면하는 사람은 자기 삶에 감정적 끌림을 느끼지 못한다. 원하는 방식대로 살지 못하고, 원하는 게 무엇인지 모르는 사람이 자기 삶을 두고 자랑스럽다, 행복하다 느끼기란 쉽지 않다. 자기 정서를 등한시한 만큼 삶에서의 의미는 사라진다. 그 대가가 곧 공허함과 무기력이다. 공허함과 무기력은 자기 욕망과 내면의 목소리를 따르지 못한 결과다.

'삶에 무슨 의미가 있을까'란 질문도 마찬가지다. 의미의 원천을 등한시하는 것과 관련된다. 자기 삶을 두고 마땅한 감정적 끌림을 느끼지 못한다면 사람은 자기 삶이 무의미하다고 느낀다. 자존감이 있고, 행복하다 느끼고, 자기 삶이 소중하다는 자각이 있다면 삶이 무의미하다고 느끼지 않았을 테다. 그런 점에서 삶에 무슨 의미가 있느냐 내면의 목소리는 자기가 무가치하다는 자각을 세상에 투사하는 것이다.

공허함과 무기력을 물리치고 의미 있는 삶을 살려면, 감정적 끌림을 느끼는 선택을 반복하고, 자신에 대해 긍정적 정서를 느끼도록 노력하는 게 중요하다. 하지만 그게 쉽진 않다. 획일적 기준과 삶의 방식으로 한 인간의 고유한 개별성을 묻어버리는 게 우리가 사는 곳이기 때문이다. 한국사회는 '외모, 성적, 스펙, 돈, 젠더' 같은 속물적 기준의 위계가 삶의 의미를 규정한다고 믿는 곳이다. 위계의 낮은 곳에 서면 존재 가치가 부정당하는 곳에서, 나의 모습을 오롯이 존중하며 사랑하는 게 얼마나 가능할까.

선택이 필요하다. 나를 규정하려는 사회적 시선에 맞서 내면의 목소리를 좇아 자신에게 진실된 삶을 살 것인가, 획일화한 삶의 방식을 따라 살 것인가. 힘겹지만 더 만족스러운 삶은 분명 전자다. '자기 삶, 자기 꿈을 좇으며 살지 못한 것'이 사람들이 죽기 전 가장 많이 하는 후회라고 하지 않나.[3] 정형화한, 획일적 기준에서 벗어나 개별성을 좇으려는 태도는 공감이 자라나는 데 도움 되기도 한다. 내가 하나의

174

---

3. https://www.theguardian.com/lifeandstyle/2012/feb/01/top-five-regrets-of-the-dying

개별적 인간이듯, 다른 사람도 하나의 개별적 인간이라는 자각에서 공감은 싹트니 말이다. 공감이 오고 가는 삶은 더 만족스러울 테다.

어떤 삶을 살고 싶은가? 나의 내면을 따라가는 삶은 분명 힘겹고 두려운 일이겠지만, 오랫동안 공허함과 무기력의 실체를 두고 고민했던 나로서는, 정형화한 삶을 따라가는 게 쉽지 않을 듯하다. 내가 원하는 삶이 아니기 때문이다. 죽기 전에 후회하고 싶지 않기도 하다. 그러니 나만의 길을 걷다가 찾아올 실존적 부담에 맞설 준비를 해야 할 것 같다. 길치라 걱정되긴 하다. 그러나 어쩌겠나. 인생이란 백지 위에 나만의 서사를 써 내려가는 게 내가 바라는 일인 것을.

내면에 대한 주제로
작업하고 있는
페인터 마빈킴 이라고 합니다.

———

김
도
엽

잔 브릴리언트

오랫동안 끌어왔던 작품을 마무리했다. 완성의 홀가분함을 느끼기도 전에 얼른 새 캔버스를 가져왔다. 앉아서 작업하느라 뜨뜻해진 바닥이 채 식기도 전에 앉았다. 시계를 확인하고는 그럼 그렇지, 벌써 새벽이다. 오늘은 꼭 일찍 자리라는 나의 다짐은 역시나 무산됐다.

종이 팔레트도 바꾸고, 네 칸으로 나누어진 물통은 이미 세 칸이나 더러워져 깨끗한 물로 갈아왔다. 내가 더운 탓에, 붓까지 더워 보이는 것 같아 괜히 물에 담가 휘휘 저어봤다. 곧바로 시작하기 위해 해놓은 스케치들이 여간 마음에 들지 않아 시간만 보내는 것이다. 그러다가 번뜩 하나가 생각, 갈팡질팡 하던 모습을 감추듯, 과감하게 연필로 그려낸다.

얼마간 이리저리하더니 물감튜브 하나를 집어 든다. 잔 브릴리언트[1] 엄지손가락 만하게 짜내어 여기저기 바른다. 그러나 다음날이 되자마자, 호기롭게 출발했던 것이 무색하리만큼 얼른 다른 색으로 바뀐다. 이내 숨길 수 없는 속마음이 입 밖으로 튀어나온다.

"이게 아닌데……."

방향을 잃은 듯 휘갈겨 놓은 선과 제 자리를 찾지 못한 색면들이 날 비웃고 있는 듯하다. 아까와 다름없이 제자리에 있을 뿐이지만. 타올 랐던 불꽃이 섭섭하여 붓을 잠깐 내려놓기로 한다. 때마침 걸려오는 친구 놈의 전화에 마음도 쉬어가기로 했다. 몇 분간 통화를 하다가 곧 장, 전쟁터로 향하는 군인처럼, '그놈'이 있는 쪽으로 돌아간다. 눈싸 움하길 몇 분, 이 다툼의 서막이었던 스케치에 시선이 향한다.

'스케치를 새로 해보자,
스케치부터 마음에 들게 해보자.'

심기일전으로 기초공사를 다듬는다. 썸네일의 사각형으로 종이를 채워나간다. 서너 장쯤 채워졌을 무렵, 겨우 한 개쯤 건져 올렸다. 이 조그만 네모 칸 속 어지러이 채워진 낙서들에, 어제의 실패와 그에 대한 반성과 오늘의 각오가 담겨있으리라. 이번엔 확실하다는 듯 붓 을 들었다. 그리고 마치 영상을 되감기 하듯, 잔 브릴리언트 색 튜브 를 쥐었다.

---

1. 잔 브릴리언트 : 흔히 '살색'으로 부르는 색, 본인의 경우 스케치를 하기 위해 사용하는 가장 기본이 되는 색

엉켜있는 물감들 위로 붓질이 슥슥 소리를 내며 움직인다. 지나간 과거 위에서 선명하게 대비를 이루며 퇴적된 현재의 자국들이, 무언가 외곽선을 만들어낸다. 뼈대에 살을 붙이려 다른 색깔을 골랐다. 완성은 언제쯤 다가올지 모르겠다만, 앞으로 나아가고 있음에 무게를 기울인다.

벌써 물통 네 칸 중 3칸이 더러워지고 남은 한 칸마저 회색빛이 돌고 있었다. 아직 검정빛이 되려면 두 번 정도 더 씻을 수 있겠지만, 화장실 다녀오는 그 짧은 거리만큼이라도 머리를 환기시킬까 일어선다.

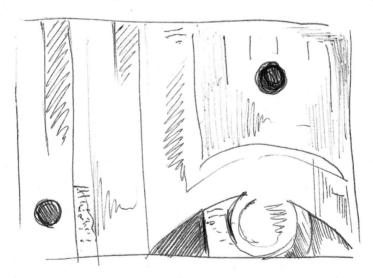

〈Demian 55-Grid〉 스케치

온갖 고민이 담긴 까만 물을 쏟아내고 돌아와 작업을 바라보니, 스케치와 일정 부분 다른 것을 알아챈다. 두 번이나 반복된 계획의 틀어짐에서 작은 깨달음(거창하진 않으나 이 단어를 대체할 수 없음은 분명하다)이 떠올랐다.

'시작과 끝을 계획하려 했다.
그로 인해 자연스레 틀과 규칙들이 생겼고,
그로부터 멀어질수록 힘들어지는 것이 아닐까.'

가만히 되뇌어보니, 참으로 많은 부분을 조절하고 계획하고자 했다. 완성될 형상을 포함하여, 꼬리에 꼬리를 물 듯, 사용할 색깔이나 심지어 붓 터치까지도! 그림이 어디 짜여있는 대로 흘러간 적이 한 번이라도 있는가?

화려한 무늬를 채워 넣으려던 배경은 그냥 단색으로 처리되기도 하고, 과장하여 왜곡시킨 형태는 실재와 타협하기 일쑤였다. 새로운 배색을 시도해보려 골랐던 물감들은, 낯선 곳에 떨어진 여행자가 눈에 익은 길을 찾으려 노력하듯 익숙한 색채들로 교체되었다. 그뿐인가. 한 가지 스타일로만 담길 줄 알았던 화면은 계절이 바뀌듯 계속해서 변천되어왔다.

이처럼 생생한 이미지가 머릿속에 떠올라 증발하기 전에 담아냈던 스케치는, 예고 없이 개입하게 되는 '즉흥'과 일종의 '반항심' 때문에, 아이러니하게도 전혀 다른 목적지에 도착하게 된다. 그곳이 더욱 나쁠 수도 있다는 점은 배제할 수 없다. 동시에 예견할 수 없는 여정이 가져다주는 즐거움도 무시할 수 없으며, 적어도 나의 경우, 결과

역시 나은 경우가 대부분이었다. 우리가 인생을 살아가는 것도 많은 부분에서 비슷하지 않은가.

끊임없이 모든 것을 예상하고 판단하려 하는 혹은 그럴 수밖에 없음은, 실로 피곤한 진실이 아닐 수 없다. 전설적인 록 밴드 비틀즈의 보컬 존 레논John Lennon (1940~1980)은 이러한 현실에 대해 이렇게 일침 했다.

"인생이란 네가 다른 계획을 세우느라 바쁠 때 일어나는 것이다.
Life is what happens to you while you're busy making others plans."

그의 말처럼 불필요한 바쁨을 추구하느라 많은 것을 놓치고 있을지도 모르겠다. 라면을 끓이면서 계란을 빼먹는 정도라면 다행이다. 하지만 주변 사람들, 개인의 건강, 가족과 보내는 한정된 시간 등을 포함한 '소중한 어떤 것'들이라면 얘기가 달라지지 않을까. 거스를 수 없는 물리의 법칙을 있는 그대로 받아들이되 현재의 순간과 발생할 수 있는 가치에 조금이라도 관심을 가져보자.

지나간 과거를 아는 것은 어느 정도 미래를 대비할 수 있겠으나 우리는 현재에 존재하며, 현재 역시 당장에 지나갈 과거이지 않겠는가. 이는 계획의 필요성을 부정하는 것이 아닌, 얽매임에 대한 경계이다. 또한 친근함과의 환송이자 생소함을 위한 환영이리라. 다음 단계로의 발전을 도모하고, 나아가 내면의 해방으로 하여금 스스로에게 보다 객관적인 관조를 통한 진정한 자신을 찾기 위함이다. 나 역시 부단히 노력해야 할 부분임에 틀림없다.

깜빡 잊고 있던 캔버스로 시선이 옮겨질 때쯤 휴대폰 화면엔 어느덧 '일日'이 바뀌어 있었다. 괜히 내일만큼은 정말 일찍 자리라 다짐해본다. 더럽혀질 물엔 그저 붓만 덩그러니 담긴 채 있다. 창밖으로 취객의 고함소리가 들린다. 폭주족의 요란한 오토바이 엔진 소리, 누군가 옥상에 묶어놓은 개가 목청껏 짖는 소리도 울려온다. 매일 같이 들리는 소리이지만 오늘만큼은 그것이 소음이라 핑계 대며 붓은 더 이상 잡지 않는다. 다만 캔버스를 응시하며 앞으로 채워질 변화의 흔적들을 기대하고 있을 뿐이다.

⟨Demian 55-Grid, 2017⟩

김
소
영
—

시월에 태어난 **나**는
가을에 **가장** 완벽해진다.

어쩔 수 없으니 견디어, 봄

어떤 해의 봄,

나는 많은 것들과 이별했다. 회사와 이별하고, 친구와 이별하고, 애인과 이별했다. 말라버린 장미꽃과 이별하고, 아껴 입던 빈티지 원피스들과 이별했다. 이제는 촌스러워진 선글라스와 질려버린 100여 가지의 모자들을 처분했다. 틈틈이 이별을 감행하는 동안 '어제의 나'와 이별한다. 화장법을 바꾸고 근력 운동을 한다. 어제의 얼굴, 어제의 몸과 이별한다. 물론, 인간관계도 미니멀해진다. 봄에 이별하고 여름에 새로운 시작을 하며, 내년 봄이 되면 새로운 이별을 준비할 것이었다.

이상한 점이 있었다. 나는 이별하는 동안 아무런 상처를 받을 수 없었다. 헛헛한 감정은 새로운 약속으로 채워졌다. 곧잘 새로운 기회들을 잡았다. 또 아무런 의식 없이 그 약속들과 헤어지길 결심했다. 두려울 것도, 아쉬울 것도 없었다.

아 이럴 수 있을까, 애인에게 아무런 상처를 느낄 수 없다고 말했다.

'응 너는 잔인해. 어쩌면 공감능력이 없는 것 같아'

사람은 누구나 자신이 경험하지 못한 일에는 쉽게 공감하지 못한다. '잔인하다' 혹은 '공감능력이 떨어진다.'는 말은 적어도 내가 이해할 수 없는 말이었다. 그 말은 참 이기적이었다. 나는 그렇게 그 사람과 이별을 결심했다.

그 다음 해의 봄,

내가 상처를 입힌 어떤 사건이 나에게 화살로 돌아왔다. 나는 처음으로 고통을 끌어안았다. 어쩌면 당시의 나는 죽음보다 더 무서운 선고를 받은 것 같다. 처음이었고 넉넉히 위협적이었다. 꽃들에게 말을 걸면 내 슬픔이 그들에게 해가 될까 아무 말도 못 꺼내는 듯이 입을 다물었다. 거세고 강한 태풍이 몰아쳤다. 덩케르크 철수 작전에서, 두려움에 잠식된 어린 영국 군인이 느꼈던 감정이 이런 것이었을까. 갈피를 잡을 수 없이 잔혹한 기분. 무책임하게 저지른 이별의 죗값이라도 치르듯, 태풍이 왔다. 하룻밤 사이에 수많은 잎사귀를 잃었다.
나무기둥만 남은 나는 쓸쓸하고 가여운 한그루의 나무. 나뭇잎이 없
어 어디서든 환대받지 못할 것만 같았다. 매일 눈물을 쏟고 술을 마
셨다. 거나하게 취하지 않으면, 잡음만 가득한 엉망진창의 재즈바에
있는 느낌이었다. 그런 곳에서 나는 버틸 힘이 없었다. 여느 때처럼
어떤 밤을 보드카로 달래고 다음날 아침, 잊고 있던 플라워 클래스에
달려갔다.

꽃을 보고 만지고, 또 냄새를 맡으니 내 안의 까맣게 탄 부분이 아
주 조금 씻겨 내려가는 기분이다. 오늘 만진 로즈는 에콰도르산이라
는데, 에콰도르 지진피해를 위한 기도를 해야 할 것이다. 그래야 좋
은 일이 생길 것만 같다.

태풍이 몰아쳤던 이 날을 4.9사태라고 부르기로 했다.

'엄마……. 나 사구(49)냈어'

술을 먹은 다음 날 오후, 개운하지 않았지만 집밖으로 나오는 게 조금 나을까 싶어 터덜터덜 집을 나섰다. 작년 여름부터 만난 애인은 담담한 표정으로 나를 바라봤다. 긴 말은 하지 않았다. 우리는 서울의 동과 서를 가로지르며 올림픽대로를 내달렸고 많은 노래를 들었다.

마침내 와 닿은 곳은 헤이리마을. 건축가가 지은 제법 세련된 건축물 사이에 촌스럽고 소소한 문화가 공존하는 곳이다. 건축가인 당신은 상당히 세련되었고 나를 대할 때는 세상 촌스럽고 섬세하다. 하리보 젤리와 초콜릿을 건네며 기운 내라고 말하는 모습은 섬세하다. 너의 곁에 있는 것은 극한직업이라며 배시시 웃는 표정은 촌스럽다. 근데 말이야, 나는 왜 너를 닮은 이곳에 와서 눈물이 났을까.

헤이리마을을 한 바퀴 거닐며 떠들다보니 어느덧, 모든 흐트러짐들이 가라앉는 것 같았다. 조용하고 차분하게……. 굳이 찾지 않아도 매 순간 옆에 있다는 안도감이 든다. 꿀처럼 달콤하고 진실된 목소리가 귓가에 스며든다. "봄에 흘렸던 눈물은 다 씻고 뜨거운 여름으로 가자."

미지의 세계에 온 것 같았다.

나를 공감해 주는 사람이 옆에 있었다. 아름답게 눈이 부신다. 연애란 것은 '이 사람이 괜찮은 사람일까?' 알아보는 과정이 아니라, '내가 좋아하는 사람은 이런 사람이구나.'하고 알아가는 것이었다. 좋아하게 되면 이해하고 싶은 것들이 많아진다. 그리고 서로에 대해 집중하기 시작한다. 매순간 서로 집중해야 하는 의무감을 가지는 게 사랑은 아니지만 그런 환경을 만들기 위한 노력이 있어야 사랑이라 불릴만하다. 어느덧 서로가 편해지는 연애의 중반에 오게 되면 '미안하다'는 말을 드문드문 하게 된다.

'미안해'라는 말에 '괜찮아'라고 답하는 것은 내가 아무렇지 않다는 게 아니라 '네가 나를 생각해주니까 그걸로 됐어. 더 미안해하지 않아도 돼'라는 뜻이다. 그 이후엔 어떤 미안함도 없이 똑같은 짓을 반복해도 된다는 뜻이 아니다. 또 그러다 이따금씩 연애가 잘못된 방향으로 흘러가는 것을 깨닫는다. 누구는 자신의 빈 공간에 상대를 채운다. 또 상대는 그 공간에 들어가기 위해 자신을 한껏 구겨 넣는다. 구겨지는 사람만이 그 마음을 안다는 것을 늦게서야 깨달았다. 나는 말을 참 못한다. 예전에는 무엇을 어떻게 말해야 할지 모른다는 점이 이유였고, 지금은 마음속에 있는 말을 솔직하게 꺼내놓을 용기가 없다는 점이 그 이유다. 그러면 대체로 나는 이별을 결심했다. 관계의 끝은 허무할 정도로 쉬웠다.

미움, 서운함 같은 입 꼬리가 내려가는 감정은 표현되어야 한다. 표현되지 않은 미움과 서운함은 차곡차곡 쌓여 마음을 멀게 한다. 미움을 받아들이고, 또 그 마음을 표현하는 것은 상대를 더 이해하고 사랑하기 위한 과정이었다.

마지막, 필요하지 않더라도 나를 찾았으면 좋겠다. 사랑과 우정은 필요가 아니라 어쩔 수 없는 원함에 가까운 것이다. 이유 없이 네가 좋다는 게 너를 좋아하는 가장 큰 이유이니…….

슬픈 봄이 꼭 영원할 것 같았는데, 바람 한 점에 끝나버렸다.

다시 새로운 예감 속에서, 설레는 마음으로 여름을 맞이할 채비를 할 것이다. 계절이 바뀌어 잎사귀가 돋아나는 배열에도 일정한 주기와 변화가 있는 것을. 가끔은 풀잎처럼 토라지고 때로는 으스대다가 잎사귀를 모두 잃어 패배감, 상실감에 외롭기도 할 것이다. 하지만 그것도 우리가 살아가는데 일정한 주기와 변화인 것으로 받아들이기로 했다. 꽃의 습성을 파악하는 나비의 날갯짓도 보고 싶고 별들이 아득한 밤, 살랑이는 바람의 온도도 느끼고 싶은 계절. 그런 봄이 아쉬울 정도로 빠르게 지나간다. 그래서 여름이 오는 순간은 광대하고 아름답다. 초반엔 말이 쉽게 통하지 않고 타인이 내 마음을 공감 못 해줄 때 괴로웠는데, 요즘은 타인과 나 사이의 언어에 경계가 있음을 인정하게 되었다.

낯선 장소와 낯선 사람들, 낯선 언어와 낯선 감정. 개개인의 특별함이 사라져서 때로는 아프지만 아슬아슬한 경험들.

받아들이기로 했다.
때때로 기대하지 않는 것이 좋다.
그래야 나의 가을은 완벽해질 것이다.

영등포에서
유리 만지는 남자입니다.

박
진
영

축복

첫 번째 축복

나는 다른 사람들 보다 사소한 기억들을 잘 잊어버리곤 한다. 그에 반해 강렬했던 상황, 톡 쏘는 기억들은 시간이 많이 지나도 쉽게 잊지 않는다. 그런 나의 흐릿한 어릴 적 기억 속 유독 또렷이 자리 잡고 있는 기억은 아버지의 화실이다. 화가인 아버지의 영향으로 남들의 유년기 시절보다 예술활동을 접할 기회가 많았다. 일주일에 한번은 꼭 아버지 친구 분들의 작업실을 방문했었고 서양화부터 동양화, 조각까지 여러 종류의 작품을 보고 만지며 자랄 수 있었다. 아버지와 친구 분들은 술잔을 기울이시던 중이면 종종 마음에 들었던 서로의 작품을 교환하기도 하셨다. 그런 아버지 덕분에 어머니와 난 자그마한 우리 세 식구의 집을 미술 작품들로 꾸미는 즐거움을 알게 되었다. 창 밖 풍경보다 아버지의 그림을 보는 게 더 행복했고 그리 부유하지 않았지만 그 누구보다 많은 문화적 충족감을 누렸다. 나에겐 당연했던 일들이 지금 돌이켜보면 내 '첫 번째 축복'이었다. 그렇게 자연스레 공간 디자인에 관심을 갖게 되고 입시미술을 공부하던 고등학교 무렵, 어머니께선 직장을 그만두시고 평생 꿈꾸셨던 스테인드글라스 공방을 여셨다. 대학생이 되어서는 공방에서 본격적인 알바를 했다. 이 때 까지만 해도 스테인드글라스에 큰 매력을 느끼지 못했다. 늦게까지 그림을 그리고 힘들게 유리를 재단하는 것이 그저 이유 없는 노동처럼만 느껴졌고 나에겐 그저 알바의 수단이었다. 이건 단지 종교적이고 고지식한 틀에 박힌 예술이라 생각했다.

두 번째 축복

여느 청년들과 마찬가지로 나또한 대학시절을 보내며 군복무를 했고, 군 휴가 때 짬을 내 아르바이트로 모아뒀던 돈으로 도쿄행 비행기티켓을 끊었다. 그 짧다면 짧은 열흘간의 도쿄여행에서 내 인생의 전환점을 맞았다.

그곳엔 내 고정관념을 산산조각 낸 자유로운 스테인드글라스가 있었다. 종교적인 작품이 아닌 개인의 취향이 담긴 유리들, 그리고 자연스레 일본인의 삶과 맞닿아 있는 일본의 유리공예 문화가 있었다. 여행의 목적이 스테인드글라스는 아니었지만 열흘 중 일주일을 유리 관련된 장소들만 찾아 다녔고 스테인드글라스가 있는 카페에서 쉬곤했다. 도쿄에 가기 전까진 이 일은 내 취미 중 하나, 특이한 이력 정도의 것이었지만 도쿄의 유리문화는 이 생각을 뒤집어 놓았다. 도쿄여행은 내 '두 번째 축복'이었다. 한국에 돌아와 계획을 세우며 일주일간 고민에 고민만 거듭했던 것 같다. 좋아하고 잘할 수 있는 것을 찾았으니 현실적으로 꿈을 실현시킬 방법을 찾는 게 중요하다고 생각했다. 막연히 20, 30년 뒤의 내 모습을 계획하기 보단 당장 1년 뒤, 6개월 뒤, 그리고 일주일 뒤의 꿈을 설정했다. 거창하지는 않지만 노력하지 않으면 이룰 수 없는 일들, 실패하더라도 바로 다시 도전 할 수 있는 계획들을 세웠고 곧바로 행동으로 옮겼다. 계획한 짧고 긴 목표들 가운데 가장 큰 목표는 학생들을 가르칠 수 있는 공간을 제대로 갖는 것이었다. 기존의 공방은 나와 직원 두세 명 정도가 작업을 하기엔 충분한 공간이었지만 수강생들을 가르치기엔 매우 협소했고, 자칫 잘못하면 유리에 다칠 위험이 있는 상태였다. 꾸준히 3년간 지출을 줄이며 돈을 모았고, 현 공방 근접해 있는 건물 중 클래스를 열기에 적합한 자리를 수소문 했다. 마침 나와 어머니 둘이 열심히 공방을 운영하는 모습을 어여삐 여기신 맞은편 건물 사장님께서 부담스럽지 않은 임대료에 상가 한 층을 내어주셨다. 그렇게 올해 5월 두 번째 공방을 오픈하게 되었다. 처음으로 큰 목표를 이루게 되어 노력과 열정에 대한 다디단 보상을 맛보았다. 덕분에 내 앞으로의 꿈들에 대한 더 큰 자신감과 확신이 생겼다.

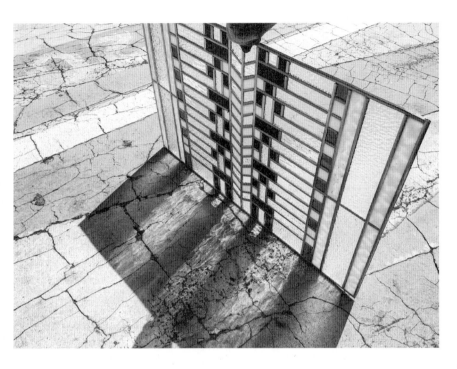

195

세 번째 축복

보통 스테인드글라스를 생각하면 유럽의 성당과 교회에서 흔히 쓰이는 작품들 같은 종교적인 스테인드글라스를 떠올릴 뿐, 일반 건축물이나 작은 공예 소품들을 떠올리진 않는다. 실제로 10년 전까지는 그러한 종교 스테인드글라스가 대부분이었다. 교회의 신축과 성당의 리모델링을 할 때면 빼놓지 않고 쓰였다. 큰 교회, 성당 일수록 빛이 더욱 화려하고 성경의 말씀을 많이 담고 있는 스테인드글라스를 제작, 설치했지만 최근엔 종교 건축이 매우 간소화 되고 있는 추세다. 스테인드글라스를 새로 설치하려는 교회, 성당이 줄어들며 근 2년간은 갤러리나 스튜디오, 박물관, 아파트 등 일반 건축물에 들어가는 디자인이 80% 이상으로 늘어났다. 아파트 조경에 쓰이는 유리 조형물, 채광이 좋은 창을 이용해 스테인드글라스를 설치한 갤러리, 일반 사무실 내부의 인테리어를 위한 파티션, 심지어 스파 시설의 장식에도 쓰이는 등 추세가 변하고 있다. 일반인들이 더욱 쉽게 스테인드글라스를 접할 수 있는 기회가 주어지는 것 같아서 내가 시대 흐름 타는 운 하나는 타고났구나 생각했다.

좋아하는 일을 하며 생계를 이어나가는 자체가 큰 축복이 아닐까. 이러한 작업을 거듭하며 최근 난 자연과 색유리의 조화에 푹 빠지게 되었다. 창문은 건물 바깥과 내부를 이어주는 통로 같은 역할을 하는데 그 통로에 자연의 나무와 바다 물결, 하늘을 그려 넣는다고 생각한다면 참 매력적이지 않을 수 없다. 추상적인 이미지로 표현한 자연, 실제 자연물을 그대로 유리로 옮긴 작품들을 클라이언트들에게 자주 제안하다 보니 어느새 스테인드글라스를 이용한 내 건물을 짓고 싶다는 새로운 목표가 생겼다. 휴식과 자연, 거기에 사람까지 더한 펜션을 지어보면 어떨까, 직접 공간에서 그 빛을 느껴본 사람만이 그 가치를 알기 때문에 더욱 목표가 뚜렷해졌다. 산 중턱에 위치하며, 주변의 자연 환경과 닮은 스테인드글라스 창과 소품들을 이용해서 인테리어를 채우고, 한쪽 공간에는 유리공방을 조성해 다양한 체험까지 가능한 공간을 만들어 보는 게 내 앞으로의 10년 목표이다.

네 번째 축복

내 인생을 돌아보면 항상 나를 올바른 방향으로 인도해주시고 한평생을 날 위해 희생해 오신 어머니가 가장 큰 '축복'이 아닐까 생각한다. 내가 이 일을 접한 것, 일에 몰두 할 수 있는 좋은 환경을 만들어 주신 것, 그리고 무엇보다 꿈에 대한 동기를 심어주신 어머니의 축복은 너무나도 큰 은혜이고 사랑이다. 공방 운영을 시작하고 모자간의 환상의 팀워크로 문제를 해결하는 부분이 많았다. 누구보다 내 편인 가족과 함께 일한다는 건 그리 나쁜 게 아니라고 생각한다. 의견충돌로 인해 부딪치는 점도 많을 수 있고, 서로를 믿는 만큼 서로에게 실망을 할 수도 있다. 하지만 함께 새로운 것들을 일구어내고 어려움을 같이 극복해 나갈 수 있다는 건 내게 거대한 축복이다. 항상 감사한 마음을 갖고 있으면서도 일이 힘들거나 뜻대로 되지 않을 때 서로에게 상처를 입히는 말을 하곤 한다.

우린 가족이니까 괜스레 투정 부리는 거다.

우린 가족이니까 괜스레 부끄러워 고맙다고 말 못한다.

우린 가족이니까 너무나도 사랑한다.

이 모든 것을, 우린 가족이니까 굳이 말하지 않아도 안다.

같은 곳을 향해, 남이 아닌 가족이 함께 우리의 꿈을 이뤄나갈 수 있다는 건 나에게 큰 축복이자 사랑이다.

고
태
용

패션계의 이단아, 고태용입니다.

옷장을 넘어 세상 밖으로

난 패션 디자이너 지망생에게 어찌 보면 '톡 쏘는 사이다', '패션계의 이단아'이지 않을까. 좋지 않은 학력에, 27살이라는 어린 나이, 유학 경험 제로, 게다가 금수저도 아닌 젊은 청년이 10년이 지난 지금은 대한민국의 TOP 디자이너가 되었으니까.

디자이너 지망생뿐만 아니라 많은 젊은이들이 '지금 내가 꿈꾸는 것이 비현실적인 이상향은 아닐까' 고민한다. 하지만 지난 2016년 출간한 『세상은 나를 꺾을 수 없다』의 제목처럼, 세상의 왈가왈부는 절대 강렬한 나의 꿈과 열정을 무너뜨릴 수 없었다. 비욘드클로젯의 시작부터 지금까지의 성장과정 속 수많은 고난들은 나를 끝없이 좌절시키기보단 다시 일으켜 세웠다. 잘 풀릴 때도, 잘 안 풀릴 때도 끊임없이 나의 신념을 믿고, 내가 정답이라 믿는 고집쟁이였기에. 지난

10년 동안 남달리 성장할 수 있었던 가장 큰 원동력은 타인도, 사회도 아닌 나 자신에 대한 믿음의 힘이었다. 난 이 글을 통해 도전을 꿈꾸는 젊은 친구들에게 사이다 같은 통쾌함을 전해주고자 한다.

황소고집을 피우자

세상에 주어진 정답은 없다. 같은 패션 디자이너라는 직업을 가진 사람들도 제각각 그 일을 하고 있는 이유, 방향성, 운영방식이 다르며 지닌 능력 또한 모두 다르다. 그 누가 최고의 정답이라 매길 수는 없다. 다만, 제 자신이 자신의 선택과 길이 정답이라 외치면 그만이다. 난 내가 틀렸다는 생각을 절대 하지 않았으며, 황소고집으로 나의 선택을 믿고 따라왔다. 남들이 가지고 있지 않은 특별한 능력이 내게 있다고 믿었고, 그 믿음으로 난 굴하지 않고 돌진했다.

그런 나라고 해서 실패와 좌절이 없었던 것은 아니었다. 초기, 이름 없는 디자이너로서의 시간들 또한 거쳐야만 했다. 내 두 번째 컬렉션을 준비할 때였다. 자비 200만원으로 쇼를 위한 장소로 한 갤러리를 대관했지만, 갑자기 쇼 전날 난 크게 한방 뒤통수를 맞았다.

"여기는 너 같이 근본 없는 애들이 쇼를 할 수 있는 데가 아니야. 유학파나 누구나 알 만한 명문대 출신이라면 모를까. 그래도 하고 싶으면 2,000만 원을 내든지"

10년 전의 나에게 2,000만 원이라는 큰돈이 있을 리가 만무하다. 잠시의 혼란 후 난 이 갤러리 관계자의 말에 더욱이 오기가 발동했고 절대 포기할 수 없었다. 급히 장소를 옮기기 위해 오밤중에 내가 아는 모든 사람들을 총동원하여 수소문하던 차, 건너 건너의 지인을 통해 작은 카페의 공간을 빌릴 수 있게 되었다. 이 때 도움을 주신 지인들과, 혼란스러워 하는 나를 옆에서 붙잡아준 사람들에게 다시 한 번 감사인사를 드린다. 급작스런 쇼장 변경으로 인해 많은 혼선도 있었지만, 결과적으로 기존 쇼의 형식에 얽매이지 않은, 오히려 자유로운 분위기의 참신한 쇼였다는 전문가들의 호평을 받았다. 만약 첫 쇼를 포기했다면 지금의 나와 비욘드클로젯은 어떻게 됐을까. 10년차가 아닌 9년차 브랜드가 되었을까? 그렇다면, 1년 동안 보여줄 수 있는 결과물과 이를 통한 많은 이들의 관심과 기회를 잃지는 않았을까? 그럼 지금 나와 비욘드클로젯는 어떻게 됐을까. 모른다. 하지만 결국, 그 순간만큼은 죽이 되든 밥이 되든 일단은 해보는 것이다. 해보지도 않고 후회만 남아 죽쑤는 것 보다는 해보고 죽쑤는 게 낫지 않을까. 오히려 그 죽은 내가 흘린 땀으로 짭쪼롬 달달해질 것이다. 2008년 가을날, 땀은 날 배신하지 않았다.

집에서 사무를 보다가 월세 50만원의 작은 오피스로 옮겼고, 차차 돈을 모으면서 월세 100만원으로 옮기게 되었고, 지금은 14개의 국내매장과 몇 개의 해외 매장까지 나에겐 수많은 공간들이 생겼다. 무시당하는 세상의 사소한 존재였던 나는 지금 거대한 공간들과 수많은 컬렉션들, 그리고 함께하는 40여명의 가족들로 거대한 부피와 질

량을 차지하고 있다. 내가 위대한 능력이 있어서도, 돈이 많아서도 아니다. 사소할지라도 그것이 나의 특권이라 믿고 끊임없이 밀어붙인 결과이다.

가만히 있으면 바보다

너무 위대해지고 거창해지려고 하지 말고, 지금이 어설플지언정 일단 자신을 믿어보자. 당연하고 사소하다 여겨지는 자신의 생각들이 인생을 결정하기도 하며, 사소한 능력도 잘 활용하기만 한다면 극대화된 결과로 도출해낼 수도 있다. 하지만 도전하려는 많은 청년들은 걱정하고 갈등한다. '과연 내가 할 수 있을까?' 이 의문을 들게 하는 것은 사회의 고정적인 시선들과 무언가를 시작하기 위한 필요조건들, 예를 들어 학력, 스펙, 인맥, 돈 등 일 것이다. 충족되지 못한다고 좌절할 것도 없다. 유학을 다녀왔다고 해서 사업이 대박 나는 것도 아니며, 대기업에 취직하여 안정된 연봉을 받는 사람들의 삶이 행복한 것도 아니다. 시작해보지 않고서는 되는지 안 되는지는 절대 판단할 수 없다. 행복, 그리고 성취감은 내 손으로 직접 일구고 해내었을 때 얻는 것이다.

패션 브랜드를 포함한 모든 사업의 시작을 위한 필요조건들 중 돈, 즉 '자금'은 필수적이다. 자금이 있어야 세상에 내보일 수 있는 '현물'을 만들어낼 수 있기 때문이다. 난 금수저가 아니기 때문에 브랜드

203

초기에는 항상 자금과의 전쟁을 치러야만 했다. 허나 아는 만큼 보이고, 본 만큼 더 보이는 것이다. 가만히 한숨만 쉬지 말고 내게 도움이 될 수 있는 것들을 조사하자. 그리고 우연적인 만남과 기회들을 무작정 피하지 말고 먼저 눈 마주치고 소통하자. 난 정부지원사업을 통해 세 차례 시제품 제작을 지원 받았었다. 또한, 컬렉션이나 오프라인 행사를 치를 때 필요한 지출도 지인을 통해 시간적, 재정적 비용을 최소화할 수 있었다. 정말 간절한데 가만히 엉덩이 붙이고만 있는 건 바보다. 움직여야 한다. 기회가 없다면 기회를 만들자. 말이 어렵지, 밖에만 나서도 수많은 기회들이 제 주인을 기다리고 있다. 그게 내가 될 수 있을 것인가는 부딪혀봐야 안다.

204

　가끔은 시작부터 모든 조건이 충족되어 있어 힘든 것 모르고 소중한 것 못 느끼는 금수저가 불쌍하다. 입에 넣어주는 대로 받아먹고 손에 쥐어주는 대로 잡는다면 그것이 진짜 자신의 힘으로 일구어낸 결과라 자부할 수 있을까? 성공한다 한들, 그 사업의 다이나믹한 스토리가 그려질 수 있을까? 난 금수저가 아니었다. 단돈 200만 원으로 브랜드를 시작했다. 무시 받고, 홀대받던 꽁짓돈 브랜드가 지금의 비욘드클로젯이 되기까지의 상승곡선은 너무나도 드라마틱하지 않는가! 내가 특별해서가 절대 아니다. 누구나 할 수 있다.

열정 ∝ 기회 ∝ 사람

사람과 기회는 절대 그냥 찾아오는 것이 아니다. 이상을 달려 나가지 않고 가만히 안주하기만 한 채로 뜻하지 않은 행운이 찾아오기만을 바라는 것은 헛된 욕심이다. 끊임없이 움직여라. 난 실패와 고난, 그리고 혼자 고통 받고 삭히는 긴 시간 속에서도 절대 Stop을 외치지 않았다. 나의 열정과 전진력이 귀중한 사람과 기회를 끌어다 준 것이 아닐까. 간절한 만큼 내뱉고 움직인다면 그만큼 귀한 순간들은 당신에게 찾아올 것이다.

간절한 사람은 간절한 사람을 알아본다. 목타는 갈망과 간절함으로 끊임없이 달려온 사람들은 그 힘든 과정 속에서 내가 필요로 했던 것, 덜어내야 했던 것, 힘이 되는 것이 무엇인지 느껴왔기에 그러한 사람을 만나면 아려지는 마음으로 함께 나누고 싶어진다. 열정은 열정을, 기회를, 그리고 사람을 이끈다.

나 고태용과 고태용의 브랜드 'Beyond Closet'은 대중과 소통하고자 한다. 대중은 일상에서 옷만 구입하는 것이 아니라, 노래도 듣고 드라마도 보고 영화관도 가며, 과자도 사먹고 애완동물도 키운다. 난 브랜드가 더 다양한 대중과 다양하게 소통하고자 이러한 요소들을 옷에 녹였다. 일명 '개티'라 불리는 '패치 도그 셔츠'에는 츄파춥스를 먹는 개, 4D영화를 보는 개, 엘비스 프레슬리의 헤어스타일을 하고 있는 개 등을 그려 넣었다. 이렇게 디자인에 직접적으로 푸는 방법뿐만 아니라 대중이 사랑하는 다른 분야의 기업과 협업을 하기도 했고, 대중이 사랑하는 셀러브리티와 협업을 하기도 했다. 꾸준한 도전과 열정은 10년 전 시작점에는 절대 예측할 수 없었던 새로운 기회와 소중한 사람들을 만나게 해주었고, 그렇게 비욘드 클로젯은 단순히 예쁜 옷의 편안한 착용감을 전달해주는 의류제품이 아닌, 대중으로부터 공감을 이끌고 옷 이상의 감성을 지닌 '가치'를 파는 대중 브랜드가 될 수 있었다.

모든 과정이 물론 녹록치 않을 것이다. 잠을 포기하고, 밥도 제때 먹지 못하며, 원했던 계약, 수익 등 목표치를 달성하지 못해 절망감을 느낄 때는 내가 택한 이 길에 대한 회의감을 가질 수도 있다. 그럴 때일수록 이 길을 결정했던 시작점에서의 나의 각오와 열의를 절대 잃지 않아야 한다. 그 힘은 어마무시해서 그 어떤 고난과 시련도 당신의 전진을 가로막을 수는 없다.

왜 그 길을 택했는가. 최대의 행복이 그 길 위에서 피어날 것이라 믿었기 때문 아닌가? 가만히 있지 말고 행복의 꽃이 피어날 수 있도록 어서 땅도 일구고 물도 주고 거름도 뿌리자.

아무것도 없는 자갈길도 화려한 꽃밭이 될 수 있다.

정철호

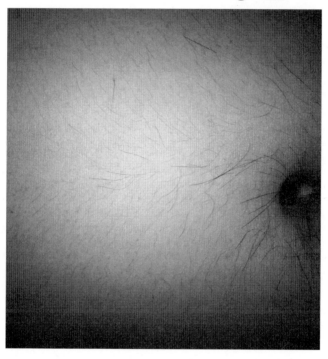

Now or Never

현관문

20대 초중반 무렵, 우리 집을 지속적으로 방문하던 A 종교단체 사람들이 있었다. 2인 1조로 다니시는 이분들은 나뿐만 아니라 많은 집에서 냉대를 받았지만 끊임없이 찾아왔다. 어느 날 나는 현관문을 살짝 열고 그들과 마주했다. 팸플릿이 건네지고 나는 문을 닫았다. 다음에 찾아왔을 때도 나는 문을 열었고 이번에는 그들의 이야기를 들었다. 문틈 사이로 30분 이상 설교가 전해졌고 설교가 끝나갈 무렵 나는 왼손으로 꽉 잡고 있던 문고리를 조금씩 안쪽으로 당겼다. 또 다른 팸플릿을 받는 것으로 나는 겨우 문을 닫을 수 있었다.

찾아오는 횟수가 점점 잦아졌고 나는 그들을 집 안으로 들여서 커피를 내줬다. 내가 그들을 집안으로 들인 이유는 단순한 호기심이었다. 이렇게 열정적으로 나를 찾아 와서 전하고 싶은 이야기가 무엇인지 궁금했다. 아주머니 두 분 중 한 분이 A 종교에 대한 설명과 함께 이런 저런 이야기를 했고 나머지 한 분은 아무 말도 하지 않았다. 나는 적잖이 실망을 했다. 사람들의 온갖 냉대를 참아가며 매일 아파트 단지를 돌아다니는 사람치고는 별다른 이야기는 없었다. 그 이후에도 계속 찾아왔지만 나는 더 이상 문을 열어주지 않았다.

그들의 발길이 끊길 때쯤 처음 들어보는 B종교 단체 사람들이 찾아왔다. 잠시 고민하다가 문을 열고 집으로 들였다. A 사람들과는 달리 태블릿 PC에 담긴 동영상을 내게 보여주었다. 영상 시청이 끝나자 아주머니 두 분 중 한 분이 내게 화장실로 가자고 했다. 자신이 물로 세례를 해주겠다는 것인데 나는 왜 갑자기 세례를 받아야 하는지 알 수가 없었다. 목소리만 크고 무성의한 아주머니들에게 나는 작별을 고했다. A와 B 종교 단체 아주머니들과 이야기를 나누면서, 나는 과연 이들이 자신이 믿는 종교에 대해서 제대로 알고는 있는지 의구심이 들었다. 성경책 몇 구절을 읽어주는 대신 적어도 내게 왜 이 종교를 믿어야 하는지 설명만 해줬어도 좋았을 것 같다는 안타까움마저 느꼈다.

어머니는 내가 군대를 가고 A 종교 단체 사람들이 꾸준히 집으로 찾아와서 나를 찾았다고 했다. 나와는 달리 어머니는 그들에게 문조차 열어주지 않았고 그들이 무슨 이야기를 하는지 알고 싶어 하지도 않으셨다. 다만 내게 그들은 이단이니까 문 열어 주지 말라며 신신당부를 하셨다. 나는 어머니에게 왜 이 사람들의 이야기를 들으면 안

되는지 물었지만 어머니는 A와 B 종교단체 아주머니들처럼 내게 이유를 설명하지 못했다.

제대 후 나는 학교 근처에서 자취를 했다. 이번에는 또 다른 A 단체 사람들이 자취방 문을 두드렸다. 나는 어머니의 간곡한 당부에도 불구하고 이전과는 다른 이유로 그들을 집으로 들였다. 그 당시 나는 종교와 철학에 심취해 있었는데 궁금한 점이 많았다. 특히 신의 존재 여부에 대한 철학적 논의를 하고 싶었는데 마침 잘됐다 싶었다. 아주머니 두 분에게 양해를 구하고 A 종교보다는 신이 있는지에 대한 이야기를 하고 싶다고 했다. 나의 질문들에 대해서 답을 하지 못하던 두 분은 다음 주에 목사님과 함께 오겠다며 나갔다.

210

아주머니들은 다음 주에 정말로 목사님과 함께 찾아왔고 나는 커피를 내왔다. 목사님은 선교활동을 10년 정도 해왔지만 집 안으로 들어온 적은 이번이 처음이라고 했다. 나 역시 선교활동을 하는 남자를 집에 들인 적은 처음이었다. 항상 여성 두 분만 짝을 지어 다니시는데 아주 가끔씩 남자분이 계셨던 적도 있었다. 하지만 언제나 초인종을 누르고 이야기를 하는 건 여자였다. 우리는 종교 전반과 신에 대한 이야기를 2-3시간 정도 나눴고 내가 동의하기 힘든 이야기도 있었다. 그 이후로 A 단체 사람들은 자취방에 찾아오지 않았다.

이단이라는 꼬리표는 내가 이들과 만나면서 큰 장애물로 작용 했는데 나와는 다른 것에 대한 거부감이 아니라 나쁜 것이라는 두려움이었다. 하지만 나는 내가 본능적으로 나쁜 것이라고 느끼는 감정에 대해서 거부감이 들기 시작했다.

　나는 이단보다 더 큰 거부감과 두려움을 느꼈던 적이 있었는데 바로 동성애였다. 중학교 시절 나의 가장 친한 친구들의 동성애 장면을 목격한 적이 있었다. 이성애에 대한 개념도 제대로 정립이 되지 않았을 때라 꽤나 충격적인 기억이었다. 그리고 시간이 흘러 내가 성인이 되었을 때 이들은 모두 여자들과 사귀고 있어서 혼란스러웠다. 고등학교 때는 같은 반에 별명이 게이인 친구가 있었다. 나와 친한 친구였는데 말과 행동이 모두 여성스러웠다. 그 친구가 사귀던 남학생이 있다는 것을 알기 전까지 우리 반 친구들은 게이라는 의미를 여성스러운 남자 정도로만 여겼던 것 같다. 그리고 그 친구는 사귀던 남학생과 키스하는 모습을 어머니에게 들키고는 학교를 한동안 나오지 못했다. 학교에 다시 나오게 된 그 친구는 야간자율학습 시간에 나를 옥상으로 올라가는 한적한 계단으로 데려갔다. 그리고 어머니에게 병원으로 끌려가서 에이즈 검사와 정신과 치료를 받았다며 울면서 말했다. 어린 나에게 에이즈와 정신과라는 단어는 너무 버거웠다. 에이즈는 내게 죽음을 의미했고 정신과는 미친 사람들이나 가는 곳이었다. 그리고 이 둘과 연관되는 그 친구는 내 마음속 깊은 곳의 작은 두려움이 되었다. 하지만 겉으로 보기에는 변한 것이 아무것도 없었기 때문에 나는 그 친구와 계속 잘 지낼 수 있었다. 나는 어디서 그런 이야기를 들었는지 모르겠지만 그 당시 동성애자는 모두 에이즈 환자라고 생각했다. 그래서 에이즈 검사는 이해가 되었지만 정신과 치

211

료를 받은 부분은 수긍하기 힘들었다.

대학생이 되어서 노르웨이로 교환학생을 나갔는데 그곳에서 지금
까지 와는 전혀 다른 성을 경험하기도 했다. 여성인 네덜란드 친구와
이야기를 나누는데 이번 주말에 자신의 여자친구가 놀러 온다고 했
다. 이어지는 대화에서 나는 여자친구를 여자사람친구로 자연스럽게
바꾸어서 이야기하자 네덜란드 친구는 자신이 양성애자라고 알려주
었다. 나는 양성애라는 단어를 접해 본적이 없기 때문에 이해가 되
지 않았다. 집에 와서 사전 속 의미를 알게 된 후 나는 그녀가 변태적
인 사람처럼 느껴졌다. 하지만 나는 그녀와 적절한 관계를 유지했다.

212

한국에 돌아온 뒤 나는 대학교에서 동성애자 외국남성을 알게 되
었다. 처음에는 자신을 양성애자라고 소개했는데 나중에 동성애자라
고 고백했다. 아마도 동성애자라고 하면 나와 친해지기 어려울 거 같
아서 거짓말을 한 거 같았다. 이 친구 역시 내가 전혀 상상하기 힘든
이야기를 꺼냈다. 한국에서 아이를 입양해서 키우고 싶은데 한국정
서상 안될 거 같다는 것이었다. 동성애자도 받아들이기 힘든 현실에
서 동성애자가 아이를 입양하고 싶다는 것은 실로 놀라운 이야기였
다. 이후 나는 동성애자가 실제로 입양이 가능한지 알아보았다.

한국은 동성애자들을 법적인 배우자로서 인정하지 않기 때문에
동성애자는 독신자 입양제도를 이용할 수밖에 없었다. 하지만 내가
조사할 당시 기준으로 동성애자임을 밝히고 입양이 시도된 적이 없

었고 설사 시도된다고 하더라도 해당 정부부처와 입양기관들은 거부할 것이라고 했다. 그리고 독신자 입양은 성적 착취의 우려로 동성 간에만 허용되는데 동성애자가 동성인 아이를 입양했을 때 성적 착취가 우려될 수도 있다는 생각은 견디기 힘들었다. 아이를 성적으로 착취하는 것은 동성애자가 아닌 아동성애자임이 당연한데 이러한 기본적인 지식조차 동성애자들에게는 올바로 적용되지 못하는 것 같았다. 입양뿐만 아니라 동성애를 바라보는 사람들의 시각과 많은 논의를 살펴보았지만 왜 사람들이 동성애를 정신병으로 생각하는지 받아들일 수가 없었다.

이단과 동성애처럼 소수를 바라보는 시각에는 맹목적인 거부감이 존재하는 것 같다. 그 거부감에는 어떠한 근거들이 자리하고 있어야 하는데 많은 사람들이 그저 아무런 근거 없이 싫어하는 것 같았다. 물론 근거가 없다는 것은 아니다. 다만 그 근거들 때문에 거부감을 형성했다기 보다는 그 근거들을 알지 못한 채 혹은 그 근거들을 면밀히 검토하지 않고 거부감부터 가지게 되는 것 같았다. 나에게 이단과 동성애는 다수와 소수의 문제로 다가왔다. 설령 이 문제가 옳음과 그름에 관한 문제라고 해도 인간에게는 진리를 100% 알 수 있는 능력이 결여되어 있기 때문에 나는 이 소수자 집단들이 옳지 못하다는 결론에 도달할 수가 없었다.

하지만 나에게도 내가 그토록 받아들이기 힘들었던 맹목적인 거부감이 존재한다. 언제부터인지는 몰라도 나는 어른에 대한 기대를 저

버렸다. 나에게 사회에 대한 질서와 도덕을 가르쳤던 어른들은 스스로 그 질서를 파괴하고 있다. 물론 일부 몰지각한 어른들의 행동이었다. 하지만 일부 어른들의 문제라고 부르기에는 어느새 너무 많은 어른들의 문제가 아닌가라는 생각에 도달할 때쯤 나는 어른들과의 소통을 포기했다. 어른들은 자신만의 생각이 너무 강해서 내 생각을 전할 수 없었고 이야기는 길고 반복적이며 재미조차 없었다. 같이 앉아서 대화를 나눈다는 것만으로도 숨이 막혔다. 이단과 동성애자들에게 마음의 문을 열고 대화를 했던 나는 어느새 어른의 나이에 접어들었고 내가 싫어하는 어른들에게 끊임없는 적대감을 느끼고 있었다.

어른이 되면서 나는 하나하나 근거를 따져가면서 선택할 시간과 에너지를 생존경쟁을 위해서 써야만 했다. 그래서 편하게 그 동안의 경험과 지식에 빗대어서 생각하고 행동했다. 분명 경험은 그때 그 순간과 상황에 부합하기 때문에 가능한 것이지 언제나 모든 상황에 적용할 수 있는 경험이 아니라는 것을 잘 알면서도 나는 예전의 경험에 빗대어서 생각하고 행동했다. 내 머릿속을 복잡하게 하는 반대의견에는 귀를 닫고 내 의견에는 언제나 목소리를 높였다. 나는 상대방의 의견을 듣는 듯 했지만 듣지 않았다. 더 정확히 말하자면 듣고 싶지 않았다.

나는 내가 혐오하는 어른으로 점차 변해가고 있다. 나이가 더 들면 나는 아마 지금보다 더 어른들을 이해할 수 있을 것이고 어른의 시기에서 어른이 되는 것을 거부하던 나를 철없게 여길지도 모른다. 그때

의 나는 지금의 내가 감당할 수 있을 정도의 어른이 되길 바란다. 그
리고 그때의 나는 또 누구를 거부하고 있을까.

서
윤
정

당신을 기만할 **달콤**한 사진과
영상 찍는 사람이자 지옥에서 온 **페미니스트**
색감을 **꿈빛**이 돌때까지 졸인 후
설탕처럼 **작업**에 입힙니다.

분홍색, 좋아하세요?

1. 나는 왜 핑크색과 레이스와 반짝이를 이렇게 좋아해? 너무 서러워

쾌나 무탈한 인생을 살아온 영유아기의 나는, 정말 산만하고 시끄러운 아이였다. 뛰어다니며 놀기를 좋아했고 반짝거리는 것들, 레이스가 달린 것들, 핑크색은 유난히 좋아했다.

기억은 안 나지만, 어머니 말씀으로는 나는 왜 이렇게 반짝거리고 핑크색인 것들을 좋아하냐며 엉엉 울었다고 한다. 여성스러운 아이였다, 남성스러운 아이였다, 그 둘 중 어느 수식도 나를 정의하기에 썩 완벽한 말이 아니었다. 나는 귀엽고 보드라운 인형과, 반짝거리는 것들과, 레이스와, 핑크색에 집착하는 아이인 동시에 뛰어놀기를 좋아하고, 늘 넘어져서 무릎이 까지고, 목소리가 유달리 크고, 승부욕이 강한 아이였다. 집에서 혼자 놀 땐 그저 그렇게 소리 지르고 뛰어다니며 놀다가, 비즈공예로 예쁜 목걸이를 만들어 걸고, 다시 뛰어다니면 그만이었다.

하지만 유치원이라는 작은 사회에 들어가면서부터 아마 나는 혼란을 느꼈던 것 같다. 내가 좋아하는 치마를 입고서는 뛰면 안 된다는 소리를 들었다. 속옷이 보이니까. 그렇게 팔다리를 휘저으며 소리를 지르고 돌아다닐 거라면 치마를 포기해. 아니면 치마를 입고 얌전히 앉아있어야지. 분홍색 반짝이 레이스 세상과 소리 지르며 뛰어 노는 모래투성이 놀이터. 7살의 내 앞에 주어진 갈림길이었다. 아마 어머니 앞에서 엉엉 운 것도 이쯤이 아닐까 싶다.

나도 남자아이들처럼 멋지다는 소리를 들으면서 뛰어놀고 소리 지르고 크게 웃고 싶어. 근데 왜 나는 핑크색과 레이스와 반짝이를 이렇게 좋아해? 너무 서러워. 레이스 양말에 에나멜 구두에 치마를 입고 칼싸움을 하면, 왜 멋있다고 이야기해주지 않아? 팬티보인다고 높은 곳에 못 올라가게만 하고. 뭔가 이상해. 내가 여자로 태어나서 이런 것들을 좋아하게 된 거야?

당연히 아니다. 내가 여자로 태어났기 때문에 핑크색과, 레이스와, 반짝이를 좋아하는 게 아니었다. 내 또래에는 분명히 그런 것들을 싫어하는 여자아이도, 좋아하는 남자아이도 있었을 것이다. 하지만 당

연한 듯 핑크 투성이의 장난감을 선물 받으며 여자아이니까~라는 이
야기를 들으며 지낸 아이가 뛰어놀기를 좋아하거나 소리를 지를 땐
여자아이가? 하는 물음을 받을 때, 아이는 자신이 하는 행동이 기대
와는 다른 행동임을 인지한다. 원래 내가 해야 하는 행동이 이게 아
닌가? 하고 스스로에게 되묻게 된다는 것이다. 설령 그 '어머~ 여자
아이가 목청이 크네!'라는 말이 칭찬의 의미였을지라도, '어머~ 여자
아이가 핑크를 좋아하네!'라는 말은 들어본 적이 없다는 데에서, 스
스로의 행동이 '보통의 여자아이'의 것이 아님을 인지하게 만드는 것
이다. 어른들이 남자아이와 여자아이의 사이에 선을 긋고 구분하고
있으며, 기대하고 있는 모습이 다르다는 것을 아이들은 피부로 느끼
고 학습한다.

아이들은 그 누구보다 그 미묘한 지점을 잘 파악한다.

2. 장래희망은 남자예요

나는 사회는 물론이며 하물며 내 주변에서 어떤 일이 일어나는지
파악할 눈치도 없는 아이였다. 주변에서 어느 어른이나 아이들이 내
욕을 하면 이제 그만하지 하고 눈치를 주던 어린 나는 직접 말해주기
전까지는 멈추거나 물러서는 법이 없었다. 또 소심하기는 지극히 소
심해서 누가 그렇게 지적을 해주면 엄청나게 부끄러워하며 그 상황
을 벗어날 때까지 조용해지는 아이였다. 아무튼 그렇게 눈치 없는 아

이가 눈치 챈 것이 하나 있었나보다.

여느 유치원에서 그렇듯 장래희망을 말하는 시간이 있었다. 그리고 이 눈치 없는 아이는 자기 차례가 오자 '남자'가 되고 싶다고 발표한다. 당시 주변의 반응까지는 기억이 안 난다. 이때 이렇게 말했다는 사실도 최근 들어 지인이 '그때 너무 웃겼다'고 회자하며 말한 덕분에 갑자기 살아난 기억이다. 그 기억을 곱씹던 나는 내가 트랜스젠더인가? 하고 고민해봤다. 아니다. 나는 내가 사회적으로 부여받은 성별과 내가 가지고 있는 성별이 어긋난다고 느껴본 적이 없다.

유치원에서 좋아하는 여자아이가 있었던가? '어제 뭐 먹었어'라는 퀴어만화에서 주인공이 과거를 회상할 때 '여자가 되고 싶다는 마음이 있었는데, 시간이 지나고 나니 남자가 좋다는 마음만 남더라고.'라고 적힌 대사를 보고는 나 자신에게 되물었다. 그것도 아니었다. 당시에 나는 어느 남자아이에게 꽂혀서 열렬히 쫓아다니며 구애를 했었다.

그래서 이것도 저것도 아니면, 7살의 나는 왜 다른 아이들이 '의사', '변호사'를 말할 때 '남자'가 되고 싶었을까. 그러다 문득 기억했다. 나는 내 스스로의 성별을 부정하고 싶었던 게 아니라, '남자'라는 성별에 딸려오는 호칭과 이미지들을 가지고 싶었던 거였다.

TV를 틀면 나오는 사장, 의사, 변호사, 소방관, 경찰, 각종 직업들로 대표되는 사람들은 늘 남자의 모습을 하고 있었다. 영화 속에서 총을 쏘거나 악당들과 싸우거나, 시련을 겪고, 딛고 일어나 이야기를 주도하는 것도 대부분의 경우 남자였다. 주위를 봐도 아버지와 어머니는 비슷한 시간에 출근하시고 비슷한 시간에 퇴근했지만, 퇴근 후에 이런 저런 집안일을 해야 하는 것은 어머니였다. 명절에 할머니 댁에 가서도 전을 굽고 과일을 깎고 설거지를 하는 것은 모두 엄마, 작은 엄마, 할머니, 고모였다. 아빠, 작은아빠, 할아버지, 고모부는 그저 티비앞에 양반다리를 하고 앉아서 점잖은 척 이야기나 좀 나누다가, 과일이 나오면 먹고. 전이 부쳐지면 먹고. 그저 먹고 마시고만 할 뿐이었다. 나도 그러고 싶었다. 나도 앉아서 먹고, 자고, 티브이 보고 그런 거 더 많이 하는 사람 할래. 그래서 아빠랑, 엄마의 차이가 뭔데? 작은 아빠랑 작은 엄마, 아니면 할아버지와 할머니의 차이는?

221

편하고 멋있는 사람들은 다 남자구나.

그래서 이 눈치 없는 아이는 '나중에 커서 뭐가 되고 싶어?'라는 물음에 기다렸다는 듯이 '남자요!'라고 대답하게 된다.

아이들도 안다. 저울이 기울어져 있다는 걸.

3. 그리고 그 아이는 커서

그렇게 '평범하게' 나는 성장했다. 다른 여자아이들이 모두 겪는 '평범한' 경험들을 겪고, '평범한 여자아이'의 벽에 여러 번 부딪혀서 평범하지 않은 부분들이 다듬어지기도 하고, 다듬어지고 싶지 않은 부분들에 대해 고집을 부리기도 하며.

초등학교 체육시간의 '남자는 축구, 여자는 피구'라는 룰이 싫어서 어느 날 축구를 하겠다고 나섰다. 축구 되게 재밌어 보인다. 쌤 저도 축구할래요. 어? 얘들아 난달이도 축구한대, 좀 끼워줘. 남자아이들은 당연히 나를 석연찮아했다. 왜 룰도 모르는 게 시합을 하겠다고 나서. 너 축구 어떻게 하는지 알아? 설명은 나름 디테일하게 해줬던 것 같다. 하지만 몇 번의 핸들링 후 짜증을 한몸에 받고 나서는 한껏 위축되어서 다시 피구를 하는 소녀로 돌아갔다.

중학교 때는 숏컷을 했다. 남한테 예쁘다는 말을 듣는 것 보다 내가 내 모습이 멋져 보이는 게 더 중요했다. 예쁘다는 말보다 잘생겼다는 말을 더 많이 들었지만 그 말 듣는걸 좋아했기 때문에 문제가 없었다. 어느 날은 옆 반의 남자아이가, 얼굴도 잘 모르는 아이가 와서 나에게 '너 레즈비언이냐?'고 물어봤다. 아니라고 극구 부인했다. 정말 폭력적인 질문이었다. 내가 레즈비언이었다면, 그 앞에서 맞는다고 대답할 수 있었을까? 같은 반 안에서 그 공격적인 질문을 듣고, 나의 격한 부인을 듣고서 자신의 내면을 조금 죽인 성소수자가 한명도 없었을까?

고등학교 때는 이미 많이 다듬어진 상태였고, 다듬어지지 않았으면 하는 부분들은 꽁꽁 잘 동여매어 놓은 상태라서 딱히 글로 적을 만큼 기억에 남는 일이 있지는 않았다. 그저 무디어졌던 것 같다. 체념하고, 익숙해지고.

여차여차하여 나는 내가 원하던 대학교에 진학했고, 사진을 찍는 어른이 되어있었다. 이것저것 배우고 거쳐 가며 해보니 가장 적성에 맞는 게 사진과 영상이었다. 이제는 맘껏 반짝이는 것들과 좋아하는 것들을 찍으며, 소리 지르며 산다. 분홍색은 이제 좋아하지 않는다. 초등학교를 졸업할 때쯤엔 '너무 여자들이 좋아하는 색이라' 싫어하기로 했다. 고등학생 땐 '너무 사랑스럽고 귀여워서' 싫어했다. 이 당연한 듯 부여되는 이유들이 얼마나 복잡하고 여성혐오적인 단계를 거친 사고였는지 이제야 이해한다. 분홍색은, 이제는 그냥 너무 오랫동안 싫어하다보니, 좋아할 수가 없어졌다.

223

여자아이들에게 당차다, 기가 세다고 이야기하지 말자. 남자아이들은 듣지 않고 자라는 말이다. 남자아이들에게 계집애 같다, 왜 여자처럼 구냐고 하지말자. 스스로의 행동에 문제가 있다고 생각할 뿐만 아니라, '여자 같다'는 말이 욕이라고 생각하고 자라게 된다. 초-중-고등학교를 지나며 나는 남자아이들이 '계집애 같다, 여자냐, 호모냐'는 말을 욕설처럼 사용하는 것을 매일같이 들었다. 그리고 같은 공간 안에서 수많은 계집아이와, 호모가 그 말을 듣고 자랐다.

나는 분홍색 레이스 스커트를 입은 여자아이가, 넘어질 걱정 외에 다른 걱정은 하지 않고 뛰어다니고 소리칠 수 있는 세상을 만들기 위해 이야기를 짓고 사진을 찍는다.

그리고 당신도 그래주었으면 한다.

224

강드림

굶어죽고 싶지 않은 **베짱이**인데다
인생을 **취미**로 사는 비운의 **국회의원**,
21세기 **기생** 강드림

기생이 되고 싶었다.

그것만이 내 남은 생애를 이 사회에서 기생할 수 있는 거의 유일한 수단이라고 생각했다. 까탈스럽기가 하늘을 찌르는 나는 아무 일이나 하면서 이 사회에 기생할 수 없는 인간형이었다. 사실 딱히 이 사회에 기생하고자 하는 마음이 그다지 강렬하지도 않았다. '아님 말고' '굳이'를 인생 최고의 지침이라고 여겼던 나에게 인생이란 그다지 위대한 것이 되지 못했다. 내가 원해서 태어난 것이 아닌 만큼 살아가는 건 마땅히 내가 원하는 방향으로 진행되는 것이 옳다고 생각했다. 나의 욕망보다 더 우선시 되어야할 가치는 없었다. 따지고 보면 나라는 인간의 시작점부터가 아버지의 욕망에서 비롯된 것이 아닌가. 그때 아버지가 조금만 이성적으로 행동하였다면 내가 태어나는 일은 존재하지 않았을 거다. 그러므로 지금 내가 욕망이 가리키는 방향에 따라 움직이는 것은 몹시 자연스러운 결과다.

기생은 단순히 몸을 파는 직업이 아니다. 술자리 시중을 들고 잠자리를 나누는 것은 기생의 지극히 일부분이다. 기생의 진가는 경청과 위로에서 발휘된다. 기생의 귀는 세상 그 누구의 어떤 이야기라도 편견 없이 귀담아 들을 수 있는 도량을 지니고 있어야 하며, 기생의 입은 그것이 어떤 분야라 할지라도 그에 대한 자신의 생각을 답할 수 있는 종합적인 소양을 가지고 있어야 한다. 기생은 그저 몸이나 파는 사람이 아니라 감성을 파는 사람인 셈이다. 지금 시대로 따지자면 멘토나 심리상담사의 역할이라고 이해하면 쉽겠다. 그다지 사회 친화적이지 못한 외모를 가지고 있지 못한 내가 기생이라는 직업에 흔들렸던 것은 바로 이 대목에서였다. 기생이야말로 지금까지 내가 걸어온 온갖 잡스러운 공부와 경험들을 실용의 형태로 녹여낼 수 있는 직업군이라고 판단했다. 내 손을 거쳐 갔던 그 수많은 소설과 영화와 만화는 결국 나라는 인간의 공감능력을 향상시키게 된 중요한 훈련이었다고 둘러댈 수 있기 위한 명분이 바로 기생이다.

227

기생이 가진 심리상담사의 기능을 생각한다면 지금 시대에 얼마나 의미가 깊은 직업인가. 유사 이래 지금처럼 인간이 고립되고 허무함을 동반한 외로움을 느끼는 시대가 없었다. 현대의학의 발전은 수천 년에 걸쳐 인간을 괴롭혀온 전염병은 극복했지만 우울증만은 어쩌지 못했다. 도리어 폭발적인 증가세다. 전염병으로 죽는 인류는 감소하고 있지만 우울증으로 자살을 택하는 인류는 늘어나고 있다. 세상이 복잡다단해지면서 마음의 병이 점점 깊어져가지만 우린 그것을 어떻게 접근해야 하는지 갈피도 잡지 못한 채 막연히 바라보다가 안타까운 사연을 접하고 난 후에야 탄식을 하고 마는 식이다. 우울증으로 대표되는 마음의 병은 이제 현대판 감기와 같이 흔한 질병이 될 것이다. 그것을 관리하기 위한 범국가 차원의 제도가 필요하다. 어쩌면 내가 기생이 되려 한 것은 국가의 일을 스스로 도맡고자 한 일이 될른지도 모른다. 나의 욕망에 따라 움직인 일이 국가적인 복지로 이어진다니. 개인의 즐거움이 사회의 이익에 연결되는 매우 좋은 예라고 할 수 있다. 기생으로서의 나의 존재는 이미 이 나라의 작은 보건소나 다름없었다.

그래서 나는 6년 전 홍대에 〈인간실격패 알고 보니 부전승〉이라는 이름의 기생집을 차렸다. 많은 이들의 우려에도 불구하고 변신에 변신을 거듭하여 현재는 제주에 게스트하우스의 형태로 시즌6점을 운영하고 있다. 딱히 친절하지도 않고, 고객만족보다는 주인만족을 우선시했고, 걸핏하면 문 닫고 여행 떠나는 불성실한 사장이었지만 나는 망하지 않았다. 이유는 간단하다. 손님의 지갑을 공략한 것이 아니라 외로움을 공략했기 때문이었다. 손님을 왕으로 모시는 것이 아니라 친구로 대했다. 그리고 술을 따라주고 이야기를 들어 주었다. 분위기에 따라 즉흥으로 연주를 하고, 시를 쓰고, 요리를 하면서 기생질을 했다. '이런 공간이 없어지는 건 사장의 손해가 아니라 손님인 내 손해'라고 생각한 사람들이 생겨나기 시작했다. 경기가 아무리 어려워져도 이런 가게는 망할 수가 없다. 뜻하지 않게 나는 내게 사업에 소질이 있음을 발견했다.

그런데 나는 왜 기생이 되어 인간의 얘기를 듣고자 했을까. 그것은 일종의 채집이었다. 어릴 적부터 남부럽지 않게 재미없고 가족 간의 대화가 단절된 가정에서 조용하게 양육되었던 내게 몇 안 되는 탈출구는 바로 이야기였다. 어디로 나가야 할지도 왜 나가야 하는 지도 잘 모르는 어린 시절이었지만 이야기를 타고 나가본 세계는 언제나 흥미로웠다. 나는 이 재미없는 현실에서 드라마를 만나고 싶었던 건지도 모른다. 기생이 된 내게 털어놓는 사람들의 이야기는 보통 비극적인 드라마인 경우가 많았다. 나는 매일 밤 살아있는 드라마를 보고 있는 기분이었다. 묵묵히 듣다가 추임새도 넣어보고 결말에 작은 의견도 더해보고, 이것은 일방적으로 전달받는 방식이 아니라 쌍방으로 교환하는 드라마였다. 나는 그 과정에서 이야기의 참맛을 느꼈고, 그것이 확장되어 사람들의 이야기를 채집하기에 이르렀다. 나는 사업을 하는 동안 매출장부는 대충 넘어가는 경우가 많았지만 인물장부에 대해서만큼은 정성을 다해 기록해나갔다. 그것은 내가 바라본 지금 시대 인류에 관한 중요한 실록이었다. 기생은 내가 이 세상과 마주하는 하나의 방법이었던 셈이다.

기생이 된 것을 욕망의 일환이라고 밝혔지만, 그 이전에 그것은 사업이어야 했다. 그 일을 하면서 먹고 살아야 했던 것이다. 이 나라에서 하고 싶은 일을 하면서 먹고 사는 것은 채 1%가 누릴까 말까한 거의 기적에 가까운 일이다. 대다수의 직장인들의 모습은 '살아간다'기보다 '버텨낸다'에 가까워 보인다. 이 나라에서 먹고 산다는 것은 이토록 고통을 담보하는 일이 되었다. 그러면서도 언젠가는 이 지옥을 탈출하여 나만의 낙원에서 살리라는 희망을 갖고서 살아간다. 나는 참을성이 부족하기 때문에 나중이라는 것을 믿지 않는다. 그래서 바로, 지금 여기에서, 내가 좋아하는 일을 하면서 먹고 살고 싶었다. 외제차와 아파트를 못 사도 상관없다. 돈은 외제스쿠터를 타고 여자친구와 교외에 드라이브를 다닐 수 있을 만큼만 벌면 된다. 사회에선 걸핏하면 청년들에게 꿈을 꾸라고 강권하고 있다. 그 말을 하려면 최소한 꿈을 실현하기 좋은 사회적 조건들을 갖추고 그런 소리를 해야 하지 않을까. 나는 내 삶을 통해 직접 보여주고 싶었다. '이렇게 살아도 먹고 살 수 있다'고. 다양성이 존중되는 사회란, 다양한 사람들이 다양한 형태로 삶을 살면서 적정한 소득을 얻으며 행복하게 살 수 있는 세상이어야 한다. 나는 개미도 베짱이도 모두 행복하게 살 수 있는 세상을 꿈꾼다. 베짱이의 노래가 없다면 개미는 결코 열심히 일할 수 없을 테니까.

230

불황이다. 앞으로 경기는 점점 침체될 것이다. 기업체의 신규채용이 늘어날 리도 만무하다. 문을 닫는 가게들은 점점 늘어날 것이고, 각종 묻지마 범죄가 더 많이 들려올 것이다. 우리에겐 희망보다 어두운 미래가 기다리고 있다. 이런 때일수록 필요한 것이 무엇인지는 나도 사실 전혀 모르겠다. 근데 이것만은 확실하다. 이 세계가 언제 우리에게 협조적이었던 적이 있었나? 그리고 이 세계가 우리에게 친절해야 할 이유가 있나? 결정적으로 당신이 이 세계에서 반드시 주인공이 되어야 할 이유가 있나? 그런 착각에서만 벗어나도 삶의 무게가 조금은 더 가벼워지지 않을까 싶다. 나는 이 사회를 주도하는 뭔가가 되기보다 이 사회에 기생하는 존재가 되길 택했고, 이 사회에서 내 얘기만을 강하게 소리치기보다 타인의 이야기를 들어주는 기생 같은 존재가 되길 택했다.

설마하니 이런 삶을 밀려난 인생이라고 말할 수 있을까. 사실 세상에 주인공이란 게 있을 리가 없다. 각자 자신만의 영화를 찍으면서 때로는 감독이 되고 때로는 주연이 되고 때로는 카메오가 되기도 하는 것이다. 이 모든 사람들이 하나의 작품을 찍고 있다고 믿는 것은 매우 어리석은 착각이다. 우리는 결코 하나가 아니다. 그것은 우리를 하나로 뭉치게 만들어서 손쉽게 조종하려는 자들의 음모일 뿐이다. 우리는 모두 다르다. 억지로 뭉쳐있을 이유도 없다. 대신 각자의 존재에 대해서 존중하는 자세만 잊지 않으면 된다. 내가 기생이 된 것도 결국 다양한 인간군상들이 갖고 있는 시선에 대해 공감하려던 이유인 것이다.

눈에선
반짝반짝한 **다이아몬드** 호수가
구름에 가린 해를 대신하고 있는
저신장 **연극배우**

김유남

내일은
어제 뭐가 힘들었을까?

글을 쓰기에 앞서 나는 93년생의 저신장 배우이다. 선천적으로 '다발성골단이형성증'이라는 희귀난치질환을 앓고 있다. 키는 132㎝의 작은 키에 준수한 귀염상 외모이다. 유전적으로 질환을 앓고 있으며, 나는 엄마 유전이다.

주위에서 말하길 난 쾌활하고, 유머러스하며 주위에 밝은 기운을 준다고들 한다. 하지만 나는 오늘까지 24년을 살면서 얼마나 힘들었을까? 이 글을 쓰며 나도 생각해 본적 없는 질문과 의문, 그리고 동정으로 고민해보려 한다.

어려서부터 나의 짧은 팔다리가 이상하진 않았다. 우리 엄마 또한 그러하였으니까 아버지는 솔직히 이젠 기억이 나질 않는다. 같이 살

앉던 기억이 없으니까. 단지 아주 가끔 1년에 한 손에 셀 수 있을 정도 오셨던 기억이 있다. 그렇다고 지금 우울해서 글을 쓰고 있는 것도 아니다. 그냥 내가 살아온 집안환경은 가난했지만 엄마 혼자 날 키워주셨고, 엄마 덕에 오늘까지 나는 잘 살아왔다.

우리 엄마는 내가 걷기 시작하면서 "내 자식도 나와 같은 질환을 앓고 있구나."하셨다고 한다. 걷기 시작하면서 뒤뚱거리고 금방 지쳐버리는 나를 보고서 말이다. 엄마가 어렸을 때는 오늘날처럼 치료기술이 흔하지 않았을 뿐더러 완화 시킬 수 있는 나은 방법을 몰랐을 것이다. 엄마는 힘들지만 어쩔 수 없는 상황으로 다리도 아프고 허리도 아프지만 걸어 다녔을 것이다. 외할머니 또한 주위의 의견으로 사이비종교에서 고칠 수 있다하여 의학지식도 없는 곳에 가서서 고쳐 보려고 애쓰셨을 것이다.

4살이 되던 해 나는 첫 번째 수술을 하였다. 양쪽다리 골반부터 발목까지 쇠를 박고 고정시키면서 반듯하게 다리를 펴는 수술. 엄마는 잘 걷지도 못하시는 다리로 내가 타고 있는 휠체어를 끌며 바람을 쐬게 하고, 병원에 있는 교회에 가서 기도를 하시며 우셨던 기억이 난다. 다른 기억은 나지 않는다. 너무 어렸을 때라 그런가?

유치원에 들어갔을 때 나는 공부를 잘했다. 아마 그럴 것이다. 아무튼 유치원 친구가 나를 놀렸단다. 난 몰랐다. 나를 놀린 친구를 a라고 칭한다면 b라는 다른 친구가 혼나고 있었다. 선생님은 나를 불러 a

234

가 널 놀렸냐 물으셨다. a가 나를 놀려서 b가 화가 나서 싸웠단다. 과연 동정이었을까 생각해본다. 예고한다. 아마 다음 문단의 길이는 늘어날 것이다.

초등학교에 입학했다. 다른 특수학교도 있었지만 일반 초등학교에 입학했다. 물론 내가 아닌 엄마의 선택이었다. 아마 동네에 93년생인 친구들이 많아서다. 학교는 아파트 담을 돌아 육교를 건너면 있는 화정초등학교였다. 학교가 가까워서 보냈을 수도 있겠다고 지금 생각해본다. 물론 나한테는 먼 거리였지만 새로운 친구들도 만나고 어색하지만 같은 유치원 다닌 친구들도 있었기 때문에 나쁘지 않게 1학년이 시작되었다. 어느 하나 예외로 빠지는 건 없었다. 잘못을 하면 손바닥 회초리를 맞았고, 청소 또한 다 같이 책상도 밀었고, 일주일에 한번 교실 바닥을 철 수세미로 닦았고, 뛰어다니고, 훌라후프 돌리고, 운동회하고……. 운동회는 옆집 친구의 엄마가 같이 활동해줬다. 옆집 친구는 기분이 안 좋았을 수도 있었을 텐데.

초등학교 2학년 인간극장이라는 프로그램에 '작은 거인 4형제'라는 제목으로 왜소증 4형제가 방영이 되었다. 우리 엄마가 그것을 본 것이다. 눈에선 반짝반짝한 다이아몬드 호수가 구름에 가린 해를 대신하고 있었다. 그냥 내 상상으로 그러지 않았을까 표현해본 것이다. 지금의 표현을 한 내가 자랑스럽다. 초등학교 2학년! '일리자로프' 첫 수술을 하며 다큐멘터리도 찍었다. 며칠 전 그 때의 방송을 비디오테이프로 보게 되었는데 너무 슬프더라. 그 조그마한 1m도 안 되는 어린아이가 앞니가 빠진 채로 웃고 훌라후프 돌리고 보조기를 차고 뛰어다니고. 담임선생님께서는 급우들에게 "자 유남이 수술 잘 받고 오게 인사하자~ 유남아 수술 잘 받고 건강해서 와" 하신다. 관심은 좋았지만, 부끄럽고 울컥했던 감정이 기억나고 지금 또한 동감된다. 수술할 병원에 도착해서 "슈퍼맨~"을 외치며 내리는 내가 있다. 미친 놈. 하지만 내 표정은 겁을 먹고 있었다. 인터뷰 중 "꿈이 뭐냐"는 질문에 난 "의사가 되고 싶어요. 아픈 사람들 고쳐주고 아픈 사람들 기쁘게 해주고."라 답했다. 수술실에 들어간다. 하루 동안 금식을 하고 침대가 움직인다. 나는 다 벗고 있다. 속옷까지 다. 나는 솔직히 무서웠다. 수술에 대한 인식이 있으니까. 그래도 웃고 있었다. 엄마를 걱정시키고 싶지 않았던 것도 있었다. 그렇게 웃으며 수술실에 들어갔다. 약을 넣고 마스크를 씌운다. 하나. 둘. 셋. 네엣. 다섯⋯⋯. 춥다. 난 울고 있다. 눈은 안 떠진다. 운다. 수술 다 끝나고 회복실이다. 난 안 슬픈데 운다. 엄마도 운다. 손을 잡고 있다. 병실로 올라간다. 잠도 못 자게 한다. 풍선을 분다. 입 아프다. 왜 불어야하지? 그래. 수술은 잘 끝났다.

일주일 뒤 나를 지탱해주던 다리는 사형수에서 풀려났다. 처음 사형수를 마주했다. 무섭다. 겁났다. 영화나 TV에서 왜 사형수들의 손을 빼지 않고 묶어두는 이유가 이 때문일까? 처음 보는 살벌함. 붕대를 풀자 내 무릎부터 발목까지 철심들이 관통하고 있고, 두꺼운 나사핀이 살 깊숙이 박혀있었다. 처음 봐서 놀랐을 뿐 나중엔 내가 소독하고, 그 큰 대학병원 전체를 혼자 휠체어를 타고 돌아다니고, 간호

236

사 누나들한테 말 걸고, 꼬시고.

4학년. 2차 수술을 했다. 많은 기억은 없다. 수술에 대한 익숙함이었을까? 이번엔 허벅지 부분을 했다. 전엔 종아리부분이어서 자유로운 감이 있었지만 이번엔 움직임이 너무 힘들었다. 그리고 아마 이때쯤 난 꿈이 바뀌었다. 의사는 공부를 엄청 잘해야 한단다. 미술치료가 재밌었던 나는 화가를 꿈꾸게 되었다. 그 후론 잘 놀았다. 너무 재밌었던 기억밖에 없어 줄인다.

고등학교는 실업계 고등학교를 가고 싶었다. 내가 하고 싶은 것은 예술이었기 때문에 책으로 하는 공부보다 여가시간에 특기와 취미로 자기계발을 할 수 있다고 생각했다. 고등학교 생활의 시작은 싸움 잘하는 척에서 시작했다. 내가 귀여워 보일 것이라는 걸 알았다. 성공적. 1학년 중반쯤 담임선생님과의 진로상담이 있었고, 선생님은 내게 개그맨이라는 직업을 추천해 주셨다. 내가 친구들과도 잘 지내고 선생님들께도 위트 있게 잘 기어오르는 모습 때문이라고 하신다. 개그맨이라는 꿈을 듣자마자 나는 미소가 번졌고 '이게 진짜 하고 싶은 것이구나.'라 확정하게 되었다. 전부터 나는 치료에 대한 꿈을 가졌다. 목사, 의사는 공부를 많이, 그리고 잘해야 한다 해서 미술치료인 화가에 또 끌렸었지만, 이번엔 그저 '개그맨'이라는 단어에 매혹됐고 연기에 흥미가 생겼다. 그 후로 난 지금까지 연기를 하고 있다. 연기학원을 다니며 정말 좋은 선생님을 만나고, 그 선생님 덕분에 많이 발전을 하게 되었고 꿈을 잃지 않게 붙잡아 주셨다. 학원비도……

237

내일은 어제 뭐가 힘들었을까

이 말은 선생님께서 당시에 비밀로 하자고 하셨기에 많이 도와주셨
다고만 말하겠다.

대학교는 예원예술대학교 연극영화코미디학과를 나왔다. 전혀 다
른 친구들과 선생님들을 만나는 전혀 다른 곳에서의 새로운 생활은
날 미친 듯이 설레게 했다. 첫 경험에 대한 무서움들이 익숙해지면서
설렘으로 바뀐 거겠지? 캠퍼스의 꿈이 수업 듣고 과제하고 점수 매
기고 고등학교 때와 별반 다르지 않았다. 하지만 내가 연기를 하고
있다는 것.

238

학년이 올라가면서 친구들이 새로운 길을 찾아 떠났다. 정말 아쉬
웠지만 내가 붙잡을 수는 없었다. 잡고 있는 것이 얼마나 힘들고, 포
기하는 것 또한 정말 힘들다는 것을 알기에. 4학년 개강 전, 내 다리
에 문제가 생겼다. 발을 딛을 수 없을 정도로 무릎이 아픈 것이다. 그
렇게 성인이 된 후 첫 수술. 엄청난 아픔이 있는 제일 최근의 아주 큰
기억이다. 소중한 친구가 내 옆을 떠나갔고, 엄마에게 상처 줄 것을
알지만 내가 버티지 못할 것 같아서 상처를 주었다. "엄마, 정말 미안
해……. 정말 미안한데 엄마가 대신 아팠으면 좋겠다." 이 때 생각만
하면 지금도 울먹거리게 된다. 하지만 후회는 안한다. 이 말을 하지
않았다면 그 당시의 아픔이 내 안의 어딘가로 숨어들어 갔을 테니까.
내가 한 말로 난 더 끈덕져졌으니까.

'많이 힘들었다.'라는 표현을 나는 굳이 기억하지 않았다. 이 글을

쓰면서 되새겨 보니 당시에 '힘들다'라는 것이 지금의 '행복하다'를 만들어 준 것이라고 느낀다. 지금이 힘들다면 방법은 없다. 그 시기를 잘 보내면 지금의 '힘들었다'가 내일의 '지금 행복하다'로 바뀔 것이다. 지금 행복하면 되지 않느냐.

때때로 친구들에게 가식적인 위로를 한다. "나 같은 장애인도 하는데 넌 못하겠냐?" 속으로는 '나 같은 장애인이어서 하는 거야(ㅋㅋㅋ)'라는 생각을 하면서. 벌써 대학을 졸업하고 대학로에서 배우로 작품을 하고 있다. 이 글을 쓰고 있는 지금도 공연을 올리기 위해 날마다 연습 중이다. 내일은 어제 뭐가 힘들었을까?

순간의 이렇고 저런 것들
그리고 내가 너무도 나이던 때

유
지
영

나에 대해 생각하기

나는 나에 대해서 생각하는 것을 좋아한다. 나에 대해 생각하지 않는다는 것은 왠지 나를 잃어가고 있는 느낌이 들어 마음이 무거워지곤 한다. 사실, 기쁘고 행복한 순간에는 앉아서 그것들을 생각하는 시간이 그리 길지 않다. 무언가 내 안에 문제가 있을 때에 생각의 꼬리잡기가 시작되는데 그것들은 하면 할수록 긍정적 결과에 도달하기보다는 보통 더욱 답답한 문제들과 얽혀 더 무겁고 우울한 것들이 되었다. 이런 순간들에 괴로울 때면 펜을 들어 머릿속의 생각들을 적어내려 갔다. 이렇게 하면 어쩐지 마음이 느슨해지고 가끔은 눈물도 났다.

이 순간의 기록이라는 것은 사실 매우 어려운 일이다. 머릿속 생각들을 글로 담아내려 하다보면 자꾸 내 머릿속에 없던 말들을 만들어내기 마련이기에. '순간'의 생각은 말 그대로 '순간'의 생각이라 그 찰나를 잡기엔 시간이 너무도 빨리 흘러버리는 것이다. 그러니 내가 어떤 생각을 그 생각이 지나가기 전에 완전하게 적어내리는 것은 불가능할지도 모른다. 생각을 옮기다 보면 더 좋은 단어, 말들을 적어내려 하게 되고, 그러다 보면 순간의 생각은 이미 흘러가고 없으니까. 혹시, 술을 왕창 마시고 필터의 기능이 약화되었을 때 혹은 감기약에 취해 몽롱할 때 펜을 들어 글자를 써내려간다면 어떨지 모르겠다. '순간'의 생각을 정말로 포장 없이 기록할 수 있을지.

그래서 나의 기록들은 주로 술을 한두 잔 마신 상태에서 적어 내려간 순간, 관계 그리고 마음들에 대한 것이다.

242

1. 순간

바람냄새

계절이 가을에서 겨울로 넘어가는, 좀 더 정확히는 겨울에 더욱 가까워질 때쯤이었다. 고등학교 1학년의 나는 아침잠이 유독 많아 이른 새벽 알람소리가 두세 번 정도 지나고 나서 겨우 일어나 교복을 입었다. 특히 날씨가 추운 새벽에 일어나는 것은 더욱 힘들었다. 해가 늦게 떠서인가. 왠지 하루를 시작한다는 느낌이 덜 하달까. 해도 없으니 따뜻한 이불 속을 나오는 것은 더더욱 힘들고.

그럼에도, 이 추운 아침 등굣길이 좋은 이유가 있었다. 빈지노의 나이키슈즈를 듣고 엄마가 싸준 사과를 한 입 베어 먹으며 지하철역까지 걸어가는 것. 양치하고 바로 베어 먹는 사과는 약간 씁쓸했고, 코로는 가을에서 겨울로 넘어갈 때쯤 나는 그런 바람냄새가 들어왔다. 나는 계절의 변화를 바람 냄새로 미리 짐작하곤 하는데, 이 날의 바람냄새는 왜인지 더 특별했다. 여전히 나이키슈즈를 들으며 길을 걸을 때는 그 순간 사과의 씁쓸함과 차가운 바람냄새가 느껴졌다. 그리운 순간들이 쌓이고 있는 것이다.

그 때의 나

내 서랍장 가장 마지막 칸은 추억 저장소이다. 이사 오면서 여기저기 흩어진 편지며 사진들, 그리고 추억의 폴더폰들까지 버리지 못하고 가지고 있던 것들을 한 군데 모아 나름대로 '추억 저장소'라고 이름을 붙여보았다. 이 중 중학교 때 찍었던 스티커 사진을 한 장 발견했는데 잊고 있었던 나의 똥꼬발랄하던 그 시절이 떠올라 웃음이 났다. 나는 수업시간 외에도 거의 만날 교무실로 달려가 원어민 선생님과 이야기하고 싶어 했다. (약간 거의 돌진이었다) 영어가 좋다기보다는 다른 나라의 사람과 이야기하고 다른 문화를 경험하는 것에 흥미가 있었던 듯하다. 결국 선생님과 나는 매우 친한 사이가 되었고, 선생님에게 한국 문화를 소개시켜 주고 싶었다. 선생님께 명동 구경을 시켜드리기로 하고 친한 친구 둘을 꼬셔 함께 서울투어에 나섰다. 나와 친구 둘, 그러니까 우리 셋은 점심으로 피자 한 판을 나눠먹고 선생님은 피자 한 판을 혼자 다 드셨다. (그 때의 나는 일인 일피자가 괭장한 충격이었다.) 그러고 나서 우리는 기념으로 스티커사진을 찍게 되었는데 나는 이상한 광대가발을 쓰고 장난스러운 표정으로 선생님 옆에 서있었다.

참 아이러니한 것은 이 장난스러운 소녀의 모습은 지금의 내가 그토록 바라는 나의 모습이다. 어렸을 적에는 화장도 하고 예쁜 옷도 마음대로 입을 수 있는 어른이 되고 싶었는데 그것들을 아무렇지 않게 하는 지금의 나는(물론 정말 어른이 된 것은 아닐지라도) 저 소녀의 모습이 너무나 부러운 것이다. 좋아하는 것이 있으면 주저 없이 들이대고 필요하다면 귀여운 집착까지도 할 수 있는 그런 순수함 말이다.

여름이 좋은 이유

누가 나에게 '너는 여름이 좋아? 겨울이 좋아?' 라고 물으면 나는 주저 없이 '여름' 이라고 대답했다. '겨울은 아침 꼭두새벽부터 밤까지 하루 종일 추운데 여름은 낮에는 덥지만 밤에는 그래도 시원하잖아~' (그러나, 요즘은 그것도 아닌 것 같지만) 또 다른 이유를 떠올리자니 바로 오늘, 좋은 이유가 떠올랐다. 자전거 타고 땀범벅이 되어 집으로 돌아오니 뭔가 하루 종일 열심히 산 것 같은 그런 느낌이 들었다. 같은 일을 해도 뭔가 더 최선을 다한 하루 같은 느낌.

① 밤을 즐길 수 있어서
② 밤에 치맥을 즐길 수 있어서

2. 관계

엄마의 전화

오랜만에 친구들을 만난 어느 날이었다. 우리는 서로의 엄마에 대해 이야기를 했다. 나는 한 번도 생각해 본적이 없는 것만 같은 '이상신'이라는 사람을 떠올렸다. 마음이 아팠고 행복하게 해주고 싶다는 생각을 했다. 나의 엄마로서가 아니라 그냥 그 자체의 인간으로서 마음을 다잡았고 성공하리라. 며칠 뒤, 엄마의 전화 한 통을 받았다. '뭐해라, 그래야한다, 왜 그랬냐' 엄마에 대해 가지고 있던 안쓰러움의 마음을 벌써 다 잊었다. '휴, 알았어, 뭐, 왜, 응' 나는 짧은 말들, 가벼운 말들을 내뱉고 만다.

나는 너무나 이기적이다. 내 마음 편하자고 그 사람을 생각하고 또 내 마음 편하자고 쉽게 잊는다. 나의 못나고 이기적인 마음에도 한결같이 바라봐주는 사람인데. 그 마음을 조금은 알면서도 너무 잘 잊는다. 또.

관계의 집착

모든 관계들을 잘하려고 노력하다 보면 사실은 지치고 상처받게 된다. 무조건적으로 일방적인 관계는 거의 없기에 기대하게 되고 바라게 되는 것이다. 나 또한 그러한 관계들에 집착하고 상처받았던 적이 있다. 그러다 보면 결국 나의 자존감의 문제까지 들춰지게 되는데 때로는 어떤 트라우마로 남아 나를 괴롭혔다. 이 기록은 내가 그러한 관계의 집착에서 얻은 자존감의 추락에 대한 것이다.

나라는 사람이 초라해 보이지 않게 방패를 만들어 두었다

늘 막고 막아 속 안의 것들이 보이지 않도록 무던히 애썼다

그 방패들이 사실 아주 비겁한 것들이었음에도 불구하고

나는 그 쓰레기들마저 사라지면 어쩌나 하고 두려워했다

그 안의 사실들이 밝혀지면 그런 사람으로 보여질까봐서

그런데 언제부턴가 그 방패를 내 것이라 믿는

내 자신이 초라해지고 지겨워졌다

나는 그 방패를 들지 않으면, 나를 가리지 않으면

누군가의 앞에 설 수도 없는 사람

그래서 자꾸 몸이 비틀어지고, 휘어버려

마음이 뭉겨져 버리게 되었지.

3. 마음

입장차이

술 한 잔 마시며 친구와 이야기했다. 그 때의 나는 마음이 아팠고 지니가 있었으면 좋겠다고 생각했다. "만약에 지니가 나타나서 나한테 소원하나 말해보라고 하면 나는 내가 좋아하는 사람의 마음을 얻게 해달라고 빌 거야" 나는 시작이 하고 싶었다. 그랬더니, 내 친구는 이렇게 소원을 빌겠다고 했다. "그 사람의 마음이 변하지 않게 해주

세요." 그 말에 마음이 쿵 가라앉는 듯 했다. 그 마음을 가지면 나는 그걸로 된 거라고 충분히 행복할 거라고 확신했는데, 그 마음이 변할 수 있다니 가지는 것이 두려워졌다. 왜 마음은 변해서 또 고민이게 되는 걸까.

감정 바라보기

가끔 나는 마음이 아픈 그런 상태를 즐기는 것 같기도 하다. 그것이 얼마나 상처이고 아픈지 알면서도, 자꾸만 생각해서 그 감정을 크게 만들어 버리고 마음에서 떠나지 않게 붙들어놓곤 한다. 내 안에 그런 감정들을 담아두고는 막상 다른 사람의 아픔은 모른 척 할 거면서. 어쩌면 같은 상처를 주기도 하고.

나는 나에 대해서 생각하는 것을 좋아한다. 그럼에 어떤 좋기도 한 순간의 또는 괴롭던 순간들의 기록은 끝나지 않을 것이다. 내 안에서 생겨나는 문제들은 가볍게 사라질지도 또는 더 무거운 것이 되어 나를 괴롭힐지도 모른다. 그치만 나는 그 안에서 생겨나는 모든 고민들을 못 본 척 하지 않으며 살펴보려 애쓰고 싶다. 너무 복잡해질 때쯤이면 순간의 바람냄새에 쿵쿵거릴 줄도 알고 하늘을 보고 오늘의 하늘의 매우 아름다움을 느낄 줄도 알면서.

오세영

Philokalos : brille brille petite etoile

새벽 3:37분에 쓰는
현재 이 시각, 이 시점, 지금

　텅 빈 공간만의 시원함과 서늘함, 그리고 공허함. 어쩌면 외로울 수도, 우울할 수도 있는 그런 공간. 하지만 나는 공허함 속의 상상으로 그 공간을 채워 넣는다. 상상속의 공간이지만 나만의 세계가 존재하는 그런 공간. 공간 속의 공간에 나는 세상을 그리고 사람들을 그리고 나를 그린다. 그 안의 나는 그것에 대해 가장 잘 아는 사람이자 그 공간을 가장 모르는 사람이다. 내가 그 공간의 창조자이지만 앞으로 내가 무엇을 그려 넣을지는 나조차도 예상 할 수 없다. 다만, 하나 확실한 것은, 내가 영원히 그 공간의 주인공이라는 것이다.

　나의 손끝이 닿기 전의 그 공간은 매끈한, 하얀, 부드러운, 꺼슬꺼슬한, 그리고 깔끔한 그런 공간이다. 자세히 살펴보면 무작위로 생긴 자글자글함 속에 일정한 결의 나무들의 숨결이 느껴지고 그들의 살결이 느껴진다. 그들은 나만의 공간을 만들기 위한 하나의 과정 속 일부분으로서, 나는 그들의 희생을 감사하게 받아들인다. 그리고 나는 경건한 마음으로 '나만의 공간'을 만든다. 텅 빈 공간, 내 모든 것이 담긴 공간. 그 하얗디하얀 세계.

"종이는 언제나 제 곁에, 가까운 곳에 있었습니다. 서늘한 어느 가을 밤 졸린 눈을 비비며 공부를 할 때도, 수업시간에 몰래 친구들과 조곤조곤 우리들만의 이야기 방을 만들 때도, 그리고 새까만 밤하늘의 폭포같이 쏟아질 듯한 별들을 보며 그림을 그릴 때도. 항상 제 주변 어딘가에 있던 종이는 그렇게 제 삶에 녹아들어 제 인생의 일부가 되었습니다. 다른 이들에게는 그저 쓸모없는 빈 종이 쪼가리도 저의 이야기가 담긴 손 끝 푸른색의 물결치는 움직임의 흔적들로, 저에게는 하나의 가치 있는 그릇이 되었습니다. 제가 앞으로 제 인생에 대해 무엇을 하며 살아갈지 정한 후부터 저는 종이와 더욱 가까워졌습니다. 샤샤삭 거리는 종이 소리, 비가 오면 조금은 눅눅하지만, 따스한 햇살의 냄새가 나는 종이와 함께하는 시간이 많아질수록, 저는 비어있는 종이의 매력에 깊이 매료되었습니다. 그리고 살랑거리는 바람과 같이 저에게 숨 쉴 구멍을 내어주는 종이는, 앞으로도 저와는 '꿈을 함께 하는' 동반자로 남을 것이라 믿어 의심치 않습니다."

이 글은 내가 대학 입시 때에 자기소개서 중 마지막 문항인 '자유로운 주제를 정하여 글쓰기'를 선택하여 쓰게 된 글이다. 대학 입시 시절이었으니 지금 벌써 4년 정도 되었다. 무릇 모든 글들이 그러하겠지만, 입시라는 상황의 어두운 길의 끝에 보이는 작은 빛으로 인해, 희망에 부풀어 꿈을 향해 나아가는 설렘을 안고 썼던 철없지만 순수했던 내가 쓴 글을 보니 적지 않은 충격으로 다가왔다. 그리고 지금의 나와는 다소 다른 모습이 보인다는 충격과 함께, 어렸던 나에게로의 질문이 끊임없이 머릿속을 강타했다. 나는 저 때 빈 공간을 보고 무슨 생각을 했었지? 그림을 그리며 어떤 감정을 느끼며, 어떤 표현과 색으로 감동을 전해주고 싶었을까? 어떻게 저런 어설프지만 풋풋한 묘사를 떠올려서 부끄럼 없이 누군가에게 보여줄 수 있었을까? 하는 등의 여러 가지 질문과 부끄러움, 하지만 지금의 나에게는 결여되는 당시에만 가지고 있던 자신감과 당당함에 대한 부러움과 동경이 물 밀리듯 쏟아져 들어왔다. 그와 함께 현재의 나에 대한 회의감도 생기며. 오랜만에 꺼내 열어본 과거의 나의 정서와 가치관은 현재의 내가 살고 있는 모습을 되짚어 생각해보는 시간을 가질 수 있는 동기가 되기에 충분했다. 마침 또, 작업에 슬럼프가 온 시기라 더더욱 그랬다.

2016년 가을학기, 즉, 원래대로라면 3학년 2학기에 긴장하며 마지막 졸업학년을 위한 발판을 마련하고 있었어야 했던 나는, 그 동안 너무 정신없게 달려와서 그런지 정신적으로, 그리고 육체적으로도 힘이 고갈되어 있는 상태였었다. 그래서 지금까지 잘 달려온 나를 위한 시간을 가질 겸, 부모님을 뵈러 갈 겸, 한 학기를 휴학하고 재충전의 시간을 위해 캐나다로 떠났다. 캐나다를 여행하며 오롯이 나에게만 집중하며 낯설지만 새로운 환경에서, 그렇기에 발견할 수 있는 내 안의 수많은 복잡한 감정들과 이색적인 느낌으로 내 눈에 포착된 장면들 순간순간을 드로잉으로 기록해두는 것이 계획이었다.

마침 또, 내가 가장 좋아하는 계절인 겨울에 머무를 수 있게 되어 기대를 한껏 하고 간 터였다. 소복소복 하얗게 쌓여있는 눈 위를 걸으며 내가 움직임에 따라 발에서 느껴지는 사각거리는 소리를 듣고 싶었고, 캐나다 특유의 울창한 검은 빛깔 나는 초록색 나무들 위에 쌓여있는 눈 사이사이로 보이는, 새들이 여유롭지만 활기차게 날아다니는 풍경이 기대되었다. 물론, 가을에는 볼 수 없는 것들이지만, 캐나다의 가을은 서늘한 날씨와 기분 좋은 따사로움이 있어 매력적이기에, 그 또한 한국의 바쁜 도심 속에서는 볼 수 없는 그 나름대로 여백의 평화로움을 느껴볼 수 있을 것 같아 설렘을 안고 떠났다. 그렇지만, 어렸을 때부터 치열하게 살아왔던 습관 때문인지 (내가 삶에 대한 이런 저러한 이야기를 할 수 있을 정도로 연배가 높지는 않지만), 가만히 있지 못하고 미래에 대한 걱정을 하며 미대생에게 실질적으로 도움이 되는 수업(이를테면 디자인툴이나 영상 프로그램들)들을 찾아 다녔고, 수업이 끝난 후에는 녹초가 되어 바로 침대로 향하게 되고, 쉬는 날이 되어도 하루 종일 집에 틀어박혀 노트북을 친구 삼아 쇼파에서 일어날 생각을 못했다. 그렇게 수업을 듣다 우연한 기회에 한 수업 교수님께 내 작업을 보여드리게 되었다. 전에 만들어 놓았던 텀블러를 보여드리게 되었는데, 교수님께서 "요즘에는 어떤 작업을 하니?"라고 물으시며 정말 기대된다며 내 사이트 주소를 알려달라는 말씀에 누군가에게 정신 차리라고 등짝을 한대 맞은 느낌이었다.

　사실, 오랜만에 이전의 작업들을 보며 나 또한 내가 지금은 뭐하고 있고, 왜 작업은 하지 않는가에 대해 한심함을 느끼고 있는 중이었다. 지난 몇 해 동안 그린 작업들 중 가장 나에게 큰 자극을 준 그림은 두말 할 것도 없이 처음으로 나만의 색을 보여주며 '나'라는 사람을 가장 잘 표현해준 그림이었다. '내 작업이야'라고 속으로 당당하게 외칠 수 있는 그림이었는데, 무채색이지만 당시의 내 정서와 상황, 무의식 속에 잠재되어 있는 나도 모르는 나의 가치관을, 공간적인 구성과 밀집된 독특한(적어도 나 스스로 느끼기에) 요소를 통해 정말 잘 나타내 주었다고 생각했다.

한창 그림을 많이 그렸을 때의 이 작업을 보니, 자연스레, 캐나다에 온 본연의 목적이었던 '내면의 나에게 끊임없이 질문하며 집중하고 재충전의 시간 갖기'는 전혀 없었을 뿐더러 도리어 한국에서와 같은, 혹은 더욱더 나 자신의 깊은 곳에 갇혀있는 무의식 속 자아를 무시한 채 무언가 '다른 이'들이 보기에 생산적인 일을 해야 한다는 강박에 끌려 다니는 삶을 살며 캐나다에서 보낸 그 동안의 시간을 허투루 보냈다는 회의감에 휩싸였다. 그렇게, 뭐라도 해야겠다는 경각심이 들어 드로잉북을 꺼내보았다. 오랜만에 꺼내 본 손 때 묻은 드로잉북은, 어딘가 모르게 낯설었다. 그럼에도 무언가 끄적여 보고자 텅 빈, 하얗디 하얀 종이를 마주하자 나는 차갑고 날카롭게 훅 들어오는 '비어있음'에 조용히 드로잉북을 다시 닫을 수밖에 없었다. 티끌하나 없는 미친 듯한 하얌은 탁한 공기로 나를 숨 막히게 하는 것처럼 느껴졌고, 끝이 보이지 않는 빈 공간의 공허함은 내가 힘겹게 토해낸 감정 한 조각을 미지의 공간 뒤로 끝없이 잠식시킬 것 같았다. 순백의 공간에 얼룩이라도 하나 남겨버리면 숨기고 싶은 나의 깊은 내면의 일부라도 드러날까 두려워 그저 현실로부터 도망가 버렸다. 한국으로 돌아가 새로운 학기가 시작되고, 전공 수업들을 듣게 되면 다시 열심히 작업하게 될 것이라고, 그림이 그려지고 싶을 것이라고, 아직은 다시 붓을 들 시기가 아니라고 합리화시키며 내 자신을 세뇌시켰다.

2017년 봄학기, 나는 3학년 2학기로 복학하게 되었다. 복수전공으로 철학을 하고 있는 나의 시간표는 철학과 전공들과 주 전공인 서양화과 전공들로만 가득 채워져 있었고, 내가 좋아하는 공부들을 열심히 할 수 있겠다는 생각에 시간표를 보기만 해도 가슴이 뛰었다. 처음 도화지와 마주했을 때 설렘에 가득 차 내 안의 수많은 복잡하게 얽혀 있는 감정들을 나만의 색으로, 이야기들로 채워 나갈 생각을 하며 행복해했던 그 상태로 돌아가 내가 표현하고자 하는 정서들을 남김없이 뱉어 내겠다는 다짐을 했고, 책도 많이 읽어 내적으로 보다 성숙하고 차분해졌으면 좋겠다는 생각도 했다. 하지만 공백기가 생각보다 길었는지, 막상 이젤 앞에 앉아 붓을 드니 불안함과 두려움에 심장이 떨렸다. 나를 드러내 보이는 게 무서웠고, 그게 몇 시간이고 몇 날 며칠이고 반복되다 보니 공황이 올 정도였다. 난 처음의 열정을 잃게 되었다.

엎친 데 덮친 격으로, 친구들 없이 지낸 캐나다 생활 동안 나도 모르는 사이 외로움과 함께 놀고자 하는 욕구가 쌓여갔던 건지 한 번 기운이 빠지고 나니 그 활력이 다른 쪽으로 몰려버렸다. 그리고 나는 한 번쯤은 미친 듯이 놀겠다는 철없던 대학 입학 당시의 다짐을 어이없게도 때늦은 3학년 2학기에 실천하게 되었다. 사실 한 학기 동안 학업을 제쳐두고 논 것에 대해서 후회는 없다. 그저 놀기만 했다면 모르겠으나 워낙 사람을 좋아하다 보니, 여러 프로젝트에 참여하고, 다양한 문화 활동에 다니며 외부활동을 많이 해서, 좋은 학점 대신에 소중한 경험과 사람들을 얻었기 때문이다. 그 동안 열심히 달렸으니, 일 년 중 반은 방황했고 나머지 반을 노는 것에 미련이 남지 않을 정도로 학업 이외의 것을 많이 해보았으니, 이제 다음은 정말로 방해 없이 작업을 하고 공부를 하며 내 이야기를 풀어나갈 수 있지 않을까

하는 것이 내 생각이다.

　사실 이 프로젝트에 대해 처음 듣게 되었을 때는 한창 학기 초에 넘치는 포부를 가지고 있을 때여서 그런지 어떤 이야기를 담으며 어떻게 근사한 묘사나 인용을 하고 어떻게 하면 신선한 글의 구조로 나를 잘 보여줄 수 있을까 많은 고민을 했었다. 일기의 형식을 취해 볼까 생각도 했었고, 사랑하는 사람들을 색으로 비유하며 편지의 형식을 빌릴까 고민도 했었다. 하지만 막상 한 학기가 지나보니, '나'를 가장 잘 보여주기에는 '현재의 나'가 어떤 감정 선상의 위치에서 어떤 변화를 겪고 있는지, 그 상태를 적나라하게 보여주는 것이 가장 좋겠다고 생각했다. 결국 지금 이 시간을 살아가고 있는 것은 현재 일분 일초 숨을 쉬며 글을 쓰고 있는 '나'이다. 과거의 소중한 추억과 경험이 하나하나 누적되어 복합적인 정서와 가치관을 담고 있는 그릇은 '현재의 나'이고, 앞으로 어떤 것을 보고 듣고 느끼며, 새로운 소중한 이야기를 풀어나갈지 정하는 것도 '현재의 나'이다. '과거의 나', '현재의 나', '미래의 나' 모두 더할 나위 없이 중요하지만 결국 과거와 미래 사이에서 '나'라는 사람을 세상에 보여주는 것은 '현재의 나'이다.

　그래서 나는 이 글을 쓰며 조금이라도 나의 자아에 대해 보다 차분하게 생각해보며 앞으로 고민해보고 싶었고, 나의 모든 방황의 끝은 결국 텅 빈 하얀 공간 속에 나만의 이야기로 나만의 세계를 그리는 것이라는 것을 확신하고 있기 때문에, 일종의 약속의 글을 남기고 싶었다. 워낙 감정적이고 충동적이어서 어디로 튈지 모르는 성격을 가진 터라, 이제 2017년 가을학기, 나의 대학 4학년의 시작점에는 내가 조금은 차분해져서 열심히 내 이야기를 그려내겠다는 것을 지킬 수 있을지는 잘 모르겠다. 하지만, 설렘과 떨림을 안고 내가 다시 상상 속의 공간을 나의 색으로 채워가며 온전하게 내 이야기를 그려낼 수 있는 날이 언젠가 올 것이라는 것을 말씀드리며 이 글을 마무리하고 싶다.

새벽 3:37분에 쓰는 현재 이 시각 이 시점 지금

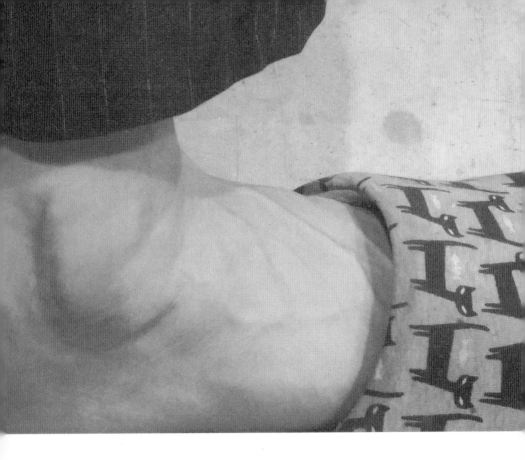

백
상
훈

───

'스테이크아웃' 외식 스타트업에서
꿈을 향해 모험중인
백상훈입니다.

이상과 현실 사이

이상주의자가 한 명 있다.
기존에 없던 대단한 무언가를 해보겠다며
세상을 바꿔보겠다며
수많은 시도들을 해보고 고군분투한다.
그리고는 생각보다 어렵다고 한다.
하지만 즐겁다고 한다.
몇몇 사람들은 그렇게 하면 안 된다며,
어떻게 해야 하는지 알려준다.
하지만 그는 그렇게 하면 재미가 없다고 한다.
이상주의자라고, 정신 차리라고 한다.
그게 어떠냐고 되묻는다.

생각보다 어렵다

막상 시작하면 수많은 대단한 일들을 하고,
완벽하게 해낼 수 있을 줄 알았다.
막상 시작해보니 하나의 조그마한 일조차
쉽게 할 수 없었다.
언제 어떤 일을 해야 할지 모르며
내가 어디에 있는지 가늠조차 되지 않는다.
어제와 오늘이 다르고,
아까와 지금이 너무 다르다.
아주 무겁거나 아주 가볍거나
내가 나에게 느끼는 자괴감이 팽배한다.
하지만 무언가를 하기에 완벽한 시기는 없다고 생각한다.
일단 시작이라는 것을 하지 않으면 힘들 이유도 없지만
막상 시작을 하면 생각만 하던 때는
전혀 보이지 않던 길들이 무수히 열린다.
우리는 도전하는 사람들이다.
시작지점에서의 우리는 전문가가 아니다.
중요한 것은 즐거움과 열정. 다른 쓸데없는 요소들로
자신을 괴롭히지 말자 다짐해본다.
실수를 하건, 넘어지건 몇 번이고 다시 일어나면 된다.
특별한 동기 따윈 필요하지 않다.
우리들이 좋아서 달려가고 있는 것뿐이니까

작은 실수를 두려워 해 중요한 것을 놓친다거나
작은 사람이 되지 않았으면 좋겠다.

"꿈을 꾸는 기분이 아니면
괴로운 과정들을 견디지 못 합니다.
냉정하게 현실을 바라보면,
온통 터무니없어 보이기 때문이죠"

-이토 신고

"꿈을 꾸는 기분이어라,
그 책임은 내가 질 테니
걷지 말고 춤추듯 살자"

-파울로 코엘료

그렇게 하면 안 된다 1. 사업은 이렇게 하는 것이다

"그렇게 하면 절대 안 된다."
"수지타산에 맞지 않다. 비용구조를 줄여라."
"사업은 이렇게 하는 것이다."
진심 어린 좋은 이야기들 많이 해준다.

이
상
과
현
실
사
이

"남들이 따라하고 싶은데

차마 따라하지 못 하는 또라이가 되어라."

"수지타산? 네가 해야 한다고 생각하면 해라

그게 정답이다"

"세계 1등이 되어라"

실행하기 어려운 이야기들을 해준다.

사업은 숫자놀음이라고 하는데

수지타산이라는 놈은 어느 시점에서

끌어올려야 하는 것일까

좋은 이야기와 어려운 이야기 중

나는 후자가 재미있을 것 같았다.

1 더하기 1은 2일 뿐이다.

우리는 그게 따분해 보인다.

우리의 꿈은 훨씬 크고 계산할 수 없다.

수지타산은 넓은 꿈속에 풍덩 빠뜨리자

"리스크가 클수록 인생이 재밌어 진다"

-시게노 고로

그렇게 하면 안 된다 2. 리더는 이래야 한다

"회사는 수직적인 구조로 운영하여야 한다.

동아리를 운영할 것이냐."

"다 같이 하는 모험, 나도 한 때는 그렇게 생각했는데

그게 아니더라, 사람 쉽게 믿지 마라"

"약해보이지 마라, 냉철하게 협상을 잘 해라"

끝없이 변하는 세상에서

일반화만큼 위험한 것은 없다고 생각한다.

다 해보지 않았지 않은가.

짓밟힌 꿈에서 얻은 시행착오를 나도 겪어보고 싶다.

아니, 사실은 극복해보고 싶다.

우리가 우리인 데에는 이유가 있다고 생각한다.

나는 우리를 믿는다.

서로 기대어 넘어질 수 없는 구조를 만들자.

배를 만들고 싶다면 사람들에게

배 만들기를 지시할 게 아니라

263

"바다의 끝없는 광대함을 동경하게 하라"

-생텍쥐페리

이
상
과
현
실
사
이

철저히 계산된 팀은 싫다.

서로를 믿으며 각자 할 수 있는 일을 한다.

그리고 기적을 기다리자.

무모함과 발화제 그리고 쿠션 역할은

내가 맡을 테니 모두의 꿈을 펼쳐나가자

이상주의자네요

내가 하고 싶었던 활동에 면접을 보러 갔다. 수많은 대화가 오간 후 돌아온 말은 "이상주의자네요?"였다. 맞는다고 했다. 그리고 그게 어떠냐고 되물었다. 항상 이상을 좇으며 살아왔지만 현실에서는 일단 할 수 있는 최선을 다해왔다. 현실과 타협할 시간에 일단 시도를 해서 조그마한 문제들부터 해결해왔다.

이상을 좇으며 조그마한 현실을 하나씩 해결하니 더 큰 이상을 만들어나갈 수 있었다. 왜 이상을 좇으면서는 현실을 충실하게 못 보낼 것이라고 생각하는 것일까? 여기서 사실 이상주의냐 현실주의냐 보다 더 중요한 건 주인공주의이지 않을까 싶다.

그 이상들은 순전히 나만의 것들이었다. 내가 하고 싶은 일들이었고 나의 가치관에 부합하는 것들이었다. 그 꿈들은 미래의 나에 대한 믿음과 깡이다. 미래의 나는 내가 만들어 나가는 것이고 내 인생의 주인공은 나다. 누군가한테 평가 받을 이유도 없다. 모든 것들이 나의 완성을 향한 과정이며, 그 과정은 주인공인 나만이 결정할 수 있다.

"내 인생의 수많은 점들이 모여 내 인생을 완성한다."

-스티브 잡스

그 모든 것을 웃도는 것은 나 자신으로 살아가는 것, 나한테 있어서는 '사람들의 시선을 범람시키는 또라이가 되자' 정도이다. "이상주의자다.", "오지랖이 넓다.", "관심종자다." 남의 행동을 부끄럽게 만들려고 하는 단어들이 생겨나고 있다. 신경 쓰지 말고 나도, 남도 비교하지 말자. 존중하자.

그리고 나인 채로 살아가자. 오늘도 무모한 우리를 응원한다.

p.s. "이상주의자네요?"에 똑같이 맞춰주자면 '자기 그릇의 크기가 작다는 것을 부끄럽지도 않게 이야기하다니…….'

이상과 현실
이상주의자가 여섯 명 있다. 우리의 상상은 현실이 된다, 끝없고 광대한 바다로 나아가자.

문주영

패션을 업으로 살아가고,
음악을 열렬하게 **사랑**하는
문주영입니다.

문 선생 이야기

첫 번째, 나의 이야기

패션과 음악을 사랑하던 소년은 30대를 전혀 기대하지 않았지만, 역시나 왔다.

사회적 기준으로 봤을 때, 준비된 건 아무것도 없는 것 같고 모든 것이 미흡하게 느껴지는 상황. 그 동안 나는 어떻게 살아왔을까? 잘 살아왔던 것인가? 내가 살아온 삶은 나를 평온하고 그리고 행복하게 잘 이끌어왔을까? 정답이라 확신할 순 없지만, 내 대답은 나는 꽤 나답게 살아왔던 것 같다. 물론, 지금도 진행형이지만……

어릴 때 이야기를 해보자면

'나는 철저하게 평범함을 거부하는 소년이었다.'

스프레이로 보라색으로 물들이고 등교했던 소년, MLB 모자를 쓰고 수업을 들어서 혼나던 소년, 힙합 한다면서 작고 왜소한 몸에 어울리지 않는 과격한 춤을 추고 오락실에서 화려하게 펌프를 밟아대던 소년은 용이 그려진 티셔츠와 통바지를 아래위로 세팅하고 아디다스 신발을 신은 채 찍은 화려한 졸업앨범을 끝으로 초등학교 시절의 종지부를 찍었었다.

사춘기였던 중학교 시절은 이유 없이 말끝마다 '왜요?' 라는 물음을 붙이던 것 빼고는 그나마 무난했던 시기였다. 그래도 평범하다는 말과는 거리가 멀었다. 전설의 5통반 스키니! 지금도 그 바지를 어떻게 입었던 것인지 내겐 인생 최대 미스터리로 자리 잡고 있다. 패션뿐 아니라, 평생의 동반자라고 느끼는 음악을 진하게 접했던 것도 그 시기쯤 이었는데, 락가수들의 스키니 패션에 꽂혀서 관찰해오다 그들의 음악까지 꽤나 진지하게 들었던 것 같다. 이때부터 패션과 음악은 내 삶에서 뗄 수 없는 부분이 되었다.

고등학교 시절은 현재 내 모습에 가장 많은 영향을 끼쳤다고 할 수 있는데, 그건 학교가 사복이었기 때문이다. 다른 학교 학생들보다 먼저 자연스럽게 옷에 대한 관심이 커질 수밖에 없는 환경이었다. 게다가 공교롭게도 학교 앞에 '설탕과 수박' 이라는 핫한 구제샵이 있었는데 당시 구제열풍에 힘입어 친구들은 점심시간이면 이곳에서 보물을 찾느라 혈안이 되곤 했었다. 나도 그 중 한 명이었는데, 구제에 관심을 갖게 되면서부터 본격적으로 시장에 대한 이해가 생기기 시작했다고 생각한다.

처음에는 내가 입지 않는 옷을 정리할 겸 보따리를 구성해 학교 안에서 판매를 해봤는데 상품에 대한 친구들의 피드백과 없던 돈이 생긴다는 점 때문에 재미를 느꼈는지…… 곧 본격적으로 이윤이 큰 해외제품을 바잉하고 판매처도 온라인으로 확대하기에 이른다. 그게 사실 나에게 프로로 가게 된 첫 번째 단추였다. 타인보다 깊게 안다는 것. 그게 무엇인지도 모르고, 재미로 인해 자연스럽게 그 길에 접어든 것이다. 지금 와 생각해보면, 그게 얼마나 운이 좋았던 것인지. 게다가 그 운은 다음 결과에도 영향을 미쳤는지 실행했던 것들도 매우 성공적이었다. 구매대행 사이트가 완전하게 자리 잡기 전에 시작했고 그렇기에 온라인 베이스 선점 대행이라 생각한 것보다 훨씬 더 폭발적이었다.

관심이 많은 분야 그리고 그동안의 경험을 통해 나름 셀렉력이 갖춰진 건지 판매하기 시작한 상품들은 입소문을 타기도 했다. 그렇게 패션은 자연스럽게 삶의 일부분이 되어갔다.

대학 시절에는 정해진 커리큘럼 내에서 움직이기보단 교수님과의 커뮤니케이션을 통해 나의 경험을 토대로 학생들에게 브랜드 런칭에 필요한 과정을 가르치는 수업을 대신 진행하기도 했었다. 누군가에게는 캠퍼스의 낭만을 외칠 때 나에게 대학은 내가 하고 싶은 것을 더 잘하기 위한 담금질이었고, 사회에 나가기 위한 현실적인 준비 과정이었다.

이후로는 새로운 도전의 연속이었다.

학교를 다니면서 7개월 동안 보컬트레이너로도 활동하고, 패션과 전혀 상관없는 경륜장 공정팀 카메라 담당으로 2년간 일을 했고, 국내 최초 디자이너 크라우드 펀딩 업체의 스타팅 멤버, 각종 스타일 디렉팅, 스타일리스트 의상대여, 딱 3개월만 대기업의 완성형 CS를 배우러 간다고 호언장담하며 들어간 인디텍스에서는 정말 정확하게 3개월만 채우고 나오기도 했다.

270

위 이야기들은 각자 연관성은 부족해 보이지만, 내겐 단 하나도 의미 없는 일이 없었고, 소중한 자산으로 남았다. 누구나 겪는 평범한 삶에 대한 이야기일 수 있지만, 그 속에서 내가 중요하게 생각하는 부분은 그 무엇에도 크게 거부감을 가지지 않고 충분히 습득하고자 하는 나의 태도와 끊임없이 하려는 지속성 그리고 내가 무엇을 좋아하는지 분명하게 아는 것이었다. 말하자면, 지금의 나를 있게 한 근본적인 것들이었다.

두 번째로 하려는 이야기는 그 근본적인 것들에 대해서다.

두 번째, 나에게 외치다.

나는 무엇을 하든 매순간 내가 원하는 것이 분명했고 그것을 얻기 위해 지속적으로 노력했다. 하지만 무작정했던 것은 아니다. '재미가 있는가? 없는가?' 이 질문이 언제나 내 삶의 선택기준이었다. 그것은 행복에 직결되는 문제였기 때문에 무엇보다 중요하게 생각했다. 일단, 재미는 내가 원하는 걸 배울 수 있는 '기회'라고 생각하거나, 다른 관점으로는 '놀이'로 여기면 더 쉽게 다가오기도 하는데, 이런 긍정적인 사고방식이 나를 늘 행복이 충만한 사람으로 만들었던 것 같다. 나는 이런 자세가 그 외 부분에서도 긍정적인 영향을 미쳤으리라 확신한다.

271

학창시절 했던 상행위에서는 상인의 마인드를 배울 수 있어 즐거웠고, 보컬트레이너를 할 땐 가르치기 위해 준비했던 과정에서 내게 부족한 생각을 정립하는 법을 배웠다. 경륜 카메라 담당일 땐 카메라의 각도와 감도, 임기응변을 배웠으며, 스타트업 할 때는 일에 대한 열정과 무엇이든지 다했던 멀티플레이 경험을 가졌다. 인디텍스에서는 대기업의 완성형에 가까운 CS 시스템을 접하고 고객의 심리 및 업셀링에 대한 경험을 얻었다. 불평불만만 늘어놓았거나 나의 관심사와 전혀 상관없다며 대충했다면 절대 얻지 못했을 것들을 나는 나만의 방법으로 결국 얻었고, 현업에서 Creative Director로 일하는데에 결정적인 역할을 했다.

받아들이는 태도만큼 내겐 중요한 것이 또 있는데 *인내하면서 끊임없이 전진하는 것이다.*

자신의 분야에서 뚜렷한 성과를 내는 것이 성공이라면, 이런 점이야말로 나를 성공의 언저리까지 빠르게 데려다 준다고 할 수 있다. 자신의 분야에서 뚜렷한 성과를 내지 못하는 사람들의 특징은 항상 지속성이 부족하다는 것이다. 쉽게 이야기 하자면, 그들은 될 때까지 하지 않았기 때문에 결국 성공하지 못한 것이다.

나는 '론다 번'의 저서 『시크릿』에서 말하는 '*바라는 대로 이루어지는 힘*'을 믿는다.

소름끼치는 경험 하나를 이야기하고 싶다. '짙은'이라는 인디뮤지션이 있다. 나의 음악적인 취향에 있어서 '짙은'이라는 가수는 나에게 있어 우상과도 같은 존재였다. 나는 그의 모든 곡을 거의 추종자에 가까울 정도로 듣고, 외웠다. 이름도 얼마나 멋진가? '짙은'이라니…….

P.S. 이름에서의 임팩트를 크게 받았는지 후에 '짙은'의 이름을 딴 '짙은, 옅은, 그리움' 이라는 곡을 직접 만들기도 했다.

'짙은'의 수많은 곡 중 특히, '곁에' 라는 곡의 '있는 그대로 가진 것 그대로' 라는 가사는 지금도 내 삶의 모토가 되는 것 중 하나이다. 아무튼 그렇게 존경해 마지않는 짙은 이라는 가수와 함께 일 해보는 게 버킷리스트 중 하나였다. 나는 자주 눈을 감고 마음속으로 '짙은과 함께 일해보고 싶다.' 라고 외치곤 했다. 그리고 어느 날 그 감았던 눈을 떴을 때, 관객 하나 없는 '짙은'의 콘서트 리허설 현장 그리고 대기실에서 스타일 디렉팅을 하는 낯선 내 모습을 보았다. 마음속에서나 외치던 일을 현실로 마주한 순간, 나는 온 몸에 털이 곤두서는 느낌을 받았다. 이처럼 간절히 원하고 외친다면 나의 이상과 현실이 맞물리는 기적 같은 순간이 찾아오기도 한다. 꿈인지 생시인지 구분할 수 없는 황홀한 시공간 속에서.

세 번째, 나만의 주문을 외워라!

때로는 임팩트 있는 하나의 문장이 잔잔한 가슴에 파도를 만들기도 한다. 나에게 영향을 주었던, 문장들이 그대들에게도 도움이 되길 바라며.

있는 그대로 가진 것 그대로 자연스럽게.

뚜렷한 결과가 보이지 않더라도 지치지 말자.

가짜는 끊임없이 포장하고, 진짜는 쉴 새 없이 증명한다.

인생에 리허설은 없다.

성공을 비교적 구체화해라.

자신에게 엄격하고 타인에게 관대하라.

상황이 나아지길 원한다면 지금 당장 해라.

사랑하는 사람들을 위해

그들이 원하는 방식으로 사랑을 표현하라.

충분한 휴식을 취하라.

노는 만큼 성공한다. 신나게 놀자.

모두를 섬기는 마음으로 대하자.

내 삶도 디렉팅 하라.

경쟁이 아니라, 상생이다.

매사 타인을 의식하지 마라.

음악은 나를 행복하게 만든다.

패션으로 자신을 드러내라.

꿈꾸고 그리고 여행하라.

작은 것에도 감사하라.

자기 자신에게 수고했다고 이야기하라.

인내 속에서 끊임없이 전진하라.

나만의 아집에 사로잡히지 마라.

지금 당장 연습장과 펜을 준비해서 자신이 좋아하는 것 그리고 바라는 것들을 구체적으로 써보길 바란다. 당신이 그것을 현실이라 인식하고 작은 것부터 하나하나 기록하는 순간 그건 더 이상 꿈이 아니다. 나의 이야기가 당신에게 선한 영향을 끼치길 또한, 당신이 기록한 모든 것이 현실이 되길 바란다.

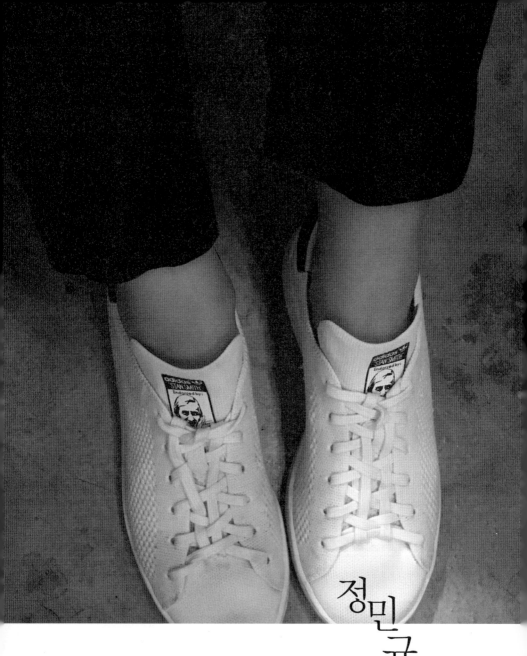

정민규

언제나 **현생의 니체를** 찾고 있으며
극단적인 성격과 따뜻한 **진심을** 숨기려 노력하는,
어딘가 **어설픈** 모순주의자

순간을 모아, 삶

안녕하세요, 저는 올해 사회 초년생이 된 스물다섯 살 정민규입니다. 제 꿈은 사랑하는 사람들과 함께 행복하게 사는 것인데 이상적인 현실주의자로서 꿈을 이루기 위해 사람들과 '함께' '행복'하고자 부단히 노력하고 있습니다. 한편 저는 패션을 사랑하고 대학에서 의류학을 전공했으나 네 번의 인턴 경험 끝에 외식 스타트업을 첫 커리어로 시작하게 된 것처럼 순간의 진심과 직감을 따라 살아가고 있습니다. 또 열다섯부터 'Non Sibi^{Not for oneself}'를 좌우명으로 삼다 보니 받기보다 주는 것에 익숙하고 이기적인 기운에 유난히 민감합니다. 저의 글이 조금 더 깊이 닿길 바라는 마음에 시작한 자기소개는 이쯤 하겠습니다.

세 쪽의 A4지면에 어떤 이야기를 담으면 좋을지 오래 고민했으나 명쾌한 답을 찾지 못했습니다. 그러나 지금, 오늘, 현재에 충실하려

는 사람으로서 최근 제가 고민하고 있거나 생각의 꼬리를 물고 나름
의 관점을 세우게 된 몇 가지 주제들을 다뤄 보는 것도 썩 나쁘진 않
을 것 같습니다. 올해(2017)가 제 인생에서 아주 중요한 시점이 될 것
이란 확신과 함께, 삶, 사랑, 관계, 꿈 등 다양한 주제들로 성장통을
생각보다 오래 앓고 있으면서도 밖으로는 신비한 일들을 많이 겪고
있기 때문입니다.

1. '순간' 속의 영원함

대학교 3학년 때 니체를 처음 알게 되었습니다. 로스쿨 진학을 집
에서 혼자 준비하던 언니는 그 당시가 인생에서 가장 어둡고 외로운
시기였는데 지나가는 말로 '힘들어서 철학 책을 많이 읽어 봤는데 유
일하게 긍정적인 사람이 니체더라. 그래서 그가 좋다.'고 했습니다.
저는 언니를 진정으로 이해하고 힘이 되고 싶어 한 학기 동안 니체의
사상과 '차라투스트라는 이렇게 말했다' 및 그의 저서를 강독하는 교
양 수업을 수강했습니다.

무한한 시간 속에 유한한 세계의 힘(에너지) 사건이 무한히 반복
되므로 이를 운명애^{Amor Fati}적으로 '초극'해야 한다는 영원 회귀 사상은
필연적으로 '순간'이란 시간 단위의 소중함으로 이어집니다. 저는 영
원히 반복될 사건들을 겪게 되더라도 전생과 미래는 알 수 없으므로
현재를 최선으로 노력하고 긍정함으로써 최선과 긍정이 빚어내는 사

건이 무한히 반복되도록 이끌 수 있다는 생각에 이를 유일한 삶의 자세로 삼게 되었습니다. 순간 속의 영원함을 믿고 매 순간 진심을 다하려 노력하다 보니 과거에 대한 후회와 미련이 줄고, 현재에 대한 감사와 행복이 늘어난 것 같습니다. 물론 다짐은 아직까지 열에 세 번 꼴로 부너지곤 하지만 그럴 때 마다 구급약처럼 니체의 말과 글을 찾아 읽곤 하는데 효과가 꽤 좋습니다.

'순간'은 이제 막 사회인이 된 요즘의 저 자신이 앞으로의 미래에 대한 두려움과 걱정을 다독이기 위해 가장 많이 떠올리고 있는 주제입니다. 저를 비롯한 과거에 대한 아픔과 미래에 대한 걱정으로 현재가 어려운 누구에게나 진심어린 위로와 공감을 전하면서, 누군가에게는 저의 경험이 일말의 전환이 될 수 있기를 바라는 마음입니다.

278

2. '꿈'꾸기

사람과 성장은 제가 가장 귀하게 여기는 가치입니다. '사람'은 선천적으로 외로움이 많은 기질과 혼자만을 위하지 않으려는 좌우명에 기인하는 것 같고 '성장'은 정체된 상태를 잘 견디지 못하고 새로운 자극에 대한 호기심이 많지만 쉽게 흥미를 잃어버리는 기질을 극복하기 위한 노력의 산물인 것 같습니다. 어릴 적부터 하기 싫은 것엔 스트레스로 몸에 탈이 나 결국 하지 못하게 될 만큼 호오가 분명한 성격 탓에 타인에게 피해를 주게 될까 항상 먼저 나서지 않고 스스로를 숨기려 했습니다. 자라면서 무언가 해내야만 하는 상황과 책임이 커감에 따라, 이에 순응하는 과정에서 마치 자아의 일부가 죽고 버려지는 것처럼 느껴져 아팠습니다. 저는 살아나기 위해 피하고 싶은 것들을 '꿈'이란 마법 상자에 넣어 생각과 마음을 움직였습니다. 저의 글솜씨로 전할 수 있는 한계가 느껴지니 자세한 꿈 사용법과 그 사례는 직접 만나서 알려드리겠습니다.

저에게 '꿈'이란 일반적으로 통용되는 원대하고 미래 지향적인 개념(네이버 국어사전에 등재된 세 번째 정의는 심지어 실현될 가능성이 아주 적거나 전혀 없는 '헛된' 기대나 생각입니다.)보다 훨씬 사소한 일상에 밀접해 있습니다. 하지만 '사랑하는 사람들과 함께 행복하게 사는 꿈'에 포함된 '사랑, 사람, 행복, 삶'이란 키워드는 보기보다 그 깊이와 의미가 무궁무진하며 저의 성장에 가장 주요한 에너지원이 되어 왔습니다.

저는 패션산업에서의 커리어를 꿈꾸며 여러 대내외적 활동과 인턴 활동으로 이를 이루기 위해 노력했으나 생각지 못한 장벽들에 부딪혀 결국 색다른 커리어의 기로에 들어서게 되었습니다. 물론 지금은 진심으로 만족하며 일하고 있지만 한동안은 본래의 꿈을 포기했다는 자책감, 최선을 다했으나 이루지 못했다는 좌절감에 사로잡혀 스스로를 오래 괴롭혔습니다. 그러다 어릴 적 제가 '꿈'을 활용해 왔던 방식과 저만의 정의를 다시 찾으면서 이를 극복하게 되었습니다. 저는 가장 큰 바람, 미래의 언젠가가 아닌 현재의 일상에서 실현할 수 있는 바람을 '꿈'으로 두고 이를 이루는 방법과 범위에 제한을 두지 않기로 했습니다.

어떤 꿈을 가지고 계신가요? 잃어버리진 않으셨나요? 꿈을 갖는 것의 중요성과 그 의미를 논하려 – 사실 어떤 의도도 없습니다. 저는 그저 꿈 나눔을 좋아할 뿐입니다.

3. '사랑'의 모양

가족, 친구, 연인 등 맺고 있는 관계에 따라 정형화되지 않은 사랑의 모양이 있다고 믿고 있습니다. 저는 요즘 평일과 휴일의 구분, 출근 및 퇴근 시간과 같은 일상의 패턴이 가져다 준 여유로 인해 사랑, 특히 연인 사이의 사랑에 대해 고민하고 있습니다. 아마 저에게 사랑은 2017년의 가장 큰 생각거리이자 혼자서는 절대 너머의 차원을 경험하지 못할, 어려움이 될 것 같습니다.

삼 년이 넘도록 애인이 없었고 제대로 된 연애 경험은 두 번 뿐이며 그나마 오래 교제한 기간조차 일 년뿐이었다는 사실을 깨달았을 때 엄청난 충격과 부끄러운 마음이 들었습니다. 타인을 위하며, 사랑하는 사람들과 함께 하는 것을 제일로 여기는 자아에 반反하는 자기 위선으로 느껴졌기 때문입니다. 물론 그 동안 몇 번의 인연이 있었지만 글자가 뒤집힐 정도의 관계까지 깊어지진 못했습니다. 이상형이 어떻게 되냐, 주변에 괜찮은 사람도 많은데 왜 연애를 못하냐는 질문을 수없이 들었지만 최근에서야 정답을 찾고 싶어 각종 로맨스 영화, 소설, 노래를 찾아보고 스쳐가는 연인들을 바라보고 온종일 고민해 보았습니다. 그 결과 저에게 연인은 '어릴 때 많이 만나야 할 공석이 아닌 나의 모든 것을 공유하고 나눌 수 있고, 그의 모든 것이 나에게 끝없는 자극인 동시에 편안한- 유일함을 전제한 자리'임을 알게 되었습니다. 하지만 그러한 자리에 완벽히 맞는 사람은 없었고 앞으로도 (왠지) 없을 것 같으므로 제가 자리의 모양을 보다 따뜻하고 유연하게 다듬어 가야겠습니다.

과연, 저는 누군가의 연인이 될 수 있을까요? 답이 무엇일지, 언제 찾을 수 있을지 무척 궁금합니다.

이 글은 세상으로의 진정한 여정을 시작한 저 자신에 대한 현재형 기념입니다. 저와 닮으신 분이라면 공감과 위로가, 저와 다르시다면 새로운 자극이 잠시라도 마음에 닿았길 바랍니다. 사실 시선이 마지막 마침표까지 닿고 나서 '괜히 읽었다'만 아니었으면 좋겠습니다. 언젠가 '우리'로 만나는 순간이 오면 좋은 기분과 공기를 나누게 될 거란 직감이 듭니다. 그때까지 우리 모두 순간을 모아, 삶.

P.S. 서툴게나마 제가 세상에 닿을 수 있도록 기회를 내어 준 소중한 친구 미래에게 지극히 고맙습니다.

순간을 모아 삶

신
정
아
—
—
저는
노는 사람입니다

Vivre Sa Vie

1

나의 하루는 그날의 날씨를 체크하는 것과 그날에 맞는 음악을 선곡하는 것으로부터 시작된다. 이 날은 날씨가 '매우 맑음'이었고 그래서 Pink Martini의 Hang On Little Tomato를 들었다.

그리고 빨래를 했다. 햇볕이 잘 드는 창가에 빨래를 널어 두고 그 옆에 누웠다. 찹찹한 수분과 은은한 세제냄새는 눈으로는 보이지 않는 계절의 변화를 시각적으로나 후각적으로 느낄 수 있게 해준다.

나는 지금 북촌에 살고 있다. 내가 이곳에 자리 잡은 이유는 시야가 트여있기 때문이다. 서울 시내에서 이렇게 고개를 높이 쳐들지 않고도 파란 하늘을 볼 수 있는 곳은 이곳이 유일하지 않을까 생각한다. 화려한 빌딩 숲은 여유로움과 멍 때릴 틈을 주지 않는다. 북촌에 살면 이런 마음의 여유를 느낄 수 있으며, 이러한 환경들이 나에게는 수많은 영감의 밑천이 된다.

'아오마메는 스무 살 이전부터, 스스로도 이유는 모르겠지만, 머리칼이 헤싱헤싱한 중년 남자에게 마음이 끌렸다.'
– 무라카미 하루키의 1Q84 '문학동네' P122.

'헤싱헤싱' 내가 이 단어를 처음 알게 된 것은 무라카미 하루키의 '1Q84'라는 소설을 읽을 때였다. 이상하게도 이 구절이 책을 다 읽은 지 몇 년이 지난 지금에도 또렷이 기억이 날 정도로 나에게는 커다란 의미로 다가왔다. 헤싱헤싱이란 촘촘하게 짜여 있지 아니하고 허전하고 헐거운 모양을 뜻하는 순우리말이다. 내가 나의 브랜드 이름을 헤싱헤싱이라고 지은 이유는 이 단어가 지니고 있는 의미가 내가 지향하는 삶의 방식과 밀접하게 맞닿아 있기 때문이다. 이 이름처럼 사람들이 나의 작업을 통해서 삶의 여유를, 아니 조금이나마 숨통이 트였으면 좋겠다는 의미에서 브랜드 이름을 이렇게 지었다.

평온한 삶의 어딘가에서 어느 순간 갑자기 달라 보이는 것들, 나는 그것에 집중한다. 늘 곁에 있었지만 너무 익숙해서 미처 알아채지 못했던 것들.

284

이렇게 일상이 영감이 되고 그때의 감정들을 잊지 않기 위해 사진으로 기록한다. 이런 사진들이 모여 새로운 스토리가 되고 그 스토리는 시즌의 주제가 되어 옷으로 표현된다. 이것이 내가 작업하는 방식이다.

이렇게 시작되었다. 나의 첫 여정이.

익히 알아 왔던 것이지만 처음 듣는 것 마냥 새롭고, 처음 듣는 것은 처음이라서 더 새롭고, 설레고, 신나고 그랬다. 하지만 시간이 흐르면서 현실적인 문제에 부딪히게 되고, 그 현실적인 문제는 상업적인 것과 예술적인 것 사이에 나를 가둬두고 괴롭혔다.

하고 싶은 것을 계속하기 위해서
해야만 하는 것이 있다.
썩 내키진 않지만 해야 한다.
하지만 그것으로 인해서 나를 잃어서는 안 된다.

나는 고집이 센 청개구리이다. 어렸을 때에도 그랬고 지금도 마찬가지다. 그래서 나는 해야만 했던 것을 하지 않았다. 그것으로 인해 나의 첫 여정이 끝으로 달려가고 있다는 것을 알고 있었으면서도. 하지만 이것이 내 실패의 주된 원인은 아니다. 혼자 나르시시즘에 빠져서 고고한 척하다가 끝내 샘에 빠져버린 것이다. 당시에는 인정하기 싫었지만 어느 정도 시간이 지난 지금에 와서 생각해 보면 혼자 뭐가 그렇게 잘났나 싶다. 부끄럽고 쪽팔린다. 내 좌우명이 미친년은 돼도 망할 년은 되지 말자인데, 정말 미친 듯이 노력은 했었나 싶다. 그리고 나 자신에 대해서, 내 작업에 대해서 정말 자신이 있고 확신이 있었다면 이렇게 포기하지 않았을 것이다. 하지만 난 그 정도의 확신과 용기가 없었다. 그냥 포기하고 손을 놓아버렸다.

하고 싶은 것을 계속하기 위해서
해야만 하는 것이 있다.
하지만 내키지 않으면 하지 않아도 좋다.
확신만 있다면.

2

"말하고자 하는 걸 말하고, 하고자 하는 걸 하는 거야. 상처나 흉터 없이 말이야."

    - Jean-Luc Godard, Vivre Sa Vie (1962)에 나오는 대사

생각을 많이 하는 편이다. 일과가 끝나고 집으로 돌아오는 버스 안에서 많은 생각을 한다. 내가 가장 좋아하는 시간이다. 생각의 종류는 다양하다. 오늘 있었던 일들에 대해서 정리를 하거나 반성을 할 때도 있고, 내일 해야 할 일들의 순서를 정해 보기도 한다. 하지만 저런 것들을 제외하면 쓸데없고 잡스러운 생각들이 대부분이다.

시간이 나면 주로 영화를 본다. (요즘 내 잡다한 생각의 가장 큰 비중을 차지하는 것은 영화와 문학에 관한 것들이다.) 내 취향이 그리 일반적이지는 않아서 영화관에서 내가 원하는 영화를 보기란 그리 쉬운 일은 아니다. 사실 굉장히 어렵다. 그래서 예술영화 전용 영화관을 가거나 집에서 보는 경우가 많다. 하지만 그마저도 어려운 것이 수요가 많지 않다 보니 최근에는 재정난으로 문을 닫는 곳들도 많다. 재작년쯤인가 보다. 오랜만에 자주 가던 예술전용 영화관엘 갔는데 평소와는 뭔가 다른 분위기였다. 어색하게 주변을 둘러보다 손글씨로 정성스럽게 써 내려간 편지 한 장을 발견했다. 내용은 재정난으로 더 이상 운영을 할 수가 없게 되었다는 것이었다. 내 마음을 아주 잘 아는 친구 하나를 잃어버린 기분이었다. 텅 빈 마음을 달래는데 오랜 시간이 걸렸다.

특이하다는 소리를 자주 듣는다. 사실 나는 잘 모르겠다. 그런데 그렇단다. 인정할 수 없었다. 나는 그저 독립적으로 생각할 뿐이다. 나는 내 생각을 하는 독립적인 개체이다. 나도 그렇고 너도 그렇다. 그건 우리 모두가 똑같다는 데에는 이의가 없을 것이다. 그런데 왜 나를 자기네들끼리 '특이한 사람'이라고 명명해놓고 고유명사처럼 따옴표 사이에 가둬두는 것일까? 사람마다 생각이 다른 것은 당연한 것이 아닌가? 10명이 한 영화를 보는데 왜 하나의 감상 밖에 나오질 않는 것인가? 그것이 당신의 생각이 맞기는 한 건가? 그 바닥에 저명한 누군가가 써 놓은 감상평을 보면서 고개를 끄덕이고 그것이 마치 처음부터 당신의 생각이었던 것 마냥 지부해버렸던 것은 아닌가? 당

신은 생각을 하는 사람인가?

　문득 두려워졌다. 부끄러웠고 불편했다. 나는 내가 매우 보통의 사람이라고 생각하면서 살아왔는데 말이다. 그래서 언제부터인가 나는 나의 의견을 밖으로 잘 표현하지 않게 되었다. 나의 생각이 다르다고 그걸 도마 위에 올려놓고 왈가왈부하는 것을 견딜 수가 없었다. 그냥 나는 나의 생각을 말한 것뿐인데. 그래서 요즘은 그냥 다른 사람들이 어떤 생각을 하면서 살아가는지 어떤 견해를 가지고 있는지 그저 듣기만 할 뿐이다. 나와 같은 생각을 하든지 다른 생각을 하든지 간에 그냥 속으로 '아, 그렇구나.'만 한다. 가끔 이것이 좋지 않은 태도라는 생각을 하는데 너무 나 자신을 고립시키고 남의 이야기를 듣지 않으면 스스로도 더 이상의 발전이 불가능할 것이라는 이유에서다. 하지만 나는 나의 감상을 해치고 싶지 않다. 남들이 좋다고 하는 것에 휘둘리고 싶지 않다. 내가 잘났다는 것이 아니라 어느 영향력 있는 누군가의 말 한 마디가 생각에 미치는 힘을 알기 때문이다. 그 강력한 말 한마디가 나의 생각을 집어삼키는, 마치 내가 틀렸다고 믿게 만드는 경험을 많이 했기 때문에 가능한 한 나는 외부의 것들로부터 나를 지키려고 할 뿐이다.

　나는 나만의 생각을 할 뿐이다.
　오롯이 내가 보고 느끼는 것에 집중한다.
　다른 생각들에 나를 맞추지 않으려고 노력한다.

288

나는 특이한 버릇이 하나 있는데, 항상 같은 전시를 기본 두 번 이상 본다. 처음 볼 때는 그 전시나 작가, 작품에 대한 사전 정보를 철저히 배제하고 감상하려고 노력한다. 어린아이가 보듯이 순수한 눈으로 오롯이 그 작품에만 집중하고 감상하기 위해서이다. 이때에는 나만의 독특한 견해를 갖고 새로운 해석을 하는 것이 가능하다. 그 다음번에는 사전에 그 전시에 대한 정보를 충분히 습득하고 간다. 이렇게 되면 아는 만큼 보인다고 지난번에 내가 미처 알아채지 못하고 지나쳤던 부분들을 새로이 알게 되고, 어떤 부분에서 내가 느꼈던 것과 작가가 보여주고자 했던 의도 간에 차이가 있다면 그 차이를 비교하면서 내 견해를 더욱더 견고하게 다듬어 간다. 이렇게 해서 나는 나의 단점을 보완하고자 한다.

세상에 대한 작은 반항으로 인스타그램을 한다. 내가 올리고 싶은 사진을 올리고, 내가 생각한 것을 솔직하게 가감 없이 이야기한다. 남들이 뭐라고 하건 간에 신경 쓰지 않는다. 좋으면 보고 싫으면 보지 말라지.

다르다는 것조차 편견 일 수 있다. 다양성에 인색하면 발전이 없다. 또라이 하나가 세상을 바꾼다 하지 않았던가. 그래, 당신들 말 대로 나는 또라이다. 세상을 바꿀.

3

STARBUCKS®

삼청동점   서울 종로구 삼청동 112
매장: 이석구 201-81-21585 T: 02-758-8711
[POS 01]   2016-07-31 11:55:03

(V)Iced Latte   5,600   1   5,600
L(S)Vanilla Syru   0   1   0
L Soy milk   0   1   0
L Light Ice   0   1   0

Subtotal   ->   5,600
NET Amount   ->   5,091
Tax   [+]   ->   509

Total   5,600

Card Payment   5,600

카드 종류 :   신한카드
카드 번호 :   5107XXXXXXXX4883
승인 번호 :   03830773

Partner Name :   [0713]권예라

결제수단 변경은 구입하신 매장에서
전체취소/재결제로 가능하며, 반드시
결제했던 카드를 소지하셔야 합니다.
(변경 가능기간 : ~ 2016-08-14)

www.istarbucks.co.kr

1385405789011919170
본 영수증은 신환경 용지로 제작되었습니다

Order Number A-83

스타벅스커피 코리아
17주년 기념, 보너스 스타!
등록된 스타벅스 카드로
음료, 푸드, 머그, 텀블러, 원두 등
스타벅스에서 판매하는 모든 상품 구매 시,
1번 선당 별이 1개씩 추가로 적립됩니다!
(2016년 7월 1일 ~ 9월 30일)

요즘은 그림을 그리고 있다. 패션디자이너가 뜬금없이 무슨 그림이냐 싶겠지만 나 같은 경우에는 나의 생각을 표현하는 수단으로서 패션을 선택했기 때문에 나를 굳이 패션디자이너라는 이름 속에 가둬두고 싶지는 않다. 내 생각을 옷으로만 표현하기에는 표현 방식이 너무 한정적이고, 무엇보다도 세상엔 재미있는 것들이 너무 많다.

요즘 하고 있는 작업의 주제는 '헤싱헤싱'이라는 옷을 만들었을 때
처럼 여전히 나와 내 일상, 그리고 내 주변에 관한 이야기들이다.

어느 날 터질 것 같은 지갑 속 영수증을 정리하다가 생각했다. 우
리는 매일 끊임없이 필요한 무엇인가를 구매하고, 또 쓸데없는 것을
충동적으로 구매한다. 그리고 하고 싶은 무언가에 과감히 투자를 하
고, 아니다 싶으면 환불을 한다. 이러한 행동은 예전에도 그랬고, 지
금도 그렇고, 앞으로도 그럴 것이다. 이렇게 나 자신의 소비 행태를
매일매일 쌓이는 영수증을 통해 관찰함으로써 또 다른 방향에서 나
자신을 탐구해보고자 한다. 지금은 나 혼자에서 시작하지만 어느 정
도 작업이 진행되면 주변인들로 범위를 늘려 갈 계획이다. 그리고 내
년쯤엔 이러한 주제로 전시를 할 생각이다. 이것은 새로운 여정의 시
작이 될 것이다.

"계속 영화를 찍는 이유는 나의 전작을 싫어하기 때문이다. 나는
내 잘못을 고쳐가며 살고 싶다."

– Joaquin Phoenix

임
주
현

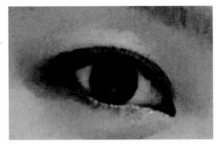

인생의 스포트라이트는,
나 자신
그리고 지금

'살아있음'

모든 사람의 인생은 예술이다. 아무 것도 그려지지 않은 캔버스 위에 그림을 그리고 있다. 인생을 그려가고 있는 중이다. 저마다 캔버스를 많은 낙서와 얼룩과 다양한 그림들로 채워나가고 있다. 당신은 지금 죽어도 후회 없을 그런, 오늘을 그리고 있는가?

"나는 누구인가? 어떤 인생을 살고 싶은가?"

나는 이 질문에도 명확히 답할 수 없었다. 20대 초반까지의 나는 인생이란 그냥 주어진 대로 살아가는 것으로 생각했다. 사회가 나에게 부여한 역할을 제대로 수행하고 사회가 제시하는 정답을 추구하면 인생은 저절로 살아지는 것이라고 생각했다. 학창 시절에는 학생 본분에 충실하려고 열심히 했을 뿐 왜 공부를 하며, 왜 하는지 생각조차 하지 않았다. 오로지 사회가 제시하는 정답을 좇아 더 높은 점수를 받고 더 좋은 고등학교와 대학을 가는 게 당시 최고의 목표였다. 하지만 좋은 고등학교와 점수에 맞춰 좋은 대학교를 진학했지만 오히려 내 자신을 잃은 기분이었다. 채워져야 할 마음 속 무언가 텅 빈 기분이었다. 같은 답을 강요하는 사회에서 인생의 정답은 하나만 있었고 모두가 똑같은 식으로 경쟁을 하고 모두가 같은 사람이 되는, 안정적인 삶을 살아가려고 했기 때문이다.

사회는 우리에게 수많은 꼬리표를 붙여왔다. 어느 학교 학생, 어느 그룹의 한 사람이라는 꼬리표를 붙여 준다. 나는 그것이 나를 나타내 준다고, 설명해 준다고 믿었다. 하지만 사회가 바라는 대로 살아온 내 삶의 주인공은 내가 아니라 다른 사람이었다. 내가 스스로 결정하고 내 삶을 이어왔다고 생각했지만, 꼭두각시 인형처럼 행동만 할 뿐이었다. 내가 무엇을 원하는지 보다 남들이 무엇을 하는지를 살폈다. 그리고 남들이 원하는 것을 내가 원하는 것이라고 착각한 채 그것을 따라해 왔다. 선택의 순간의 기로에 놓일 때면 나 자신에게 물어야 할 질문을 남에게 묻고 그들이 대신 결정해주기를 바랐다.

언제나 남들에게 묻는 것에 익숙해져 있던 나로선 스스로 생각하고 답을 찾는다는 일이 쉽지 않았다. 때로는 멍하니 앉아 있기도 했고, 무작정 걷기도 했다. 20대가 되면 짠!하고 목표가 생겨나 의지가 생기는 줄 알았다. 그리고 성년이니 자신만의 방식으로 인생을 나아가고 정할 수 있을 거라 생각했지만 나는 나에게 내가 누구인지에 대한 질문에 대답을 할 수 없었다. 나의 마음을 울리는 것이 무엇인지, 그 무엇을 통해 내가 무엇을 원하는지 몰랐기 때문에.

연극 무대 위에 처음으로 섰던 그날, 스포트라이트를 처음 마주한 순간 망치로 뒤통수를 얻어맞은 듯한 기분이 들었다. 부끄러움이 많아 초, 중, 고등학교 시절에 발표도 못했을 만큼 내성적이었다. 어딜 가나 조용하고 소심한 성격을 바꿔보고자 들어간 연극동아리에서 무대에 서게 되면서 여태 느껴보지 못한 내 자신의 존재만으로도 벅차고 설레는 감정을 느끼게 된 것이다.

나는 그제야 내가 아무것도 모르고 있었고 경험이 얼마나 중요한지 깨달았다. 나는 눈으로 세상을 바라보고 나만의 방식으로 세상을 이해하고 있다고 믿었던 것은 착각이었다. 나는 내가 전부라고 믿어왔던 것들이 무대 위에서 스스로의 다른 모습을 보면서 산산조각 나고 발가벗겨지고 나서야 내가 틀렸음을 깨달았다. 인생이란 그냥 저절로 살아지는 것이 아니었다. 인생은 삶이 나에게 질문을 던지고 그 질문에 대한 나만의 답을 스스로 완성하고 경험해가며 살아가는 것이었다.

나는 내가 누구인지 계속 알고 싶다. 나의 내면에 숨겨져 있는 다양한 진짜 내 모습을 찾고 싶다. 나는 누구인가? 에 대한 물음에 나는 누구인지 답을 명확히 내리기란 어렵다. 하지만 그 물음에 정확히 답할 수 있는 것은 결심이다. 연극 무대에 처음 섰을 때의 그 벅찬 감정대로 살아가겠다는 하나의 '결심'이 나를 바꾸어 놓았다. 만약 그저 사회가 원하는 방향으로 나를 가두어 놓았다면 아무것도 바뀌지 않고 멈춰있었을 것이다. 가보지 않은 길이 두려워 변화하려는 시도조차 하지 않았을 것이다. 아무것도 하지 않으면 아무 일도 일어나지 않는다. 어떤 일이라도 해야 내가 진정 원하는 것을 볼 수 있는 것이다.

사람은 자신이 경험한 것을 바탕으로 삶이 만들어 진다고 한다. 무대에 오르는 경험을 만나기 전의 나는 내가 보고 듣고 작은 틀에 의해 만들어졌다. 그리고 그것이 전부라고 생각하며 살았다. 하지만 새로운 경험을 하는 순간 나는 달라졌고 내 진짜 모습을 찾아가는 것 같았다. 가면을 벗어 던지고 내 안에 숨겨진 나의 진짜 모습을 마주한 것이다. 낯선 공간에서 낯선 사람들 속 낯선 시간을 지내며 나의 진짜 모습을 조금씩 발견했고 연극무대를 지나 더욱더 낯설고 더 큰 무대에 서고 싶었던 것이다. 나를 마주할 수 있는 시간과 경험을 통해, 인생이란 세상이 원하는 대로 사는 것이 아니라 자신이 원하는 대로 사는 것임을 배웠고, 내가 원하는 삶을 살기 위해 노력하는 한 실패와 고난이 닥치더라도, 때론 다시 길을 잃고 헤매더라도, 그것이 나에게 필연적으로 주어진 것임을 깨닫게 됐다.

나는 그렇게 한 손으로는 현실의 끈을, 어쩌면 희망일지도 모르는 끈을 잡았다. 그 끝에 무엇이 있을지는 모른다. 그러나 한 번 잡은 이상 그것을 잡고 나아가보기로 했다. 어떠한 시련과 고난이 닥치더라도, 때로는 모든 것을 잃는 상황에 부닥치더라도 내가 할 수 있는 끝까지 가는 것, 즐기는 것. 그것뿐이다.

남들이 어떻게 생각하는지는 중요하지 않다. 내가 어떻게 생각하는지가 더 중요하다. 남들이 무엇을 하고 있는지는 중요하지 않다. 지금 하고 싶은 것, 지금 먹고 싶은 것, 지금 느끼고 싶은 것을 충실히 따르며 살아가려 하고 있다. 성공이라는 것을 이루지 못한다고 해도 설레고 즐기는 삶, 행복한 삶 그것이면 충분하다. 지금의 단단한 마음만 있다면, 그리고 내 목숨이 끊어지지 않아 숨 쉬고 있다면, 만약 실패한다고 해도 언제든 다시 또 다른 경험으로 찾아 나설 것이다.

누군가는 내게 너는 아직 철이 덜 들었다고, 세상과 현실을 모른다고 말할지도 모르겠다. 그러나 나는 내일 죽을지도, 어떻게 될지도 모르는 나의 미래를 남들이 보기에 괜찮고 남을 만족시키는 일을 하는 것이 철이 드는 것이라면 영원히 철이 들고 싶지 않다. 나는 당장 죽더라도 후회하지 않는 삶을 살고 싶다. 물론 정해진 길, 대부분의 사람들이 선택한 안전한 길로 가는 인생보다는 굉장히 수고스러운 인생을 살지도 모르겠다. 수고스러운 인생과 철이 들지 않는 인생을 살면 앞으로 자신에게 어떤 미래가 펼쳐질지 기대감과 설렘을 가질 수 있다. 세상은 넓고 할 일은 많다. 최대한 많은 것을 경험해보고 내가 좋아하는 것들, 마음을 설레게 하는 것들을 자꾸 발견해내고 싶다. 그래서 내일을 걱정하면서 오늘 내가 하고 싶어 하는 일을 미루거나 계산하지 않으려고 한다. 나는 내일보다 현재에 더 충실한 사람이 오히려 더 행복한 미래를 꿈꿀 수 있다고 믿는다. 그래서 나는 오늘의 내가 느끼는 것에 집착한다. 나의 캔버스 위에 다양한 색이 번지고 모이고 있다.

"나는 누구인가?"
"어떤 인생을 살고 싶은가?"

모든 사람의 인생은 예술과 같다. 아무 것도 그려지지 않은 캔버스 위에 그림을 그리고 있다. 인생을 그려가고 있는 중이다. 저마다 캔버스를 많은 낙서와 얼룩과 다양한 그림들로 채워나가고 있다. 당신은 지금 죽어도 후회 없을, 그런 오늘을 그리고 있는가?

이
승
혜

속에 꽁꽁 싸맨
그것을 풀어내는 것

나와 내 인생이
서로 폭력을 휘두르는
관계에 있어

1. Track 9 – 이소라

'나는 알지도 못한 채 태어나 날 만났고'

내가 나를 처음 마주한 것은 스물한 살이었다. 스무 살에는 세상에
신기한 것들이 많아 나에게 관심이 없었다. 그것들이 무뎌졌을 무렵
저 구석으로 밀려난 내가 그제야 보였다. 이렇게 나의 첫 인상은 매
우 좋지 못했다.

그렇게 나를 방치해뒀던 것의 배경은 말하자면 이렇다. 주변 어른
들 말씀대로, 학창시절 친구들과 나눈 이야기대로 공부 열심히 해서
대학에 가면 그 이후의 생은 저절로 살아지는 것인 줄 알았다. 그래

서 내 목표는 대학에 가는 것이었다. 그 다음을 생각해본 적이 없어서 대학생이 된 후 내 삶의 목표는 사라졌다. 여기서 말하는 삶의 목표는 철학가들이 말하는 심오한 그런 것이 아니다. 그건 아마도 죽는 순간에 깨닫게 되는 것이라고 믿는다. 내가 말한 '삶의 목표'는 하루를 사는 이유, 조금은 단편적인 것이다. 즉, 24시간을 왜 살아야 하고 다음날 아침이 되면 왜 눈을 떠야 하는지 이유가 없어진 것이다. 저절로 존재의 이유에 대해 생각하게 되었고 '나'라는 사람에 대해 알아야 했다. 내가 좋아하고 싫어하는 것, 잘하는 것과 그렇지 못한 것을 떠올렸다. 여기서 나는 고쳐야 할 나쁜 버릇들, 사는 동안 느끼지 못했던 부족한 점들에 꽂혔다. 나는 내 기준에 현저히 못 미치는 모자라고 부족한 사람이었다. 주변에는 하나 둘 본인의 길을 걷기 시작하는 사람들이 생기는데 이에 비해 나는 어디가 출발선인지도 모르고 있었다. 단순히 꿈이 없어서가 아니라 그 이상으로 나는 이상과 거리가 멀었다.

학교와 멀어진 마음에 휴학을 결정했다. 그 당시에는 휴학 이유를 솔직하게 이야기하지 못했다. "제가 왜 사는지 모르겠어서요."라고 말하기가 겁이 났다. 휴학하고 오롯이 나 자신과 좀 더 시간을 보내면 관계가 회복될 줄 알았다. 반면 나의 경우에는 오히려 악화되었다. 휴학 기간이 여태 살아온 시간들 중 가장 정신적으로 붕괴되었다고 생각한다. 아직까지 그때만큼 감정기복이 심각했던 적이 없었기 때문이다. 정말 시시각각 변하는 감정 상태에 스스로 넌덜머리가 날 지경이었다. 아침에 일어나서 평소에 좋아하던 노래를 틀었는데 갑자기 눈물이 주룩주룩 흐르는 신기한 경험도 했다. 그 날 아침의 감정선에서는 그 노래가 세상에서 제일 슬픈 노래였을 거라고 어림짐작해본다. 눈 감은 상태에서도 괴롭긴 마찬가지였다. 트라우마인 사건이 각색되어 발생하는 식으로 악몽은 과거를 수반했다. 식은땀을 흘리며 꿈에서 깨어나지 않은 횟수를 세는 편이 빠를 정도였다. 한 번은 악몽이 아니라 속상함에 울면서 깨어난 적이 있다. 흑색 가발을 쓴 채 울고 있는 날 바라보는 꿈이었다. 깔끔하게 쓴 것도 아니고 당시 금발머리가 삐죽하니 보이게끔 엉터리로 말이다. 그 전날 머리 에 대해 한 소리 들은 것이 방아쇠 역할을 했다. 왜 밝게 염색했다는 이유로 언제까지 그러고 살 거냐는 소리를 들어야 하는 건가. 이런 식으로 예전 같았으면 무시하고 넘어갔을 말들이 비수처럼 꽂혀서 상처 내고 곪아 터질 때까지 내버려두는 것의 반복이었다.

302

같이 있는 사람들에게 피해를 줄지 모른다는 생각에 감정기복이 심해지면 집 밖에 나가는 것을 꺼리게 되었다. 점점 집에 혼자 있게 되고 감정선은 더욱 복잡해졌다. 이 악순환을 계속 하다 보니 끝을 생각하는 일도 생겼었다. 그 때 들은 노래가 이소라의 'Track 9'이었다. 다른 위로의 가사들보다 "널 다그쳐 살아가"라는 가사에 한 방 맞은 기분이었다.

2. 난 너에게 - 정수라

'난 네가 기뻐하는 일이라면 뭐든지 할 수 있어'

감정에 휩쓸려 다니는 생활을 끝내야 했다. 편두통으로 인해 머릿속이 아픈 것보다 머리 밖이 아픈 게 낫다며 머리카락을 괴롭히는 비정상적인 버릇을 그만둬야 했다.

그 후 일 년이 지났다. 사실 지금도 나와의 사이가 완전히 회복된 것은 아니다. 게다가 사람마다 모두 다른 법이라 어떤 식으로 생각을 바꿔 다시 복학을 하고 살고 있는지 말하기 어렵다. 그리고 나의 힘듦을 말하고자 글을 쓰겠다고 마음먹은 것도 아니다. 남에게 털어놓기 힘든 부분들도 있었고 사실 아무와도 나누지 않은 채 나 혼자 끌어안고 땅 속에 누울 수도 있는 이야기이다.

그럼에도 글을 쓴 것은 비슷한 틀에 갇힌 것 같은 사람들에게 현 상황을 이야기로 푸는 것이 가장 좋은 방법이라고 말해주고 싶었다. 그 대상이 가족이든 의사든 상관없다. 속에 꽁꽁 싸맨 그것을 풀어내는 것이 힘든 일인 것은 맞지만 작년의 나를 만날 수 있다면 꼭 그렇게 하라고 말해줄 것이다. 나는 '이 세상 다 주어도 바꿀 수 없는 나의 친구'이기 때문이다.

내가 태어난 후,
그 전보다 더 나은 사회를 만드는데
일조하고 싶은 **사람**

나를 위한 용기

2015년 11월 5일. 내 평생 절대 잊으려야 잊을 수 없는 날이다. 지금껏 살아온 평생 나를 숨기게 하고 괴롭히던 나의 정체성을 떳떳이 밝힌 날이자, 내가 온전히 나로 설 수 있게 한 시발점이었으며, 서울대학교 총학생회 선거 4일차 정책간담회가 있었던 날이다.

"(…) 오늘 저는 레즈비언이라고 커밍아웃합니다. 그러나 커밍아웃 한다고 한들, 달라지는 것은 아무 것도 없습니다. 여전히 서울대학교 학생사회는 시급한 문제와 산재한 안건을 해결해야만 합니다. 저는 단지 우리가 성적지향과 성별정체성을 불문하고 힘을 모아 일해 나가는 동료라는 점, 이 사실을 확인하고 싶습니다.

저를 시작으로 모든 서울대학교 학우들이 본인이 속한 공간과 공동체에서 자신의 목소리와 얼굴을 가질 수 있기를 희망합니다. '내가 나로 존재할 수 있는 공간, 모두의 삶이 그 자체로 아름답다고 인정되는 사회' 이것이 제가 바라는 이 학교의 모습이자 방향성이며, 오늘 출마와 함께 여러분께 커밍아웃을 하는 이유입니다."

이 커밍아웃 기조연설문을 발표하기까지 오랜 시간의 고민과 고뇌가 있었고 불면증을 앓기도 했으며 때때로 악몽을 꾸기도 했다. 기조연설문의 운을 띄우고 나서 앞으로 내 인생에, 내 주변에 벌어질 일들에 대해 셀 수 없이 많은 예상 시나리오를 생각해야 했고 그것을 감당할 정신적 경제적 준비를 해야 했다. 커밍아웃을 하는 시간은 5분이 채 되지 않지만 이 5분에 내 정체성에 대한 평생의 고민과 반년의 준비와 앞으로 살아갈 인생이 모두 담겨있었다.

후회하는가? 많은 것들을 내걸어야 했지만 1년 반이 넘어가는 지금도 단언컨대 후회하지 않는다고 말할 수 있다. 커밍아웃 후 나는 더욱 나다워질 수 있었고 후련하고 자유로워졌다. 커밍아웃으로 내 주변을 떠나간 사람이 있었겠지만 더 많은 사람들의 지지와 견고한 관계를 맺어나갈 수 있었다. 내가 추구하고자 하는 가치관은 더 명확해졌고 모호했던 내 미래에 대한 고민들도 선명해졌다. 이전보다 더 나를 이해하기 위한 노력들을 해나가기 시작했고, 내가 가장 바라는 삶과 미래에 대해 전망할 수 있었다.

미국 배우 엘렌 페이지Ellen Page는 2014년 2월 14일 라스베이거스에

서 열린 '인권 캠페인The Human Rights Campaign' 컨퍼런스 연단에서 커밍아웃
하며 이렇게 말한다.

"(…)제가 이곳에 온 이유는 동성애자이기 때문입니다. 숨는 것에
지쳤고, 말하지 않음으로써 거짓말을 하는 것에도 지쳤어요. 성 정
체성이 드러날까 봐 몇 년 동안 고통스러웠죠. 제 정신이 괴로워했고
심리적 건강이 시달렸고 제 관계가 악화됐죠. 전 오늘, 여러분과 그
고통 너머에 서 있어요."

이후 미국 대법원에서 동성혼 합법화가 결정된 것을 기념한 인터뷰
에서 엘렌은 "커밍아웃 이후 내가 생각했던 것보다 훨씬 행복하다. 내
가 커밍아웃을 하지 않았다면 느껴보지 못했을 행복"이라고 밝혔다.

우리는 살면서 '보통'의 무언가, '정상적'인 무언가가 되기 위해,
누군가 만들어 놓은 기준에 부합하고자 끊임없이 노력한다. 선을 넘
지 않기 위해 부단한 노력이 필요하고 때때로 이러한 행위가 나 자신
을 괴롭히기도 하지만 일단 틀에 들어가면 안정적이고, 주목받지 않
으며, 편안함을 주기에 우리는 이 기준과 틀에 자신을 맞추고자 매일
스스로를 검열하고 그 시선으로 누군가의 삶을 평가한다.

성적 지향과 성별 정체성, 여성성과 남성성, 성역할, 성별과 나이
에 많은 겉치레, 행동 양식과 지위, 미美의 기준, 관습이라는 이름의
'통과의례', '좋은' 삶과 '성공'의 기준, '좋은' 부모와 자식, 이 외에도

다수多數의 행동 및 생활양식 등. 이 모든 것들은 동일선상, 같은 층위에 놓고 보는 것에 분명 한계가 있다. 하지만 이러한 잣대 중 나에게 맞지 않는 사회적 기준에 부합하는 것을 거부하고 내가 지향하는 모습을 꿈꾸며 살기 위해선 많은 용기가 필요하다는 점에 모두 동의할 수 있을 것이다.

커밍아웃을 하며 미안한 사람들이 많이 있다. 가족과 친구들, 가까운 관계에서 그간 나를 지지하고 응원해준 많은 사람들 중에 나의 커밍아웃으로 고통스러워했던 사람들이 있었다. 내가 자유롭고 행복해지기 위해서였다지만 누군가에게 불편함과 불행을 가져다준 것만 같아 마음이 아플 때가 있다. 피상적으로 본다면 이 고통은 커밍아웃하지 않고 내가 가지고 있거나 혹은 나의 커밍아웃으로 내가 그들에게 주는 것처럼 보인다. 하지만 이는 성적 지향과 성별 정체성에 대해 이성애 중심적인, '정상성'의 이데올로기를 강요하는 이 사회의 문화와 체제가 개인들에게 양산하는 고통이다.

혹자는 '정상성'을 벗어난 존재가 있으면 이 사회가 무너져버리고 세상이 뒤집힐 것이라 하지만 실상은 그렇지 않다. 소위 우리가 선진국이라고 부르는 수많은 나라에서 동성혼을 합법화했을지라도 결국 변한 것은 동성혼을 한 커플의 숫자이자, 이분법적 잣대의 와해였다. 세상이 변화해 온 커다란 흐름 속에는 당시 자신을 둘러싸고 있던 '보통'의 사고思考에 금을 냈던 사람들과 그의 용기에 함께 해왔던 사람들이 있다. 다양한 삶의 양식을 인정하고 인권과 존엄, 평등, 자유 등의 가치 지향적인 세상을 꿈꾼 많은 이들의 용기가 결국 커다란 변화를 만들어왔다. 여성의 참정권 운동이 그러했고, 인종에 대한, 또 성소수자, 장애인에 대한 차별과 혐오에 맞선 운동이 그러했다.

시간이 많이 흐른 지금 돌이켜보면 이러한 변화는 사회 전반의 인식과 체계를 바꾼 커다란 변화였지만 이는 사회적 잣대에 대한 거부와 자신이 지향하는 삶을 실천하고 실현하고자한 누군가의 용기에서 시작되었다. 그리고 그 용기에 함께한 수많은 개인들의 용기들이 더해져 이루어진 것이다. 만약 지금 이 사회가 더 나은 방향으로 나아가고 있다는 이것은 필시 아니꼬운 타인의 눈빛에도 고정관념을 깨고 나온 누군가들의 용기로 만들어지고 있을 것이다. 사회적 기준과 틀을 비판하고 그 기준과 틀에 자신을 맞추기를 거부하며 타인에게 이를 강요하지 않으려는, 존엄한 개인과 그들의 인권, 그 자체의 모습을 존중하려는 누군가들의 용기 말이다.

이 글을 읽는 많은 분들이 사회가 아닌 자신이 지향하는 삶을 꿈꾸고 실현해나가길 바란다. 사회적 기준에 부합하는, 누군가를 정상과 비정상으로 나누는 혹은 관습적으로 학습되어온 틀에 나를 맞추지 않기를 바란다. 온전한 나 자신의 모습을 바라보고, 인정하고, 사랑하고, 내가 행복하고 자유로워질 수 있는 삶을 지향하는 용기를 내었으면 한다.

그리고 자신에게 그러하듯, 누군가의 삶에 대해 잣대를 들이밀고 평가하고 어떤 모습을 강요하지 않길 바란다. 완전한 인간과 완벽한 인간상은 없다. 그렇기에 누군가를 사회적 잣대로 바라보지 않을 용기를 내주었으면 한다. 그런 이들이 하나 둘 늘기 시작하면 그렇게 새로운 시각들이 만들어질 수 있을 것이고, 우리는 더 다양한 삶의 모습을 사랑하고 인정하며 더 이상 자신을 가두고 숨기고 스스로에게 무언가를 강요하지 않아도 될 것이다.

삶의 양식은 옳고, 그름 이 두 가지만 있는 것이 아니다. 애초에 옳고 그름으로 누군가가 나를, 내가 누군가의 삶의 모습을 평가하고, 옳다고 생각하는 어떤 모습을 강요할 자격이 없다고 생각한다. 나에 대한 검열을 거두고 인정하며 누군가에게 잣대를 들이밀지 않고자 하는 시선과 용기는 결국 나 자신을 자유롭게 한다. 이렇게 나를 위한 용기가 우리 삶 곳곳에서 피어나길 바란다. 그리고 그 용기가 겹겹이 쌓여 우리 사회 전체를 조금씩 바꿔나갈 수 있길 바란다.

노승희

누구에게도 해를 주지 않는,
모두의 행복을 추구하는 아름다움을 원합니다.
⟨Imagine⟩의 가사 한 줄 한 줄에 담긴 세상을 꿈꾸며,
맞닥뜨린 현실 속에서
위태로운 나 자신과 분투하고 있습니다.
그 과정 속에서 '온전한 나'를 찾기를…….

모순의 기록, '모순 일기'

도무지 앞뒤가 안 맞는 것, 모순. 이 말에는 다음과 같은 유래가 있다.

전국 시대 초나라에 무기 상인이 있었다. 그는 시장으로 창과 방패를 팔러 나갔다. 상인은 가지고 온 방패를 들고 큰소리로 외쳤다. "이 방패를 보십시오. 아주 견고하여 어떤 창이라도 막아낼 수 있습니다." 그리고 그는 계속해서 창을 들어 올리며 외쳤다. "여기 이 창을 보십시오. 이것의 예리함은 천하일품, 어떤 방패라도 단번에 뚫어 버립니다." 그러자 구경꾼 중에 어떤 사람이 말했다. "그 예리하기 짝이 없는 창으로 그 견고하기 짝이 없는 방패를 찌르면 도대체 어찌 되는 거요?" 상인은 말문이 막혀 눈을 희번득거리고 있다가 서둘러 달아나고 말았다.

– 한비자

상인은 창과 방패를 동시에 팔고 싶은 욕심에 앞뒤가 안 맞는 말을 하게 되었고, 결국 부끄러운 상황에 놓이게 되었다. 모순되는 것들은 그 각각으로 존재할 때는 용인되지만, 그것들을 함께 취하려고 욕심을 부리면, '모순적이다.' 라며 손가락질을 받게 된다. 모순적인 사람들은 어쩌면 욕심쟁이들일 것이다.

나도 욕심쟁이이자 모순덩어리다. 앞뒤가 안 맞는 것들을 모두 하고 싶은 욕심이 하루하루 쌓여간다. 돈은 벌고 싶은데 내가 하고 싶은 일들만 하고 싶고, 안정적이고 단란한 가정을 만들고도 싶은데 조금 더 자유롭고도 싶은. 나의 이런 하루하루의 모순을 기록해본다. 모순의 자기 기록, 모순 비망록, 모순 일기랄까? 20대 후반, 사회생활 2년 차인 나의 모순 일기에 담긴 이야기들은 당신의 지금, 과거 혹은 미래를 담고 있을 것이다.

1. '안'이야? '못'이야?

당시엔 내 생에 최대의 사건들이었던 초, 중, 고, 대학교 사이의 삶의 전환기. 나는 그 어떤 전환기도 쉽게 지나간 적이 없었다. 낯선 환경에서 놓인 처음 1년 동안은 공부를 하기는커녕 새로운 친구들, 선생님과의 트러블 등이 생겨나 마음이 복잡하기 일쑤였다. 어쩌면 나는 적응력이 약한 사람인지도 모르겠다.

대학 졸업 후 울타리 밖의 '진짜 세계'에 들어선 지금은 더욱 혹독한 신고식을 치르고 있다. 개인적으로는 졸업 후 이상을 좇아 돈은 못 벌지만 하고 싶은 일에 뛰어 들었더니 한참 동안 갚아야 할 내 몫의 빚을 뒤늦게 알게 되는 일이 있었고, 사회적으로는 초등학생 때부터 붉은 악마가 되어 대한민국을 외쳐온 것이 부끄럽도록 나라의 썩은 구석들을 낱낱이 알게 된 사건들이 있었다. 알고 있던 세계와 실제 만나게 된 세계 사이의 괴리에 화부터 치밀어 오른다. 나의 사회에 대한 울분과 내 속에서 마주하는 혼란을 표출하면, 사람들은 '세상이 원래 그렇게 힘든 거야. 적응해야지.' 라며 터무니없는 위로를 건넨다. 하지만 꿈꾸며 발을 내디딘 세상이 이렇게 부당한 일들로 얼룩진 세상이라면 적응하고 싶지 않다고, 적응하지 않겠다고 큰소리를 치곤 한다. 하지만 동시에 불안감도 몰려온다. 나에게 묻는다. '정말 안 하는 거야? 아니면 적응하지 못 하는 걸 인정하기 싫은 거야?' 왜 연애도 그런 질문을 하지 않나. 연애를 '안'하는 거야? '못'하는 거야? 이러나저러나 나는 새로운 전환기에, '진짜 세계'에 적응하지 못해 방황하는 중이다.

2. 오늘 하루의 망치질과 수 백 년 뒤의 성당

어릴 때부터 나는 잘하는 것, 좋아하는 것이 뚜렷한 친구들을 부러워했다. 내가 뭘 잘하는지 생각해보면, 좋게 말하면 모든 걸, 나쁘게 말하면 그 어떤 것도 잘하지 못 하는 것처럼 느껴졌다. 그래서 일

찌감치 자기가 좋아하는 걸 찾아 미용고등학교나 요리고등학교로 진로를 정하는 친구들이 먼저 어른이 된 것처럼 멋지게 느껴졌었다.

그런 내가 운명처럼 빠진 분야가 생겼다. 오랜 시간 관심을 가진 키워드들이 총집합된 나만의 분야, 이게 바로 내가 좋아하고 지향하는 거야! 라고 할 수 있는 것이 생겼다. 감사하게도 그 분야에서 일을 하고 있고 이런 나의 모습은 친구들에게 부러움의 대상이 되었다. 주변에는 좋아하는 것과 상관없는 길을 가는 친구들도 많고, 좋아하는 것이 뭔지 모르는 친구들은 더 많으니까.

나는 내가 그토록 부러워했던 '좋아하는 것을 찾은 사람'이 되었다. 그런데 정작 그 길 위에 서있는 지금은 오히려 길이 없는 듯 불안하다. 나의 일은 마치 완성되는 데에 수 백 년이 걸리는 성당의 주춧돌을 놓는 인부의 작업과 비슷하다. 지금 내가 하고 있는 일이 당장 어떤 성과를 볼 수 있을지 막막하다는 말이다. 그래서 마치 오늘의 행복보다는 미래의 행복을 바라보는 느낌이다. 요새 유행하는 'YOLO^You live only once와 다르게, 미래를 위한 오늘을 살고 있는 느낌. 내가 끝내 보지 못할 성당을 지으면서도 벽돌 하나를 쌓는, 조각 하나를 새기는 '오늘'의 과정까지도 사랑할 수 있을까? 그새 인공지능이 발달해서 미래의 어느 날, 내가 여태껏 해왔던 것들이 휴지쪼가리처럼 쓸모없어지면 어쩌지? 이렇게 확신 없이 비틀대는 하루들이 쌓여간다.

3. 자연스러움을 규정하다.

나는 자연스러움을 지향한다. 분야를 막론하고 자연스러운 것이 가장 아름답고 편안하게 느껴진다. 하지만 세상에는 인위적인 것이 너무나 많고 어떤 것이 '자연스럽다'에 대한 논란도 많다. 모든 건 규정하기 나름이니까.

우리 집에는 한 살이 지나 생리를 두 번 한, 꼬리와 네 발 달린 가족 콩이가 있다. 콩이를 데리고 동물병원에 가면 항상 듣는 말은 중성화 수술 얘기. 중성화 수술은 상식이고, 최대한 어릴 때 해줘야 한다며 아직 수술을 해주지 않은 무식한 반려인인 듯 말한다. 있을 지 모를 병의 예방을 위해 생식기관을 미리 제거하라는 것인데, 그 어떤 동물, 그리고 그 어떤 몸의 기관도 쓸모없는 것이 있을 리 없다. 자연 상태의 몸의 일부를 인위적으로 없앤다면 그에 따른 부작용이 분명 있지 않을까? 더 이상 자연 속에서 자연스럽게 번식활동을 하며 살지 못하는 개들을 위한 불가피한 선택일까, 중성화 수술에 대한 고민을 끝내지 못했다.

한편 동물병원에서 반려견 사료에 대해서는 이렇게 말한다. 개들은 본래 육식 동물인 늑대의 후손이기 때문에 자연스럽게 고기가 듬뿍 들어간 고단백질 사료를 주어야 한다고. 콩이에게 육식 위주의 사료를 주기 시작하면서, 채식을 지향하는 나에게도 혼란이 생겼다. 원숭이를 비롯한 영장류는 본래 잡식이니 사람이 채식만 하는 건 자연스럽지 않은 것 아닐까? 자연스러움 = 건강이라는 전제로 만들어지는 모순들에 혼란스럽다.

자연스러움은 '정상'이라는 개념과 결합되어 강요되기도 한다. 볼트와 너트, 혹은 퍼즐 조각의 꼭 맞는 합처럼 생긴 남녀의 생식기는 전혀 다른 모습을 가진 두 개의 성별만이 존재한다고, 그리고 그것들의 결합이 자연스러운 것이라고 은연중에 드러내는 것 같다. 그리고 분류하기를 좋아하는 사람들은 그것을 '정상'이라고 규정한다. 하지만 자신이 남녀의 사회적 성 구분에 맞지 않는다고 느끼는 사람들, 같은 성과의 사랑을 원하는 사람들이 이렇게나 존재한다면, 그 또한 자연스러운 것 아닐까? '정상'과 '비정상', 이처럼 인위적인 개념이라니. 자연스러움은 규정되고 강요되는 순간 자연스러움과 멀어진다. 다양한 존재들을 그 자체로 존중하는 것, 자연스러움의 의미는 거기에 있는 것이 아닐까?

4. 통제와 지탱의 경계

나는 누군가에 의해 내 삶이 통제되는 것을 못 견딘다. 내가 보살펴야 하는 형제라도 있으면 익숙했을 텐데, 반대로 보살핌을 받는 것에 익숙했던 외동의 삶이었기 때문일까? 28살, 슬슬 압박이 들어오고 있는 결혼을 생각해보자. 사랑하는 사람과 인생을 함께 하는 동반자가 되는 것은 반갑지만, 결혼으로 인해 내 삶이 통제되는 것은 아직 참 두렵다. 무엇보다 한번 낳으면 죽을 때까지 책임져야 하고 내 삶을 송두리째 통제할 존재인 아이에 대한 두려움이 많다.

외동인 내가 지금에서야 콩이를 동생 혹은 내 아이처럼 돌보면서 통제의 새로운 맛을 느끼고 있다. 내가 없이는 밥도 먹지 못하는 생명을 위해서 때맞춰 밥을 주고, 산책을 시키고, 그걸 위해서 외박도 맘 편히 못 하는 요즘. 행복한 불편이란 이런 걸까? 생각한다. 통제의 고통보다는 존재와의 밀착감이 점점 더 큰 기쁨이 되는 것은 내가 어른이 되어가고 있다는 증거일까? 내 삶을 통제하는 존재들이 내 삶이 풍요롭게 지탱하고 있는 걸까 생각해본다.

5. 말, 글, 삶의 일치

어느 기사의 맨 아래쪽, 기자의 이름 뒤에 그가 지향하는, 그래서 그를 설명해주는 짧은 문구가 눈에 띄었다. '말과 삶이 일치하는 사람들을 존경합니다. 글과 삶이 일치하는 사람이 되고 싶습니다.' 말, 글 그리고 삶이 일치한다는 것. 사회에 나와 보니 '일치'가 얼마나 드문 경우인지 알게 되었다. 떠들어대는 말과 그들이 진짜 살아가는 삶이 분리되어 있는 것은 물론이고, 오히려 반대의 모습을 보이는 어른들이 어찌나 많던지. 좋은 일을 한다는 곳일수록 그 분리와 불일치가 더한 이 모순. 지향하는 것과 행동이 불일치하는 건 부끄러운 일이다. 신념과 삶이 분리되어 있는 것은 위선적이다.

부끄럽고 위선적인 어른이 되고 싶지 않기에, 내 속의 모순들을 하나하나 헤아리고, 헤집고, 깊이 파고들어 나의 말, 글, 삶이 통하는 길을 만들고 싶다. 지금으로부터 10년 뒤, 불혹不惑의 나이에 가까워지면 내 속의 수많은 모순이 피워낸 길속에서 '온전한 나'를 만나게 될까? 어떤 이는 살아있는 것 자체가 거대한 모순이라며, 이 모순을 비웃고, 울고 웃을 수 있는 것이 유머라던데. 살아있는 한 벗어날 수 없는 모순, 나의 모순 일기는 계속될 것이다.

모순의 기록 모순 일기

윤서웅

내 인생의 작가

정답은 없다

자화상

이 책은 도전하는 이들의 자화상이다.

도전하는 사람들의 이야기 안에서

특정 부분들은 존중하고 존경해 달라.

모두가 무모하다고, 평범하지 못하다 하는

도전을 실행하는 사람들이다.

당신의 관심은 도전하는 이들의 원동력이 되고,

이 원동력은 돌아가 당신의 영혼 혹은 삶을

평온하고 편안하게 해 줄 확률이 높다.

무모한 도전은 없다. 도전하기에 확률이 생긴다.

대다수의 사람들이 '위인전'이란 책 혹은 영상으로부터

세상에 도전한 사람들을 알게 되고 배움을 얻는다.

위인이 되고 싶은 것이 아니다.

세상을 바꾸고 싶다. 사회적 메시지를 던지고 싶다.

신기루 같지만 뜨거운 열정을 품은 열기이다.

그러기에, 도전자들에게 격려와 박수를 아끼지 말아 달라.

2

형식과 틀

글쓴이에게 주어진 형식과 틀

A4 , 3PAGE , 11PT 에 담아내기엔

난 너무 크다.

어릴 적 어른들의 '큰 사람 되라'는 말씀처럼,

난 큰 사람들과 함께 자라나고 있다.

얼마나 큰 사람이 될지, 내 심장은 두근거린다.

당신은 몇 장의 종이가 필요한가?

두근거리는 심장을 가지고 있는가?

정답은 없다

닫는 글 KIM MI RAE

39색 빛줄기의 오로라
: 39프로젝트

안녕하세요. 이 책을 총괄 디렉팅한 김미래입니다.

전 작가도, 이력이 대단한 사람도 아닙니다. 그저 24살 청년입니다. 동시에 정답 없는 수수께끼를 좋아하는 추리탐정이랄까요. 지난 8개월간 '39프로젝트'라는 수수께끼를 풀이해 왔습니다. 지금의 이 글은 본 책이 1쇄에 들어가기 직전에 쓰게 되었습니다. 39프로젝트의 39인의 코스미안(Cosmian; 자신 안의 소우주, Cosmos의 창조주이자 주인)을 모두 모시고 그들의 이야기 문을 두드려 39개의 원고를 모두 받았을 때의 심정은 절대 예측불가였기 때문입니다. 하지만 지금, 제 노트북 바탕화면 위 '39프로젝트 원고' 폴더 속 파일 수가 39개로 채워져 '닫는 글'을 쓸 수 있게 되었습니다.

엮는 이는

사실 전 39프로젝트에 첫 번째로 섭외되었습니다. 책 출간을 앞 둔 지금까지도 직접 뵙지도, 목소리를 들어보지도 못한 이태상 선생 님께서 우연히 제가 나온 신문 기사를 읽으시고 메일을 주셨습니다. 그렇게 뉴욕과 서울의 거리 차이와, 80세와 24세의 56년이라는 세월 차이를 초월한 선생님과 저의 사변思辨은 시작되었습니다. 우린 둘도 없는 펜팔친구가 되었고 '서울'에 있는 젊은 청년 '에너자이저'인 제 게 '39프로젝트' 전임 디렉팅을 맡겨 주셨습니다. 학창시절, 국어에 서는 최강 말짱 꽝이었던 내가 묵직한 존재인 책을 디렉팅한다니, 얼 토당토않았지만 '39프로젝트'가 책이 되어 많은 사람들의 손에 쥐어 질 가을날을 상상하니 주체불가 쿵쾅쿵쾅 뛰는 가슴은 절로 OK!를 외쳤습니다.

이태상 선생님이 그으신 '39프로젝트'의 출발선에서 누군가 출발 을 알리는 총의 방아쇠를 당겨야 했고, 전 앞으로 어떤 사람들이 어 떻게 트랙을 달려 나갈지도 모른 채 일단 그 총을 쥐어 들었습니다. 그렇게 전 39개의 트랙을 그려나가며 출발선에 설 39명의 선수들을 모으기 시작하였습니다.

처음 총을 집어 들었을 때는 39명의 선수를 모으는 것을 어렵지 않을 것이라 간과했습니다. 하지만 '자신만의 언어'로 직접 내뱉을 수 있는 사람들을 찾는다는 것은 절대 쉽지 않았습니다.

한국어, 영어, 일본어, 힌두어 등의 언어 개념이 아닌, 사람들은 각자 자신만의 언어를 지니고 있습니다. 문체부터 쉼표를 찍는 부분, 문장의 길이와 속도감, 자주 등장하는 단어, 전하고자 하는 메시지 등 한글이라는 동일한 매개 언어를 통해 표현되지만 사람마다 각자의 언어는 같을래야 절대 같을 수가 없습니다. 이러한 자신만의 언어를 표현할 수 있는 사람들을 한국사회에서 만난다는 것은 사막에서 오아시스 찾기였습니다. 달리 비유하자면, 좋은 그림, 멋진 그림, 성공한 그림을 특정한 그림체와 작품으로 한정지어 놓은 이 사회엔 자신만의 그림을 그려나가고자 붓질을 댄 사람은 몇 되지 않았습니다. 이미 대다수의 사람들은 반고정화 되어버린 그림의 드로잉북을 따라 자신의 그림인 양 그리고 있었습니다. 전 '39프로젝트'가 판화일지, 수묵화일지, 유화일지, 또는 크로키일지 모르는 자신만의 그림체로 스케치를 하거나, 색을 채워내고 있거나, 그림을 완성시킨 전례 없는 그림의 작가들을 찾아야만 했습니다. 그렇게 39프로젝트는 39명 모두가 자신만의 언어로 그려낸 글이라는 형식의 그림들을 담고자 했습니다.

326

39인의 Cosmian은

이 책 속 39인의 Cosmian님들은 글 쓰는 직업이 아닌 각자 자신만의 길을 걷는 나그네들입니다. 따라서 글이 다소 매끄럽지 않을 수도 있습니다. 허나 친한 친구와 소주 한잔 들이키며 솔직한 내면을 말로 털어놓듯이, 39개의 글들은 문자언어라는 기호를 빌려 39명 내면의 목소리로 이야기하고 있습니다.

말로 내뱉지 않는 이상 남들은 절대 알 수 없는 자신의 속내를 책이라는 묵직한 매체에 남긴다는 것은 엄청난 부담감과 동시 확신에 찬 다짐을 필요로 합니다. 가족에게도, 가장 친한 친구에게 조차도 나의 이야기를 털어놓는 것은 쉽지 않으니까요. 또한 바삐 살아가는 현대 사회에서는 자신조차 본디 자신을 잊고 점점 망각하기가 일쑤이기에 내가 오롯이 내 자신이 되어 자신 있게 외치기 위해서는 충분한 여유와 성찰의 시간을 필요로 하지 않던가요.

하지만 39프로젝트의 39인은 '나'가 오롯이 '나'일 수 있습니다. '나'를 사랑합니다. '나'을 믿습니다. 자신의 소우주의 제1의 창조주이자 주인입니다. 또한 '나'를 세상에 남기고자 합니다. '나'가 남긴 사소할지 거대할지 모르는 무언가로 세상이 더 아름다워지기를 간절히 소망하고 움직입니다. 39인은 세상을 변혁한, 변혁하고 있는, 변혁할 이 세상의 제2의 창조주들입니다.

약 6개월 동안 39인의 선수를 모았습니다. 여러 차례 단체모임과 일대일 만남을 갖는 등 39인을 직접 만나 뵙고, 각자 자신이 내뱉고자 하는 바가 무엇일까 무의식과 의식의 중간 경계에 걸쳐있는 '내 안의 이야기'를 끄집어내어 대면할 수 있도록 그들의 심장 문에 노크를 두드렸습니다. 그렇게 자신의 내면과 직접 마주하여 말다툼을 하다

가도 화해도 하며 자신의 말소리에 귀 기울인 바를 '자신만의 언어'로
풀어내 적어주셨습니다.

독자님들은

책을 읽으면 나도 모르게 책 속 글의 화자에 이입되어 책을 읽는
시간만큼은 내가 그가 된 기분을 느끼지 않던가요. 그렇다면 이 책
을 완독하시고 지금 닫는 글을 읽고 계실 독자님들은 많이 지쳐계실
것입니다. 단시간 안에 가슴 뛰는 대로 적어 내려간 39개의 글을 읽
으며 1개의 심장이 39가지 희로애락을 따라 수축과 이완을 미친 듯
이 넘나들었을 테니까요. 헌데 이것이 묵직한 책이라고 해서 자기계
발서나 성공에세이를 읽는 것처럼 굳이 꼭 39인의 이야기로부터 부
족한 자신을 찾거나 위로받아야한다는 압박을 느끼실 필요는 없습니
다. 이들은 고정화된 정답들이 아닌 가슴 뛰는 대로 살아가는, 온전
히 '자신'으로부터 삶의 여정을 걷는 '제' 길의 개척자이자 모험가이
기 때문입니다.

'그 길은 잘못됐어. 넌 이 길만을 가야해.'

이러한 세상의 편협한 억지와 기대에 충족하기 위한 삶을 거부하
고, 한정된 틀을 벗어나 자신의 길을 개척한다는 것은 결코 쉽지 않
습니다. '새로운 시대를 창조해 나가야한다'고 외치면서도 오랜 기간

'이게 잘난 것이야.'라고 정의시켜 온 타이틀, 명예, 돈 등의 요소들로 삶의 성공과 실패 여부를 결정지어버립니다. 이를 벗어난 행보를 할 때 들려오는 주위의 만류와 무시를 견뎌내기 굉장히 외로운 곳이 우리나라입니다.

자꾸만 고꾸라지기도, 목적지가 점점 멀어지기도, 길을 잃기도 하며, 일반화를 부정하고 나만의 새 신화를 적어나가야지 다짐했던 자신에 대해 회의감을 느끼기도 합니다. 또한 여유보단 시간, 돈 대비 기회비용을 격하게 따지는 사회에서 자신을 단단히 정립시키려는 시간조차도 사치라 여겨 금세 지치기도, 사회의 이단아가 되며 심히 외로워지기도 십상입니다. 하지만 누군가는 새로운 길을 개척해야합니다. 새로운 길들을 열어 세상의 숨 쉴 구멍을 만들어야 합니다. 이 책은 39인이 숨구멍을 열어 통쾌히 내질렀고, 그 기압은 꽉 막힌 세상의 벽을 통쾌하게 뚫어버릴 것입니다.

그러니, 이 책을 마지막까지 읽어주신 고귀한 '나'님.

39인이 전하는 메시지보다도 우선적으로 전율로 전해지는 이들의 에너지와, 이를 원동력으로 세상이 아름다워지도록 부단한 노력을 하고 있는 이들의 움직임을 떠올려주세요. 그리고 자신에게 물음표를 던져보세요.

'그렇다면, 나의 이야기는 무엇일까?'

이 책은 39명의 이야기를 시작으로, 글자로 기록되지만 않았을 뿐 독자님들을 포함한 세상 모든 이의 이야기를 담습니다.

39개의 빛줄기가 만나 오로라가 되었어요.
이 오로라는 지상 위의
수억 개의 빛줄기와 하나둘씩 만나고 있어요.
머지않아 거대한 충돌이 일어나며
새 은하가 탄생됩니다.

330

닫는 글 LEE TAE SANG

언젠가 어디에서 들었는지 읽었는지 기억이 확실치 않지만, 아메리카 원주민 스토리가 생각납니다.

어느 날 암탉이 좀 색다른 달걀을 발견하고 품어 부화시켜 병아리 한 마리가 태어났습니다. 자라면서 이 병아리는 다른 병아리들보다 몸집도 크고 좀 달랐습니다. 하루는 이 병아리가 하늘을 보게 되었는데 아주 큰 새 한 마리가 유유히 하늘 높이 날고 있는 걸 보고 어미 닭에게 저도 저렇게 날아보고 싶다고 말했습니다. 그러자 어미 닭이 말했습니다. 저건 '독수리'라고 하는 새 중에 왕이란다. 넌 닭 새끼 병아리일 뿐이니, 하늘 쳐다보며 허튼 생각 말고 땅만 내려다보고 부지런히 모이나 쪼아먹거라.

　김미래 님을 비롯해 이 '39프로젝트'에 동참해주신 여러분들은 하나같이 모두 '독수리'이며 코스모스 하늘로 날아오르는 '코스미안 ^{Cosmian}'들입니다.

　여러분의 신비로운 비상을 축원합니다.

이태상